청바지 돌려 입기

GIRLS IN PANTS: THE THIRD SUMMER OF THE SISTERHOOD
by Ann Brashares

Copyright © 2005, 17th Street Productions, an Alloy Online, Inc. Company
Korean Translation Copyright © 2015, MUNHAKDONGNE Publishing Corp.
All Rights Reserved.

This Korean edition was published by arrangement with
Random House Children's Books, a division of Random House., Inc.,
New York, NY, USA through Korean Copyright Center, Seoul.

이 책의 한국어판 저작권은 한국저작권센터(KCC)를 통해
저작권자와 독점 계약한 (주)문학동네에 있습니다.
저작권법에 의해 한국 내에서 보호를 받는 저작물이므로
무단 전재 및 무단 복제를 금합니다.

이 도서의 국립중앙도서관 출판예정도서목록(CIP)은
서지정보유통지원시스템 홈페이지(http://seoji.nl.go.kr)와
국가자료공동목록시스템(http://www.nl.go.kr/kolisnet)에서 이용하실 수 있습니다.
(CIP제어번호: CIP2015024519)

청바지 돌려 입기

앤 브래셰어스 장편소설 | 부선희 옮김

3

문학동네

나의 소중한 남편,
제이컵을 위하여

우리는 '청바지 돌려 입기'에 대해 다음과 같은 규칙들을 제정하는 바이다.

1. 바지는 절대로 세탁하지 않는다.

2. 접어 입지 않는다. 정말 꼴불견이다. 바지를 접어 입고도 안 흉해 보이는 경우는 절대 없다.

3. 입고 있는 동안 '뚱땡이'라는 욕설을 입에 담지 않는다. 또한 마음속으로라도 '나는 뚱뚱해' 같은 생각을 하지 않는다.

4. 절대로 남자애가 바지를 벗기게 두지 않는다(상대 면전에서 직접 벗는 것은 가능하다).

5. 입고 있는 동안 코를 후비지 않는다. 다만 코딱지가 생긴 경우 가볍게 콧구멍을 긁는 것은 가능하다.

6. 재결합시 다음 절차에 따라 바지와 함께 보낸 시간에 대한 기록을 남긴다.
   • 바지 왼다리 위에, 입고 갔던 곳 중 가장 흥미로웠던 장소를 쓴다.
   • 바지 오른다리 위에, 입고 있는 동안 일어났던 가장 중요한 사건을

쓴다. (예를 들면, '입고 있는 동안 육촌 아이번과 야릇한 시간을 보냈다'.)

7. 여름 내내 서로에게 편지를 한다. 서로가 없는 생활이 재미있든 아니든 간에 말이다.

8. 함께 정한 규칙에 따라 바지를 넘긴다. 이를 어길 경우 재결합시 엄한 체벌이 따를 것이다.

9. 바지를 입었을 때는 셔츠 자락을 바지 안에 넣고, 허리띠는 매지 않는다. 2항 참조.

10. 기억할 것: 바지=사랑. 친구들을 사랑하자. 자기 자신을 사랑하자.

여름이 되면,

노래는 스스로 울려퍼진다.

_윌리엄 카를로스 윌리엄스

프롤로그

이 글을 읽고 있는 당신은 이미 우리를 알고 있을 것이다. 아니면 마법의 바지에 대해 알고 있든지. 만약 그렇다면 처음 몇 장은 건너뛰고 읽어도 될 것 같다. 그렇지 않다면 내가 설명을 할 테니 잠깐 읽어보시길. 지루하지 않도록 최대한 노력하겠다.

어떤 사람들은 바지에 대한 소설 따위 읽고 싶지 않다고 할지 모른다. 나도 그 마음을 이해한다(심지어 영국에서는 바지pants라는 단어를 팬티라는 뜻으로 쓰니까. 여러분도 알고 있겠지?). 하지만 날 믿어도 좋다. 이 바지에는 그야말로 대서사시가 담겨 있다. 평범한 십대 소녀 네 명의 삶을 놀라운 모험이 가득한, 대단히 아름다운 삶으로 바꿔놓은 굉장한 힘이 있다. 잘나가는 남자들이 끊임없이 우리 발밑에 무릎을 꿇게 됐음은 말할 것도 없다.

그렇다. 내가 과장하긴 했다. 바지가 실제로 그렇게 하진 않았다. 하지만 우리는 이 바지 덕분에 서로 떨어져 있는 동안에도 똘똘 뭉칠 수 있다. 안전하다고, 사랑받고 있다고 느낄 수 있다. 우리가 이 마법의 바지를 만나기 전에는 감히 가지 않을 곳에까지 발을 내디딜 수 있다. 바지는 좋은 남자와 나쁜 남자를 구별할 수 있게 해주고, 우리를 더 나은 사람, 더 좋은 친구가 되게 해준다. 맹세컨대 전부 사실이다.

게다가 바지를 입은 사람을 예뻐 보이게까지 해준다.

우리가 누구냐고? 우리는 우리다. 지금까지 늘 우리였다. 종종 우리들이라고 하기도 한다(문법적으로도 이 말은 명백한 사실이다). 모든 일은 약 십팔 년 전, 메릴랜드 주 베세즈다라는 도시의 길다 클럽에서 열린 임신부를 위한 에어로빅 강좌에서 일어났다. 우리 엄마와 카르멘, 레나, 브리짓의 엄마는 긴 여름의 임신 기간 동안 함께 땀을 흘리며 친해졌고, 그해 9월 모두 딸을 출산했다(브리짓 엄마는 아들 하나를 더 낳았다). 처음 몇 년 동안 엄마들은 우리를 한배에서 태어난 강아지들처럼 함께 길렀다고 한다. 각자 아이를 돌보기 시작한 건 몇 년 후의 일이었다.

우리 넷을 어떻게 설명해야 할까? 아무래도 자동차에 비유하는 것이 좋겠다.

카르멘은 회전력이 높고 연비는 낮은, V8엔진을 장착한 선홍색 사륜구동 자동차라고 할 수 있다. 모든 걸 엉망으로 만들어버리지만 늘 유쾌하고, 엄청난 가속으로 주어진 길을 충실히 나아가는 스타일이다.

레나는 연비가 아주 좋은 자동차다. 하이브리드 차로 볼 수도 있을 것이다. 환경에도 좋고 보기에도 좋다. 최신형 GPS가 달려 있지만 종종 틀릴 때도 있다. 그래도 에어백이 달려 있다.

반면 브리짓에겐 에어백 따위 없다. 아마 범퍼도 없을 것이다. 심지어 브레이크도 없을지 모른다. 그녀는 시속 백만 킬로미터 정도로 질주해버릴 수 있다. 브레이크 없는 바다색 페라리라고 할까.

그리고 나 티비는…… 오토바이다. 아니, 농담이다(내가 운전을 할 수 있을 만큼 늙어버렸다니, 젠장!). 음. 나는 무슨 자동차일까? 아마도 까다로운 변속 기어가 달린 우락부락한 진초록색 플리머스 더스터쯤 될 것이다. 그렇다, 실은 내가 되고 싶은 것이다. 하지만 이 글을 쓰고 있는 건 나니까, 뭐라고 하든 전적으로 내 권한이다.

바지는 가장 적절한 순간에 우리에게 왔다. 우리가 난생처음 서로 떨어져 지내게 될 무렵이었다. 바지는 그 이 년 전 여름 우리에게 마법을 선사했고, 작년 여름 또 한 번 우리의 삶을 흔들어놓았다. 알다시피, 우리는 이 바지를 일 년 내내 입진 않는다. 여름에 더 강력한 힘을 발휘할 수 있도록 나머지 계절엔 고이 모셔둔다(이번 겨울 카르멘이 엄마 결혼식에 갈 때 특별 케이스로

한 번 입기는 했다).

이 년 전, 우리는 처음으로 떨어져 여름을 보내는 것이 대단히 큰일이라고 생각했다. 그런데 지금 우리는 함께 보내는 마지막 여름을 앞두고 있다. 내일이면 우리는 고등학교를 졸업한다. 그리고 9월이면 대학에 진학할 것이다. 텔레비전에서처럼 모두 같은 대학에 다니게 되는 기적 같은 일은 일어나지 않았다. 우리는 세 도시에 있는 다른 대학에 다니게 되었다(그래도 네 시간 내에 오갈 수 있는 곳으로 가자는 약속은 지켰다).

브리짓은 우리 넷 중 가장 허술한 학생인데도 지원한 모든 대학에 합격했다(국가대표 선수라서겠지?). 브리짓은 브라운 대학을 선택했다. 레나는 부모님의 반대를 무릅쓰고 로드아일랜드 디자인 스쿨RISD에 진학하기로 했고, 카르멘은 늘 꿈꿔온 대로 윌리엄스에 가게 되었다. 그리고 나는 뉴욕 대학에서 영화를 전공할 계획이다.

삶은 늘 변한다지만 이건 너무 큰 변화다. 여러분이 우리 아빠라면, '애야, 그래도 추수감사절엔 볼 수 있잖아'라고 말했을 것이다. 하지만 여러분이 나라면 이제 우리가 알던 삶은 끝났다는 걸 깨달을 것이다. 우리가 공유한 어린 시절이 끝나가는 것이다. 우리가 다시 지금의 집에서 살게 되는 일은 아마 없을 것이다. 같은 동네에서 살게 되는 일도 없을 것이다. 이제 우린 진짜 인생을 향해 방향을 틀게 된 것이다. 너무나 기대되는 동시에 세상에서 가장 두려운 일이기도 하다.

　내일밤, 우리는 길다 클럽에 모여 세번째 여름의 항해를 위해 마법의 바지를 개시할 것이다. 우리의 새로운 삶이 시작되는 날, 마법의 바지가 우리에게 가장 필요한 순간이 바로 내일이다.

결국, 우주는

너의 즐거움으로 인해

폭발할 거야.

_더글러스 애덤스

"좋아, 브리짓은 그레타 할머니랑 같이 서고, 레나는 발리아 할머니랑 같이 서봐." 카르멘은 헤매고 있는 할머니에게 손짓으로 방향을 안내하며 이런저런 지시를 내렸다. 레나와 브리짓의 다리가 서로 뒤엉켜 있었다. 그들은 카르멘이 디지털 카메라 셔터를 누를 때마다 서로 다리를 걸어 넘어뜨리려고 했다.

"좋아. 음, 에피랑…… 페리는 이쪽으로. 캐서린이랑 니키도. 티비하고 레나는 브리짓 옆으로."

레나가 카르멘을 힐끗 쳐다보았다. 레나는 사진 찍기가 죽기보다 싫었다. "어디서 돈이라도 받은 거야?" 그녀가 심술궂게 물었다.

카르멘은 땀범벅이 된 목에서 머리카락을 떼어냈다. 번쩍거리는 졸업가운은 바람이 잘 통하지 않았다. 카르멘은 사각모를(누가 사각모라는 이름을 지은 걸까?) 벗어 옆구리에 끼웠다. "좀 붙어볼래? 페리가 잘려서 안 나온단 말이야." 티비의 세 살 난 여동생 캐서린은 오빠 니키에게 발을 밟히자 화를 내며 울어댔다.

친구에게 식구가 많은 건 카르멘의 잘못이 아니었다. 하지만 오늘은 졸업식이다. 중차대한 날인 것이다. 카르멘은 누구도 빼놓지 않을 작정이었다. 공식적으로 형제도 자매도 없는 카르멘은 비공식적인 형제, 자매들을 중요하게 여겼다.

"여기는 어쩜 그늘도 없다니." 레나의 할머니 발리아가 싫은 소리를 했다.

그들이 서 있는 곳은 미식축구장이었다. 카르멘은 50야드 라인에 느릅나무나 참나무가 늘어서 있을 경우 발생할 문제점에 대해 상상해보았다. 그러다가 멀찌감치 있는 미식축구부원들과 그 가족들, 그들을 따라다니는 팬들이 뒤섞인 시끌벅적한 무리 쪽으로 고개를 돌렸다. 이 뜨거운 운동장은 그들 외에도 수많은 무리들로 가득 메워져 있었다. 축구장 라인은 질서 유지를 위한 최후의 보루나 마찬가지였다.

카르멘의 할머니 카르멘 시니어(티비는 그녀를 '시니오라'라고 불렀다)는 인정사정없이 내리쬐는 햇볕이 카르멘 아빠 앨버트의 탓이기라도 한 것처럼 그를 째려보았다. 카르멘은 할머니가 무슨 생각을 하는지 훤히 읽을 수 있었다. 엄마와 헤어진 사람인데 무슨 짓인들 못하겠어?

"이제 단체사진 갑니다. 다들 알겠죠?" 참으로 길고 긴 아침이었다. 다들 참을성을 잃어간다는 걸 카르멘도 잘 알고 있었다. 이제 자기마저 짜증이 날 지경이지만 나 아니면 누가 나중을 위해 이런 사진을 찍어두겠는가? 안 그런가? "마지막입니다. 맹세해요."

카르멘은 뒷줄에 아빠들과 남자들을 세웠다. 레나 아빠도 뒷줄로 보냈다. 키가 커서라기보다(오히려 브리짓이 레나 아빠보다 족히 8센티미터는 더 클 것이다), 배려 차원에서 그렇게 했다. 카르멘은 자신이 대체로 배려심 있는 사람이라고 생각했다.

할머니와 엄마들은 그 앞줄에 섰다. 발리아와 카르멘 시니어, 당신이 지금 어디 와 계신 줄도 모르는 티비의 증조할머니 펠리시아와 불안한 듯 파마머리를 계속 쓰다듬는 그레타가 함께 섰다. 그리고 잘빠진 베이지색 정장을 입은 애리와 어깨 너머로 새 남편 데이비드를 힐끔거리는 크리스티나, 앞니에 립스틱이 묻은 티비네 엄마가 함께 섰다. 앨버트의 아내 리디아는 내심 기대하면서도 혹시 자기가 자리만 차지하고 있는 건 아닌지 걱정하는 눈치였다.

마지막으로 나머지 형제자매들을 배치했다. 에피는 니키, 캐서린과 함께 무릎을 꿇고 앉아야 하는 처지를 깨닫고 심각한 표정을 지었다. 티비가 혼자 떨어져 있던 브라이언을 구슬려 남자들이 서 있는 뒷줄로 보냈다.

그리고 드디어 9월생 네 명의 차례다. 푹푹 찌는 시커먼 폴리에스테르 가운을 걸친 세 명이 가운데 카르멘의 자리를 남겨놓고 맨 앞줄에서 서로를 끌어안았다. "그래! 좋아!" 카르멘은 사람들의 기분을 북돋우려고 소리를 질러댔다. "잠깐만 그대로 있어봐요."

카르멘은 연단에 서 있던 콜링스 선생님을 억지로 끌고 오다시피 데려왔다. 카르멘을 복도로 가장 자주 내쫓은 선생님이자, 가장 아껴준 선생님이었다.

"이제 다 됐어요." 카르멘이 말했다. "선생님은 여기 서세요." 콜링스 선생님의 위치에 가서 직접 시범을 보인 뒤 그녀는 뷰파인더를 잠시 가만히 들여다보았다. 작은 프레임이 둘러싸고 있는 사람들. 사랑하는 친구들, 엄마와 새엄마, 아빠와 새아빠, 할머니. 그리고 마치 친가족처럼 느껴지는 친구 부모님과 가족들. 바로 이 안에 그녀의 삶 전체가 들어 있었다. 내 사람들. 중요한 모든 것이 여기 있었다.

그리고 지금 이 순간. 이유는 알 수 없지만, 바로 이 순간이 중요한 순간이었다. 모두 모여 네 친구가 함께해온 날들과 그동안 이뤄온 것들을 축하하고 있다. 지금 이 순간이 그들이 함께한 인생의 정점이었다.

카르멘은 친구들 쪽으로 달려갔다. 마음속에서 우러나온 기쁨의 함성을 지르자 모두 따라서 함성을 질렀다. 다함께 어깨동무를 하고, 주름이 지도록 서로 뺨을 부비는 그 순간, 함께한 사람들이 한 덩어리가 되는 들썩임이 느껴졌다. 그 순간 카르멘은 눈물을 터뜨렸다. 사진에 눈이 퉁퉁 부은 얼굴이 찍힐 것을 알면서도 어쩔 수가 없었다.

그렇다. 티비는 기분이 좋지 않았다. 보이는 건 변화뿐이었다. 모든 사람들이 변화에 대해서만 이야기했다. 브리짓이 이틀 연속으로 하이힐을 신는 것도 꼴보기 싫었다. 레나가 머리를 7센티미터 넘게 싹둑 잘라버린 것도 짜증났다. 잠깐이라도 하던 대로 내버려두면 안 되는 건가?

티비는 변화에 적응하는 데 시간이 걸리는 편이었다. 유치원 때 선생님도 적응력에 문제가 좀 있다고 말했으니까. 뭔가를 이해하려 할 때, 그녀는 앞이 아니라 뒤를 돌아보는 것을 선호했다. 점쟁이한테 가서 미래를 묻기보다 유치원 생활기록부를 뒤적여보는 것이다. 그것이 가장 싸게 먹히는 자기분석법이다.

티비는 이런 마음으로 길다 클럽을 둘러보았다. 길다 클럽 역시 변했다. 1980년대 후반에 누렸던 영화는 다 지나간 일이었다. 건물도 나이를 먹었다. 한때 번쩍이던 마룻바닥이 흠집이 나고 허름해졌다. 벽에 붙은 거울 한쪽엔 금이 가 있었다. 매트들은 티비만큼이나 나이 먹은 것처럼 보였고, 티비보다 훨씬 지저분했다. 칠판을 보니 유행을 좇아 킥복싱과 요가 수업을 새로 연 모양이지만, 그게 큰 도움이 되는 것 같진 않다. 문을 닫은 거면 어떡하지? 이 무슨 끔찍한 상상인가. 행여 회원권을 끊어야 하는 상황인 걸까? 아니다, 그건 이상하다. 안 그런가?

"티비, 준비됐어?" 레나가 걱정스러운 눈빛으로 물었다.

"길다 클럽이 문을 닫았으면 어떡하지?" 입을 열자 이 말부터 튀어나왔다.

바지를 들고 있던 카르멘과 촛불을 켜던 레나, 문 옆의 스위치를 가지고 야단법석을 떨던 브리짓, 모두 티비 쪽으로 고개를 돌렸다.

티비가 주변을 가리키며 말했다. "이 꼴 좀 봐. 대체 누가 여길 오겠느냔 말이야."

레나가 당황해서 말했다. "모르겠는데. 누군가 오겠지, 뭐. 여자들이나 요가 학생들."

"요가 학생들?" 카르멘이 물었다.

"나도 잘 모르지만." 레나가 웃으며 대답했다.

평소 티비는 감정을 드러내지 않는 편이었지만 오늘밤에는 달랐다. 길다 클럽에 대한 비논리적인 생각들이 티비를 절망적으로 만든 것이다. 클럽의 쇠락이 그들의 존재 자체를 집어삼켜버릴 것처럼 느껴졌다. 현재의 변화가 과거를 휩쓸어가는 것 같았다. 하지만 그렇다고 과거를 바꿀 수도 없는 노릇 아닌가? 과거는 이미 정해져 있다. 왜 이렇게까지 강박적으로 과거를 보호해야 한다는 생각이 드는 걸까?

"이제 마법의 바지를 꺼낼 시간이야." 카르멘이 말했다. 군것질거리를 꺼내놓고 촛불을 켰다. 지지리도 구린 댄스음악이 흘러나왔다.

티비는 지금이 마법의 바지를 꺼내야 할 때인지 확신할 수 없었다. 자기 감정을 다스리는 것만으로도 충분히 힘들었다. 지금이 상황이 무엇을 뜻하는지 나머지 세 명이 눈치챌까 두렵기까지 했다.

그러나 너무 늦었다. 카르멘이 품안에서 그들만의 의식에 쓰이는 봉헌물을 꺼내들었다. 마법의 바지는 겨울의 봉인에서 천천히 풀려나 길다 클럽의 특별한 기류와 섞이면서 힘을 모아갔다. 카르멘은 이 년 전 이 의식을 처음 치른 밤, 바지에 대한 규칙을 적은 각서 위에 바지를 올려놓았다. 그런 다음 모두 조용히 둘러앉은 가운데 바지에 수놓은 지난여름의 연대기를 읽어내려 갔다.

"오늘은 우리가 고등학교 생활에 안녕을 고하는 날입니다. 그리고 브리짓과도 잠시 헤어지게 되는 날이지요." 카르멘은 엄숙한 목소리로 말했다. "우리 모두 여름과 마법의 바지에게 인사합시다."

하지만 목소리는 이내 엄숙함을 벗었다. "오늘밤에는 헤어진다는 걱정은 하지 말자. 그건 여름이 끝날 때 바다에 가서나 하자. 알겠지?"

티비는 카르멘에게 키스를 퍼붓고 싶었다. 용기를 내긴 했지만, 카르멘 역시 앞날이 무엇을 예고하고 있을지 두려워했다. "그래, 그러자." 티비가 전적으로 동의하고 나섰다.

다들 이번 여름의 마지막 주말을 신성하게 여겼다. 동시에 그건 두려움의 대상이었다. 모건 씨가 레호보트 해변 근처에 별장을 가지고 있는데, 마지막 주말에 그곳을 빌려주기로 카르멘에게 약속했다. 아마 그들이 덴마크에서 온 오페어*를 고용하는 바람에 작년 여름처럼 카르멘을 베이비시터로 써줄 수 없게 되어서 미안한 마음이 어느 정도 작용한 것 같았다.

이것이 바로 봄부터 넷이서 약속한 올여름 마지막 주말의 계획이었다. 아무도 끼워줄 수 없는 넷만의 계획. 모두 그 약속에 의지하고 있었다. 미래가 너무도 빨리 펼쳐지고 있었다. 하지만 그 약속은 이번 여름에 무슨 일이 생기더라도, 그들과 미지의 거대한 미래 사이를 굳건하게 가로막고 있었다.

각자 다른 방식으로 대학 생활을 예상하고 있다는 것쯤은 티비도 알았다. 각자가 잃게 될 부분에도 차이가 있었다. 어차피

---

* 외국인 가정에서 아이를 돌보는 대가로 숙식과 일정액의 급여를 제공받고 어학 공부 및 문화를 체험하는 젊은 여성.

쓸쓸한 집에 살던 브리짓은 잃을 것이 없었지만 카르멘은 엄마와 이별하기가 두려웠다. 티비는 익숙한 대혼란과 작별하는 것이 두려웠다. 레나는 하루는 끈을 놓기가 두려웠다가, 다음날이면 빨리 도망치고 싶어 안달하는 상황이었다.

그래도 모두가 똑같이 느끼는 가장 큰 두려움은 서로에게 이별을 고해야 한다는 것이었다.

그들은 바지 입을 차례를 제비뽑기로 정한 뒤(티비가 일등이었다), 규칙을 읽고(굳이 그럴 필요는 없지만 그래도 전통이니까), 지렁이 젤리를 먹으면서 잠깐 쉬었다. 마지막으로 맹세를 할 차례가 왔다. 매년 여름 그랬던 것처럼, 다함께 맹세했다.

"바지의 명예를 위해, 우정을 위해,
 이 순간을 위해, 이번 여름을 위해, 그리고 우리의 남은 삶을 위해, 따로 또 같이."

'우리의 남은 삶을 위해'라고 외치는 부분에서 티비는 전에는 나오지 않던 눈물이 뚝 떨어지는 것을 느꼈다. 너무나 아득하다고 느끼던 길에, 오늘밤 모두 함께 들어선 것을 느꼈기 때문이다.

누군가가 내 심장을 이미

고장내버렸어.

_샤데이

그날 밤 티비는 박제하는 꿈을 꾸었다. 꿈속에서 미친 증조할머니 펠리시아가 마법의 바지에 졸업 선물들을 쑤셔넣고 있었다. "네가 원하던 거잖아!" 할머니가 티비에게 소리를 질러댔다.

바지 채우기 작업은 무척 프로페셔널하게 진행되었다. 완성된 바지는 번쩍이는 대리석 받침대에 전시됐는데, 가짜로 다리를 만들어넣어서 경쾌하게 걸어다니는 것처럼 보였다. 정말 살아 있는 다리처럼 보이긴 했지만, 문제는 그 다리에 몸통도, 머리도, 심지어 발조차 달려 있지 않았다는 점이었다. 바지는 한쪽 가랑이에서 삐져나온 황동 파이프로 대리석 받침대에 고정되어 있었다.

"그렇게 하면 바지가 아무데도 못 가잖아요." 티피가 소심하게 지적했다.

"바로 그거야! 그게 네가 원하던 거잖니!" 할머니가 고함을 질렀다.

"제가요?" 티비는 혹시 자신이 그랬을 수도 있다는 생각에 혼란스러움과 죄책감에 사로잡혀 물었다. 그러다 기숙사에서 기숙사로 바지를 보내 돌려 입기엔 너무 무겁지 않을까, 라고 생각하기에 이르렀다.

이젠 누가 바지를 세탁해버리지 않을까 걱정 안 해도 되겠어. 티비는 꿈속에서 스스로를 위로했다.

꿈에서 깨어나니 동생 캐서린이 옆에 서 있었다. 서 있는 캐서린의 머리가 누워 있는 티비의 머리와 높이가 비슷했다. "브라이언 방문이야." 캐서린은 새로운 단어를 시험해보는 걸 매우 좋아했다. 왔다고 말하지 않고 방문했다고 말해서 무척 기쁜 모양이었다.

티비는 몽롱한 상태로 일어나 앉아 물었다. "지금 몇시니?"

캐서린은 티비의 라디오 시계 앞으로 잽싸게 다가가 잔뜩 기대하는 눈빛으로 시계를 들여다보았다.

"세상에, 열한시가 다 됐네." 티비가 자문자답했다.

아래층으로 바로 내려가려다가 이를 먼저 닦아야겠다고 생각했다. 부엌으로 내려가보니, 브라이언은 식탁에 앉아 니키와 함께 도미노를 쌓고 있었다.

"한꺼번에 여러 개를 세워보자." 브라이언이 나무 조각들을 뱀 모양으로 늘어놓으면서 참을성 있게 달랬다.

하지만 니키는 그저 도미노를 넘어뜨리고 싶은 마음뿐인 듯했다.

"안녕." 티비가 인사를 건넸다.

"안녕."

"아침은 먹었어?"

"어, 어, 그럼." 이유는 잘 모르겠지만 어깨를 귀 쪽으로 추켜올리는 걸 보니 브라이언은 좀 긴장한 것 같았다.

"무슨 일이야?" 티비는 이렇게 물은 뒤 냉장고를 살피러 갔다.

"그냥, 저기…… 잠깐 얘기할 수 있어?"

티비는 냉장고 문을 닫고 똑바로 서서 브라이언을 바라보았다. "물론이지."

"저기 가서…… 어때?" 브라이언이 거실을 가리켰다.

티비의 눈썹이 미간에서 합체될 듯 몰렸다. "거실에서 얘기하자고?"

티비네 식구들 중 거실에서 뭔가를 하는 사람은 아무도 없었다. 일주일에 한 번 로레타가 청소하러 들어가 거미줄을 걷을 뿐이다. 아니면 부모님이 몇 달에 한 번씩 파티를 열어, 완벽한 소파에 늘 누워 쉬기라도 하는 것처럼 연기하거나.

티비는 얼떨떨한 기분으로 브라이언을 따라갔다. 둘은 칵테일

파티에 온 손님들처럼 소파에 앉았다.

"무슨 이야기인데……?" 이렇게 묻는데 마음속에서 걱정이 일기 시작했다. 둘이 나란히 앉아 정면만 보고 있는 건 좀 우스운 일이었다.

청바지를 입은 브라이언은 손바닥으로 허벅지만 문지르고 있었다.

티비는 양반다리를 하고 소파에 앉아 브라이언 쪽으로 몸을 틀었다. "무슨 일 있어?"

"물어볼 게 있어."

"좋아. 물어봐."

"오늘 저녁에 뭐하는지 알지?"

"어…… 졸업파티 얘기지?"

"나랑 가지 않을래?"

티비의 눈썹이 더욱 심하게 몰렸다. "어차피 우리 다 가는데, 레나…… 브리짓……"

브라이언이 그건 안다는 듯 손을 저었다. "그렇긴 하지만, 넌 나랑 가지 않을래?"

너무 당황스러웠다. "지금 데이트하자는 거야?" 말도 안 된다는 생각에 티비는 대놓고 묻고 말았다.

"뭐, 그런 셈이지."

불현듯 이 갑작스러운 발상을 비웃거나 코웃음치는 건 너무 잔인한 짓이라는 생각이 들었다. 티비는 고개를 갸우뚱했다. 브라이언은 대담하게도 언제나처럼 그녀의 눈을 응시했다.

티비는 두 손을 움켜쥐었다. 자기가 탱크톱에 파자마 바지를 입고 있다는 데 생각이 미쳤다. 항상 비정상적일 정도로 늦게까지 잠옷을 입고 있기에 브라이언이 그런 모습을 이미 수백 번은 넘게 보았는데도 이 상황이 낯설게 느껴졌다. 여기, 완벽하게 세팅된 무대 같은 거실에서 이상한 질문에 대답해야 하는 입장에 서는 그 낯섦이 더 두드러졌다.

"데이트라고?" 티비가 천천히 다시 물었다.

"그런 셈이야."

브라이언의 마음을 다치게 할 마음은 없었다. 그러고 싶진 않았다. 이 상황이 어디로 흘러갈지는 중요하지 않았다. 티비는 고개를 끄덕이며 말했다. "좋아."

브라이언과 함께 소파에 앉아 있자니 발가벗고 있는 듯한 기분이 들었다. 도대체 무슨 일이 일어나고 있는 건지 감조차 잡을 수 없었다. 브라이언이 천천히 다가오는데도, 티비는 자신이 거실 저편에서 두 사람을 바라보고 있는 듯한 기분이 들었다. 자신감과 신중함으로 새롭게 무장한 브라이언. 티비는 겁을 내면서도 무서울 정도로 침착해졌다.

그래서 브라이언의 얼굴이 다가오는 순간에도 그의 눈을 바라보며 가만히 앉아 있을 수 있었다. 그는 키스나 그 비슷한 것은 하지 않았다. 하지만 그의 행동은 충격적이고 친밀하게 느껴졌다. 그는 오른손의 세 손가락을 달아오른 티비의 얼굴에 살짝 얹고 이마 가운데 생긴 주름을 부드럽게 펴주었다.

그리고 말했다. "그래, 그러자."

이른 봄의 어느 날, 레나는 몸이 좋지 않아 학교에 가지 않았다. 그리고 집에서 자신이 입양된 사실을 책으로 쓴 여자가 나오는 낮 시간대 토크쇼를 보았다. 생모를 본 적이 없고 연락조차 해본 적 없다는 그 여자는 평생 생모가 자신을 찾길 바라며 살아왔다고 했다. 그리고 자신이 입양된 집에서 벗어나길 원치 않는 이유에 대해 얘기했다. 그녀는 장기 여행을 가는 것조차 꺼리고, 어딜 가게 되면 항상 자기 연락처를 상세히 남겨두었다. 전화번호가 자신의 이름으로 등록되어 있는지도 늘 확인했다. 마치 빵 부스러기로 자신의 자취를 남기듯 하며 살았다. 생모가 언젠가 자신을 찾을 수 있도록 확실한 장치를 해두고 싶어했다.

토크쇼를 본 후로 레나는 계속 그 여자가 떠올랐다. 이유는 알수 없었다. 깊이 생각해보지도 않았다. 어차피 마음이란 제멋대로 움직이는 거니까. 다리털을 제모할 때마다 리츠 크래커가 생각나는 것처럼. 왜 그런지 누가 알겠어? 그리고 그게 뭐 중요한가?

하지만 지금 침대에 누워 9월에 입학할 학교에 낼 서류를 작성하는 동안에도, 레나의 머릿속엔 여전히 토크쇼에 나왔던 그 여자가 떠올랐다. 룸메이트에 대한 요구사항을 작성하는데 그 여자의 슬픈 회색 눈이 계속 스쳐지나가는 것이다. 기숙사 방 기호에 대한 설문지를 작성할 때도 그 여자의 씰룩거리던 아랫입술이 눈에 선했다.

그리고 손으로 얼굴을 가리고 침대에 드러눕자, 모든 것이 분명해졌다. 그 여자는 레나 스스로를 계속 돌아보게 만들었다.

자신도 깨닫지도 못하는 사이, 레나는 이번 여름에 집을 떠나야 한다는 생각에 교묘히 저항하고 있었다. 심지어 일주일만 집을 떠난다 해도 미칠 것 같은 기분이 들었다. 9월에 아예 다른 도시로 떠나야 한다는 생각은 흥분되기도 했지만, 동시에 고통스러웠다.

레나는 집을 떠나고 싶었다. 준비도 되어 있었다. 더구나 아빠가 혼자되신 할머니를 그리스의 아름다운 섬에서 모셔와 메릴랜드 주 교외에서 함께 살자고 한 뒤로, 칼리가리스 집안에는 팽팽한 긴장감이 감돌고 있었다.

그리고 무엇보다 RISD에 대한 기대가 컸다. 레나는 화가가 되고 싶었고, 그럴 수 있을 거라고 스스로 확신했다. 이번 여름 수강하게 된 회화 수업은 친구들을 제외하고 그녀 인생의 유일한 낙이었다.

그래도 아직이다. 아직 떠나고 싶지는 않았다. 코스토스가 자신을 찾을 수 있는 장소에서 떠나고 싶지 않기 때문이다. 더 깊은 속내를 드러내자면, 그와 사랑을 나누었던 시간과 공간으로부터 멀어지고 싶지 않았다. 코스토스가 사랑했던 자신과 다른 사람이 되고 싶지 않았다.

전화벨이 울리자, 레나는 발리아 할머니가 받아 죄 없는 사람한테 소리를 질러대기 전에 냉큼 수화기를 들었다.

"여보세요?"

"여보세요. 나야."

"카르멘이구나. 뭐해?"

"옷 입고 있지. 제모했는데 또 망했다. 넌 뭐 입으려고?"

레나는 시계 쪽으로 눈을 돌렸다. 삼십 분 후면 졸업파티에 가서 친구들을 만나야 한다. 같이 갈 사람도 없는데다 에피가 남자 선배들이나 건져보겠다며 나서는 바람에 에피를 파트너로 데려가기로 했다.

레나는 열려 있는 옷장으로 시선을 돌렸다. 옷을 고르는 데는 크게 관심이 없었다. 레나의 옷은 크게 두 종류로 나뉘었다. 추억으로 가득찬, 코스토스와 함께한 시간에 입은 옷들과, 아무 추억도 없는, 그 시간에 입지 않은 옷들이었다. 어느 쪽이든 입고 싶지 않았다.

"몰라. 아직 안 정했어."

"레나, 오늘은 중요한 날이라고." 카르멘이 부추겼다. "신경써서 입어. 예쁜 걸로. 화장도 좀 하고. 내가 가서 도와줘?"

"아니, 괜찮아." 카르멘이 옷장을 휘젓게 하고 싶진 않았다.

"카키색 치마는 입지 마라." 카르멘이 경고했다.

"안 입어." 말은 그렇게 했지만, 실은 그걸 입으려던 참이었다.

안타깝게도 레나의 옷장은 그녀의 삶을 고스란히 보여주고 있었다. 0 아니면 1뿐인 컴퓨터의 세계처럼 딱 두 부류로 나뉘었다. 레나에게는 두 가지만 존재했다. 1. 코스토스에 대해 생각하기. 2. 코스토스에 대해 생각하지 않기.

레나는 그 토크쇼 출연자의 심정을 백분 이해했다. 레나 역시 누구보다 사랑한다고 믿었던 사람에게 버림받았다. 그리고 자신의 의지와 상관없이, 그가 언젠가는 돌아올 거라는 채워지지 않는 수동적 희망을 품고 있었다.

사랑이 있는 곳에

기적이 있다.

_윌라 캐더

"브라이언, 브라이언이 왔어!" 캐서린이 현관문을 열어젖히더니 천장까지 닿을 정도로 소리를 질렀다.

브라이언은 진짜 데이트를 바라는 것이 분명했다. 티비에겐 꽃다발을, 엄마에겐 식구들끼리 먹으라며 초콜릿을 상자째로 선물했다. 어디서 데이트 비법서라도 읽고 온 것 같았다. 정장 재킷에 넥타이까지 맸지만, 데이트 상대가 청바지를 입었다는 사실에 연연하지 않았다.

그는 "정말 예쁘다"라고 말하며 티비를 찬찬히 바라보았다. 마법의 바지부터 최대로 끌어모은 가슴골이 비치는 얇은 자주색 블라우스, 머리에 꽂은 고풍스러운 라인석 핀, 명암을 주기 위해 눈꺼풀을 따라 칠한 아이섀도까지. 예뻐 보이기 위해 노력한 흔적이 역력했다.

브라이언의 장점은 마법의 바지를 이해해줄 수 있는 남자라는 것이다. 그건 이 년 전 여름 베일리가 그랬던 것과 같은 무조건적 이해였다. 바지는 이런 식으로 소중한 사람과 그렇지 않은 사람을 식별해주는 최고의 리트머스 용지 역할을 했다. 외모와 상관없이, 브라이언은 티비가 아는 가장 소중한 남자였다.

세븐일레븐에서 베일리와 티비가 첫 촬영을 시작한 이 년 전 그날 이후, 브라이언만큼 변신에 성공한 사람은 아무도 없었다. 겉모습만 봐도 그랬다.

정말 완벽하고 대단한 변화였다. 마음이 간다는 이유만으로 친구가 된 심성 고운 최강 찌질이가 185센티미터까지 자라더니, 치과 치료를 받고 흉물스러운 안경까지 벗자 사실상 킹카로 변신한 것이다. 별생각 없이 1달러를 주고 산 주식이 100달러까지 치솟는다면 아마 이런 심정일 것이다. 요즘 들어 여자애들이 부쩍 브라이언에게 말을 걸고 치근대는 것을 티비는 멍하니 바라보고만 있었다.

하지만 다른 한편으로는 이런 상황이 이상한 운명의 장난처럼 느껴졌다. 티비 인생에서 유일하게 믿을 만한 남자가 매력적인 남자로 변해버린 것이다. 물론 일부러 그런 게 아니라는 건 알고 있었다. 브라이언 역시 티비가 그렇게 생각하길 바라지 않았다. 티비가 이 사실을 마음에 담아두고 슬퍼하지 않도록 최대한 노력하기도 했다. 하지만 브라이언과 티비가 서로를 바라게 된 결과, 이제 둘의 관계는 안전하지 않았다.

"브라이언, 브라이언, 브라이언이다!" 캐서린과 니키는 말 그대로 브라이언 주위를 빙빙 돌며 춤을 춰댔다. 브라이언은 신경질적인 맏언니와 달리 둘이 고안해낸 지루한 게임을 같이 해주고, 말도 안 되는 소리를 하나하나 다 들어주면서 캐서린과 니키의 사랑을 힘들게 획득했다. 정작 그 두 명이 진짜 데이트 상대인 티비보다 더 좋아하며 난리였다.

너무 순진한 탓인지, 설명하긴 힘들지만 브라이언에겐 어딘가 좀 이상한 자신감이 있었다. 차가 없어서 티비네 집까지 걸어와야 하는 걸 신경쓰지 않았고, 데이트를 나갈 때 티비 차를 타야 한다는 사실에도 자격지심을 갖지 않았다. 집밖으로 나선 브라이언은 아주 당당하게 차문을 열어줬다. 운전석 쪽 문을. 하지만 브라이언이 상관하지 않았기 때문에 그런 건 문제조차 되지 않았다.

차안은 은밀했다. 너무 어둡고 은밀했다. 브라이언의 손이 티비의 팔꿈치 안쪽에 닿았다. 식겁한 티비는 시동을 걸려고 키를 더듬거렸다.

그들은 성인이 되어가고 있었다. 그건 티비가 대면해야 하는 사실이었다. 브라이언은 소년에서 남자가 되어 있었다. 그는 열여덟 살이었다. 그리고 예전과 다른 방식으로 티비를 대하고 싶어했다. 티비가 달라 보였다. 뻔뻔스럽거나 거칠게 굴지는 않았지만, 그의 시선은 티비의 가슴에 오랫동안 머물렀다. 티비에게 팔을 두를 때면 허리 라인을 느끼는 것이 확실했다. 브라이언이 그런 눈으로 바라볼 때면 티비 역시 뭔가 다른 감정을 느꼈다. 자연스러운 일 아닌가?

학교 주차장에서 브라이언이 티비의 손을 잡았다. 그녀의 손은 땀으로 젖어 있었다.

하지만 우정은 어쩌고? 둘 사이에 느꼈던 편안함은? 도대체 어디로 가고 있는 거야? 이대로 내버려둬도 돌이킬 수 있긴 한 거야?

이번 여름이 관건이다. 티비는 지금 일어나는 일들을 두고 그렇게 생각했다. 되돌아갈 수 있는 걸까?

어두운 강당에선 DJ가 학교 사교 행사 때마다 그러듯 시끄럽고 귀에 거슬리는 음악을 틀어대고 있었다. 하지만 이것도 마지막이라서인지 티비는 그렇게 싫지만은 않았다.

브라이언이 티비의 손을 잽싸게 잡아끌었다. 둘이 사귄다는 사실을 선포하고 나선 것이다. 아이로니컬하게도 그는 자기 자신보다 티비의 평판을 높여주었다. 이번 봄 브라이언은 티비를 뛰어넘는 사교계의 명사가 되었다. 하지만 그는 그 사실을 알아채지 못했을뿐더러 신경조차 쓰지 않았다. 예쁜 친구들과 함께 다녀도, 아이들은 티비를 불만에 가득찬 예술가 타입으로 생각했다. 브리짓은 글래머 운동선수 타입이었다. 카르멘은 절대 시키는 대로 고분고분 비위를 맞추지는 않지만 꽤 순진해서 후배 남학생들의 표적이 되었다. 레나는 아이들의 시선을 피해다녔다. 그리고 브라이언은 이상하게도 사교계의 새로운 유망주가 되었고—때론 모임에 새로운 피를 수혈해야 한다지만—친구들 중 아무도 받지 못하는 초대를 혼자 다 받았다. 티비는 이 경쟁에 뛰어들기엔 너무 소심해 칙칙한 옷을 입고 주변을 서성이며 냉소적인 관찰이나 일삼는, 스스로를 부적응자라고 칭하는 부류 중 하나였다.

모든 남학생들 중 오직 브라이언만이 티비의 머리가 얼마나 자랐는지, 튜브톱을 입으면 어깨가 얼마나 가녀려 보이는지, 마법의 바지를 입었을 때 뒤태가 얼마나 아담하고 훌륭한지 알고 있는 것 같았다. 티비는 이렇게 관심받는 것이 좋았다. 그리고 동시에 싫기도 했다.

브리짓과 카르멘이 두 사람을 바로 알아보았다. 레나와 에피는 아직 도착하지 않았다. 에피는 파티 때마다 시간을 들여 꽃단장을 하는 것으로 악명 높았다. 브리짓은 흰색 홀터넥 드레스를 입고 있었는데, 머리카락이 촛불보다 환하게 빛났다. 영락없이 마릴린 먼로였다. 카르멘은 섹시해 보이는 빨간색 슬립 드레스를 입고 왔다. 남자애들이 벌써부터 카르멘에게 모여들었다. 화려한 옷과 보석으로 치장한 친구들이 굉장히 아름다웠지만, 티비는 자신이 오늘 마법의 바지를 입을 차례에 당첨되었다는 사실에 감사했다.

브리짓과 카르멘은 늘 그러듯 티비를 화장실로 끌고 갔다. 동굴 같은 여자 화장실은 학교 파티에서 대부분의 사건이 일어나는 장소이기도 했다. "너희 정말 믿을 수 없을 만큼 예쁘다." 티비가 따라가면서 말했다.

"티비, 너도 섹시해." 카르멘이 대꾸했다. "우리가 너를 끌고 오니까 브라이언이 아주 죽으려고 하던걸."

쫙 빼입은 여자애들 한 무리가 거울에 달라붙어 화장을 고치거나 담배를 피우며 수다를 떨고 있었다.

브리짓이 립글로스를 꺼내 덧바른 뒤 차례로 돌렸다.

"저기, 브리짓?" 카르멘이 브리짓에게 말을 걸었다.

"응?"

"만약 네가 어떤 남자를 만나서 사랑에 빠졌는데, 갑자기 그 남자한테 유전적 변이가 일어나서 사랑의 감정이 죽어버리면 어떻게 할래?"

브리짓은 사실과 정반대인 카르멘의 이런 가정들을 늘 인내심 있게 들어주었다. "응? 글쎄?"

"그럴 때면 그 드레스를 입도록 해."

브리짓이 웃음을 터뜨렸다. "알았어."

몇 분 뒤, 레나가 평소처럼 간편한 카키색 건빵치마와 검은색

셔츠 차림으로 나타났다.

"레나, 꼭 그렇게 머리를 질끈 동여매야 했니?" 카르멘이 짐짓 짜증스럽게 물었다.

"무슨 소리야?" 레나가 되물었다.

"제발. 오늘은 고등학교 마지막 파티라고." 브리짓이 다그쳤다.

다 같이 달려들어 레나에게 마스카라와 립글로스를 발라주고, 살살 구슬러 머리를 풀어헤쳤다.

거울에 비친 얼굴을 보다가 티비는 눈물을 쏟을 뻔했다. 이곳은 지난 사 년간 온갖 학교 행사가 열렸던 곳이다. 다른 어떤 곳에서보다 즐거운 시간을 보냈다. 어찌 보면 오늘밤도 진정한 고등학교 시절의 추억이 될 것이다.

카르멘이 티비에게 말했다. "슬프지. 나도 알아."

"여기서 나가자." 티비가 말했다. 지금 당장은 그런 감정에 휩싸이고 싶지 않았다.

넷은 강당으로 돌아가 각기 흩어졌다. 브라이언은 마음 졸이며 티비를 기다리고 있었다. "춤출까?" 그가 티비에게 물었다.

싫다고 해도 되는 건가? 데이트 상대가 거절해도 되는 건가? 그가 티비의 손을 잡고 플로어로 나가자 음악이 빠른 곡에서 느린 곡으로 바뀌었다. 이게 더 낫다고 해야 되나, 나쁘다고 해야 되나? 티비는 종잡을 수가 없었다.

브라이언을 어떻게 안아야 하는지 터득하는 데 못해도 한 시간은 걸릴 것 같았다. 하지만 브라이언은 과감했다. 가까이 다가와 티비를 꼭 끌어안았다.

드디어 때가 왔다. 처음이었다. 확실한 건 티비도 브라이언의 몸이 어떨지, 무슨 느낌일지 상상해보았다는 것이다. 이 새로운 사건을 통해 두 사람의 우정의 경계는 조금씩 희미해지고 있었다.

브라이언은 이제 티비보다 키가 훨씬 커서, 티비의 머리가 가슴에 닿을까 말까 했다. 브라이언의 손이 티비의 허리와 엉덩이, 등을 쓰다듬었다. 아주 오랫동안 바라보기만 하던 곳에 천천히 손을 대었다. 티비는 아랫배가 부글거리고, 다리가 후들거렸다.

너무 빨랐다. 티비는 브라이언을 따라잡지 못하고 뒤처지고 있었다. 더이상은 못할 것 같았다.

브라이언의 품에서 떨어진 티비의 뺨이 벌겋게 달아올라 있었다. "그만 가면 안 될까?"

"어디로?"

"글쎄." 티비는 브라이언의 손을 잡고 강당 밖으로 끌어내 주차장으로 갔다.

갑자기 어떤 생각이 떠올랐다. 티비는 둘의 관계를 원래대로 돌려놓을 작정이었다.

브라이언은 불평 한마디 않고 차에 탔다. 티비는 리버 로드에 있는 둘의 중요한 장소, 세븐일레븐으로 조용히 차를 몰았다.

그제야 브라이언은 티비가 뭘 하려는 건지 깨달았다. 그는 편

의점의 깜빡이는 불빛 아래 티비를 향해 어깨를 으쓱하며 미소를 지어 보였다. 그러고는 기꺼이 드래건 마스터 게임기를 향해 걸어가 주머니를 뒤져 동전을 찾았다. 브라이언을 지켜보면서 티비는 깨달았다. 브라이언은 그저 티비를 즐겁게 해주기 위해 그 게임을 하고 있었을 뿐이라는 걸, 그의 인생은 스크린 밖에 있었다는 걸 말이다.

"됐어." 티비가 말했다. 부끄러웠다. 다리가 덜덜 떨렸다. 땀방울이 등줄기를 타고 흘러내렸다. 어디로 가야 할지 모른 채 그저 도망치고만 있었다.

그들은 다시 차로 돌아왔다. 티비는 둘의 집 중간쯤에 위치한 조그만 공원을 향해 차를 몰았다. 또다른 그들만의 장소였다.

두 사람은 차에서 내려 피크닉 테이블에 앉았다. 주변은 조용하고 어두웠다. 이대로라면 이 어둠과 침묵에 휩싸일 때까지 가만히 앉아만 있게 될 것 같았다.

그녀는 자리를 박차고 일어섰다. 그리고 브라이언 앞에 가서 섰다. 티비가 서고 브라이언이 앉아 있으니 서로 눈높이가 맞았다. 축축한 손을 브라이언의 무릎에 올려놓았다. 그가 황급히 테이블 가장자리로 나와 티비를 끌어안았다. 그리고 티비의 심장박동이 잦아들 때까지, 아주 오랫동안 그 상태로 그녀를 껴안아 주었다.

티비가 고개를 들자, 브라이언은 먼저 그녀의 이마에 키스했다. 그리고 이내 티비의 입술에 입을 맞췄다. 정말 달콤한 키스였다. 그동안 쌓아둔 욕망에 참을 수 없어진 그는 아무런 망설임 없이 티비의 머리카락 속으로 손을 넣어 머리 뒤를 받쳐주었다. 브라이언이 잠시 키스를 멈추고 티비의 귀에 속삭였다. "사랑해."

이전엔 느껴본 적 없는 아름다운 순간이었다. 그때까지 얼굴만 붉히고 있던 티비의 눈에 눈물이 맺혔다.

가슴속에 바람이 부는 듯 이상한 감정이 일었다. 바람은 뜨겁고 후덥지근하다가, 시원하고 상쾌하게 바뀌었다. 그리고 그 바람이 멈췄을 때, 티비는 늘 둘 사이에 존재했던 우정이 사라졌다는 걸 깨달았다.

어느 날 누군가가

네가 꼭 '네'라고 대답해야 하는

질문을 할 거야.

_올드 97's

카르멘은 특급 미션을 수행중이었다. 엄마의 인조 속눈썹을 훔쳐야 한다. 지금 당장.

　오늘은 브리짓이 펜실베이니아 캠프로 떠나기 전 마지막으로 작별인사를 하는 날이라 일찍 일어났다. 엄마와 아침식사를 하고, 질질 끌려가듯 출근하는 엄마를 보며 아직 아르바이트를 구하지 못했다는 사실에 잠시 죄책감을 느꼈다. 친구이자 의붓오빠 폴에게 장문의 이메일을 보내기도 했다.

　브리짓에게 작별인사를 할 걸 생각하니 갑자기 슬퍼졌지만 곧 일반적인 헤어짐일 뿐이라는 데 생각이 미쳤다. 그래서 기분전환용으로『코스모걸!』최신호를 집어들었다. 이런 짓도 종종 마음의 위안이 된다. 아니나 다를까, 카르멘은 23쪽에 나온 인조 속눈썹의 획기적 사용법을 몸소 시행해봐야겠다는 충동에 휩싸였다. 때론 생각 없이 사는 게 득이 될 때가 있다.

요즘 들어 엄마 방에 들어가는 게 예전 같지 않았다. 이유는 명백하다. 더이상 엄마 방이 아니니까. 그 방은 이제 엄마와 데이비드의 방이었다. 여자 혼자 사는 방과 여자와 남자가 같이 사는 방은 엄연히 다르다. 게다가 혼자 살던 여자가 엄마고, 같이 사는 남자가 알게 된 지 일 년도 안 된 새 남편인 경우라면 더더욱 그렇다.

카르멘은 부모님의 이혼이 그리 달갑지 않았다. 잃는 것이 너무 많았다. 하지만 데이비드와 함께 살게 되면서 지난 몇 년간 엄마와 단둘이 지내는 생활에 자신들이 얼마나 잘 적응하고 역할 분담을 잘해왔는지 절실히 깨달았다.

아빠가 떠나고 처음 얼마간은 일상의 경계가 무너져내리는 것 같았다. 거의 일 년 정도 매일 밤 엄마와 함께 잤다. 그건 나 자신을 위한 일이었을까, 아니면 엄마를 위한 것이었을까? 고단한 하루를 마치고 일터에서 집으로 돌아오는 아빠가 사라진 뒤 한동안, 엄마가 쓰던 말대로라면, '우리 여자들'은 에고 사社에서 나온 와플이나 스크램블드에그로 저녁을 때워야 했다. 당시 카르멘은 소 옆구리살 스테이크에 곁들여 나오는 채소를 억지로 먹지 않아도 돼서 좋다고 여겼다.

예전에는 엄마 방을 곧 자기 방처럼 느끼곤 했다. 하지만 지금은 엄마 방에 가는 게 망설여졌다. 예전엔 엄마 침대에도 마음대로 드러눕곤 했지만 이제 그 침대는 다른 침대가 되었다. 말 그대로 침대가 바뀐 건 아니지만, 새로운 차원에서 볼 때 달라졌다. 요새는 엄마 방에 들어가도 침대를 빙 돌아서 다녔다.

방에 남자 물건이 꽉 들어찼다든가 하는 건 아니다. 데이비드는 게으르지 않았다. 그는 이 공간이 자기가 함께 살기 훨씬 전부터 크리스티나와 카르멘의 공간이었다는 사실을 항상 염두에 두었다. 데이비드가 쓰는 공간은 옷장 한 칸과 책꽂이 세 단, 그리고 포터리 반에서 구입한 새 서랍장이 전부였다. 아직 자기 사진 한 장 걸려 있지 않았다. 그러나 그 방은 데이비드만이 아닌 두 사람의 흔적을 여실히 보여주고 있었다. 둘만의 친밀함이라든가 자기 전에 속삭이는 사랑의 말 같은 것 말이다. 둘이 없을 때도 카르멘은 마치 자기가 그 방에 무단으로 침입한 것 같은 기분이 들었다.

욕실도 전에는 크림이나 로션, 화장품, 탐폰, 향수 같은 여성용품으로 가득차 있었다. 하지만 지금은 둘이라는 것을 존중해서인지, 대부분의 물건들을 수납장에 넣어 보관했다. 엄마의 매니큐어 리무버 옆에 놓인 데이비드의 면도크림을 보는 것만으로도 카르멘은 왠지 침대 속 두 사람 사이에 들어가 누운 것 같은 느낌이 들었다.

인조 속눈썹은 약 수납장 안에는 없었지만 금세 찾아낼 수 있었다. 딸이랑 둘이 살 땐 찾기 쉬운 곳에 두더니, 새 남편과 함께 살게 되니 증거인멸 수준이었다.

엄마가 데이비드에게 보이고 싶지 않은 물건들을 변기 위 수납장에 둔다는 걸 카르멘은 이미 알고 있었다. 정답. 열기 힘든 문을 움직이자마자 여기가 맞다는 걸 깨달았다. 수납장 안에는 티눈 제거제, 콧수염 표백제, 제모용 왁스와 헤어 스트레이트 크림, 나이스 앤드 이지 사社의 짙은 밤색 염색약이 있었다. 카르멘은 식욕억제제와 변비약 통을 쓰러뜨리며 뒤쪽으로 손을 넣었다. 그때 쓰러진 변비약 통 옆에 있던 플라스틱통이 데굴데굴 구르기 시작했다. 그 통이 선반에서 떨어져…… 첨벙하고 변기에 빠지는 것을 카르멘은 멍하니 바라보았다. 망했다.

플라스틱 통은 변기 안에 둥둥 떠 있었다. 비타민 같은 게 들어 있는 것 같았다. 카르멘은 물이 새지 않는 뚜껑이길 진심으로 바랐다.

우물쭈물 변기로 손을 뻗었다. 누가 변기 안에 날름 손을 넣을 수 있을까? 그때 카르멘은 왜 엄마가 비타민을 다른 창피한 물건들과 함께 수납장에 넣어놓았는지 궁금해졌다. 데이비드는 비타민 마니아였다. 아침식사로 비타민을 먹었다. 건강보조식품이 자신의 가장 친한 친구라도 되는 양 이야기하는 사람이었다. 도대체 무슨 비타민이길래, 비타민을 좋아하는 멋진 남편한테까지 숨겨야 했던 걸까?

호기심을 이길 건 없었다. 카르멘은 변기에 손을 집어넣어 통을 꺼내고는 세면대로 직행해 뜨거운 물을 틀었다. 그리고 액체 비누를 들이부었다. 일단 손과 플라스틱통을 깨끗이 씻은 뒤, 궁금증을 해소하기 위해 통을 뒤집었다.

머릿속이 차분해지더니, 곧이어 멍해졌다. 이내 가슴과 아랫배에도 같은 증상이 일어났다. 통 앞쪽에 붙어 있는 라벨이 그것이 왜 식욕억제제와 치질연고 사이에 있었는지 명확히 말해주었다. 이건 데이비드에게 보이고 싶지 않아서 숨겨놓은 물건이 아니었다. 적어도 그 사실은 확실했다.

임산부용 비타민이었다. 임신했을 때 먹는 비타민. 크리스티나는 그것을 카르멘에게 보이고 싶지 않아 숨겨두었던 것이다.

티비는 아침햇살에 눈을 찌푸렸다. 온몸이 나른하고 여기가 어디인지도 알 수가 없었다. 입술이 퉁퉁 부었고 눈도 부어 있었다. 술을 마시지도 않았는데 숙취가 밀려오는 것 같았다.

새롭고 이상한 현실을 받아들여야 할 때는 꼭 이런 식으로 아침을 맞이한다. 티비는 자신에게 이렇게 물을 것이다. 내가 꿈을 꿨나? 내가 정말로 그런 짓을 했단 말이야? 진짜 걔가 그렇게 말했다고? 현실을 되새기다보면 우리는 지난 경험을 새로이 느끼게 된다. 그리고 이렇게 묻는다. 어젯밤에 일어난 일 때문에 오늘, 내일 그리고 남은 인생이 송두리째 바뀌게 되는 걸까? 티비는 답을 알고 있었다.

손가락으로 입술을 만져보았다. 키스 숙취라는 것도 있나?

브라이언은 아직 안 일어났을까? 티비는 침대에서 자고 있는 브라이언의 모습을 상상해보았다. 자기 침대에서 자고 있는 브라이언의 모습도. 뱃속 깊은 곳에서부터 떨리는 느낌이 들어 그런 상상은 그만하기로 했다. 브라이언은 후회하고 있을까? 나도 뭔가 후회하고 있는 걸까?

다시 만나면 뭐라고 해야 하지?

평소처럼 아침에 팬케이크 먹으러 잠깐 왔다 갈까? 내 입술에 질척한 키스를 하고는, 눈치챈 사람이 있는지 살펴보진 않을까?

티비는 침대에서 일어나 거울에 비친 자신을 바라보았다. 뭔가 느낌이 다른가? 흐음. 시계가 그려진 검은색 파자마가 엉덩이에 걸쳐져 있는 모습은 똑같았다. 배가 드러나는 작은 사이즈 탱크톱도 똑같았다. 어쩌면 아닐지도 모른다.

방안은 넓고, 잡동사니들이 어수선하게 쌓여 있었다. 새로울 것 하나 없는 광경이지만 주변을 둘러보자 뭔가 새롭게 보였다. 지금까지 살아오면서 뭔가를 버린 적이 있나?

바닥과 벽에 티비의 물건들이 몇 단으로 쌓여 있었다. 이 방을 파면 아마 유물을 발굴할 수도 있을 것이고, 좀더 애쓰면 피셔 프라이스* 농장 세트도 찾아낼 수 있을 것이다. 도대체 뭐가 문제인 걸까?

물건들로 꽉 찬 먼지 구덩이 같은 방이 신경에 거슬렀다. 티비의 방은 늘 그랬지만 여태껏 눈에 거슬린 적은 단 한 번도 없었다. 평소답지 않게 창가로 다가가 창문을 열어보려고 애썼다. 티비가 기억하는 한 창문을 열어 환기를 한 적이 한 번도 없었기 때문에 힘이 들 수밖에 없었다. 새시 창을 들어올리는데 페인트가 덩달아 벗겨졌다. 이런.

바깥 공기가 들어오니 기분이 한결 나아졌다. 이렇게 문을 열어두는 것도 좋았다. 바람이 불어 책상 위에 놓여 있던 종이들이 흩어졌지만 상관없었다.

아래층 부엌에서 엄마의 인기척이 들렸다. 엄마에게 브라이언 얘기를 털어놓는 상상을 했다. 마음 한구석에서 엄마에게 이 사실을 말하고 싶다는 생각이 일었다. 아마도 엄마는 엄청 흥분할 것이다. 무슨 큰일이라도 일어난 것처럼 굴 게 뻔하다. 엄마는 브라이언을 좋아했다. 그리고 딸이 이처럼 달콤하고 기념비적인 사건을 자신에게 고백했다며 기뻐할 것이다. 이것이 티비가 생각하는 엄마와 딸의 판타지였다. 동시에 매번 부정하는 것이기도 하고.

방을 나서려는데, 사과나무 잎사귀들이 바스락거리는 소리가 들렸다. 아주 작은 소리였지만 듣기 좋았다.

---

* 미국 장난감 회사.

티비는 매일 아침 그러듯 엄마가 한바탕 소란을 피우는 모습을 지켜보았다. 나에게 무슨 일이 있었는지 들어줄 만한 여유를 가질 순 없는 건가? 티비는 첫 문장을 조합해보았다. "브라이언이랑 내가…… 나랑 브라이언이……"

먼저 입을 연 건 티비였지만 엄마가 선수를 쳤다.

"티비, 아침에 캐서린 좀 봐줘." 티비가 싫다고 대답하지도 않았는데 엄마는 벌써부터 화난 투였다.

하려던 말이 쏙 들어갔다.

그런 부탁을 하는 게 내심 미안했는지 엄마는 티비와 눈을 맞추지 못했다. 하지만 미안하게 생각해서 그런지 더 조급하게 굴었다. "로레타가 오늘 여동생을 데리고 병원에 가야 한대. 점심때까진 못 온다더라." 엄마는 선반에서 주스를 하나 꺼내 니키에게 주었다. "그냥 그렇게만 말했어." 덧붙이는 말이 곱지 않았다.

"동생이 어디가 아픈데?" 니키가 물었다.

"아가, 로레타 아줌마 동생이 무슨 병에 걸렸나봐. 무슨 병인지는 엄마도 몰라." 엄마는 다 귀찮다는 듯 팔을 내저었다. 그 말이 사실일 수도 사실이 아닐 수도 있지만 더이상 그것에 신경쓸 시간이 없어 보였다.

엄마는 가방에 뭔가를 넣었다 뺐다 했다. "나는 니키를 캠프에 데려다주고 출근해야 해."

"난 못해." 티비가 말했다. 브라이언과 있었던 일을 실토할 의지를 상실했을 뿐 아니라, 앞으로 뭔가 중요한 일이 일어난다 해도 엄마에겐 말하고 싶지 않았다.

엄마가 티비를 쳐다보며 물었다. "뭐라고?"

"난 베이비시터가 아니야. 엄마가 필요할 때마다 나한테 일을 떠넘기는 거, 이제 신물난다고."

"너도 이 집에 살고 있잖아. 그건 너도 다른 사람들처럼 집안일을 도와야 한다는 뜻이야."

티비는 눈을 부라렸다. 이 추잡한 말싸움은 누가 대본이라도 써놓은 양 매번 같은 양상으로 전개되었다.

캐서린은 시리얼이 담긴 그릇을 휘젓고 있었다. 그러다 우유를 식탁에 흘리고 말았다.

매번 캐서린을 앞에 두고 동생을 보기 싫다며 싸우는 것이 좀 미안하긴 했지만, 캐서린도 이 상황에 익숙해지고 있었다.

"얼른 대학에 가버리든가 해야지." 혼자 궁시렁거리는 듯 말했지만 실은 엄마가 들으라고 한 소리였다. 진심은 아니어도 엄마를 슬프게 만드는 데는 그만한 말이 없었다.

삼십 분 뒤, 티비는 뒷베란다에 나가 뉴욕대에서 보내온 서류와 책자를 보고 있었고, 캐서린은 뒤뜰에서 뜀박질을 했다. 그녀를 감싸고 있던 마법은 엄마와의 싸움으로 이미 산산조각 나버렸다. 티비는 하늘을 보느니 차라리 벌레나 들여다보자는 심정으로 엎드렸다.

캐서린이 마침내 혼자 놀기를 때려치우고 티비에게 얼굴을 들이댔다.

"나무에 올라가서 사과 따고 싶어." 이것이 요즘 캐서린의 가장 큰 판타지였다.

"캐서린, 안 돼. 도대체 왜 그렇게 사과를 못 따서 안달이야? 그 사과 맛없어. 아직 익지도 않았다고. 그리고 익어도 딱딱하고 시큼하기만 해." 티비는 아이가 뭘 원하는지 들어보지도 않고 안 된다는 말부터 하는 따분한 부모들 같은 자신이 부끄러워졌다.

"언니는 먹어봤어?" 캐서린이 물었다.

먹어본 적은 없지만 세 살배기가 던진 미끼에 걸려들어 싸우고 싶진 않았다. "내가 말했잖아. 토 나온다니까. 저 사과가 맛있으면 왜 우리가 슈퍼에 가서 사과를 상자째로 사겠어?"

이렇게 논리적으로 말해봐야 캐서린에겐 따분할 따름이다. "그래도 먹고 싶단 말이야."

티비는 사과나무를 올려다보는 캐서린을 앉아서 바라만 보았다. 캐서린은 가장 낮은 가지에도 닿지 못할 만큼 작았다. 하지만 캐서린은 포기하지 않았다. 나무에서 10미터쯤 뒤로 물러섰다가, 최대한 빠르게 달려가 폴짝 뛰었다. 아무 소용도 의미도 없는 노력이 안쓰럽기만 했다.

캐서린은 다시 시도해보려고 뒤로 물러섰다. 더 빨리 달리기 위해 더 멀리 뒤로 갔다. 만화에 나오는 단거리선수처럼 두 팔을 굽혀 옆구리에 찰싹 붙이고 달렸다. 객관적으로 말해, 사진을 찍어두고 싶을 만큼 귀여웠다.

하지만 동시에 짜증이 났다. 자신이 옹졸하다는 생각이 들었다. 동생 보는 것도 싫고, 엄마도 짜증났다. 그런데 캐서린만의 세계에 말려들어버리면 마치 아이 돌보는 일을 좋아하는 것처럼 보일 것이다. 절대 그렇지 않은데.

그래서 티비는 그냥 지켜보기만 했다. 캐서린은 지칠 줄을 몰랐다. 도대체 왜 저 망할 사과를 먹고 싶어하는 걸까? 그 욕망이 어디서 비롯된 것인지 티비는 전혀 알 수 없었다.

그러나 티비는 자기도 어렸을 때 지나가는 비행기를 잡겠다며 캐서린처럼 달리다 폴짝 뛰었다를 반복했었다는 걸 떠올렸다. 자기가 뛸 수 있는 높이보다 훨씬 높게 뛸 수 있다고 생각했던 때를.

축구 캠프에 도착해서 브리짓이 제일 먼저 한 일은 다이애나를 찾는 것이었다. 전화 통화를 하고 메일도 수차례 주고받았지만, 이 년 전 바하에서 헤어진 뒤로 한 번도 본 적이 없었다. 캠프에서 겪은 사람과 사건들 중 오직 다이애나만이 좋은 추억으로 남아 있었다.

숙소에서 다이애나를 만났을 때, 브리짓은 크게 소리지르며 다이애나가 공중에 뜰 정도로 꽉 얼싸안았다.

"세상에." 다이애나가 브리짓의 얼굴을 들여다보았다. 그러고 는 다시 뒤로 물러나서 말했다. "좋아 보인다. 키는 더 큰 거야?"

"너는 쪼그라든 거야?" 브리짓이 받아쳤다.

"어휴."

브리짓은 커다란 더플백을 자기 침대 위로 휙 던졌다. 브리짓 은 옷을 개거나 정리하는 데 소질이 없었다. 원래는 짐도 물건 사고 받은 비닐봉투에 싸서 다녔지만, 이번엔 카르멘에게 저지 당했다.

브리짓은 다시 한번 다이애나를 껴안았다가 감탄하며 바라보 았다. 이 년 전 여름엔 생머리였는데 지금은 길고 아름다운 레게 머리를 하고 있었다. 믿을 수 없을 정도로 멋져 보였다. "얘 좀 봐! 엄청나게 예쁘고 멋지네! 코넬대는 좋아?"

다이애나 역시 브리짓을 껴안았다. "좋아. 자나깨나 축구만 하 는 걸 빼면. 너도 곧 알게 될 거야."

"그래도 마이클 만날 시간은 있었나보네, 그렇지? 사진 가져 왔어?"

브리짓은 다이애나의 잘생긴 축구선수 남자친구의 사진과 여 동생들과 법석을 떨면서 찍은 뭔가 어색한 사진을 빠르게 훑어 보며 연신 소리를 질러대고 감탄을 쏟아냈다.

"누가 여기 또 오나?" 브리짓이 좁은 숙소에 끼워넣은 다른 이 층침대를 보며 말했다.

"부코치 두 명이 있대." 다이애나가 모호한 표정을 지었다.

"넌 벌써 본 거야?"

"점심때. 케이티랑 또 누구였더라." 다이애나는 기억해내려는 듯 한쪽 눈을 찡그리며 대답했다. "앨리슨이다. 생각났어. 케이티랑 앨리슨."

브리짓은 가장 중요한 것을 물었다. "그런데 걔들……?"

"괜찮던데. 좋아."

"괜찮고 좋다고? 케이티랑 앨리슨이?"

다이애나가 미소를 지었다. 무척 모호한 미소였다.

"뭐가 문제야?"

"뭐가 문제냐니?"

"그럼 왜 그런 표정을 지어?"

"무슨 표정?" 다이애나가 흘끗 바닥을 내려다보며 물었다.

브리짓의 인내심이 바닥났다. 다이애나는 솔직한 아이였다. 그런데 왜 지금은 솔직하지 못한 걸까?

다이애나는 손목에 걸어놓은 머리 고무줄을 풀어 엄지와 검지로 늘였다. "너 아직…… 다른 코치들 안 봤지, 그렇지?"

다이애나가 천천히 말할수록 브리짓은 안달이 났다. "안 봤어. 넌 봤어?"

"음, 다는 못 봤어. 근데……" 다이애나의 고무줄은 단어들을 깊은 사색에서 끌어올리는 데 뭔가 흥미로운 역할을 하는 것 같왔다.

"누굴 봤는데?" 브리짓이 쏘아댔다.

"아마 알고 있겠지만……"

"누군데?"

"확실히 네가……"

브리짓은 화가 나서 씩씩거렸다. 다이애나의 팔을 잡아채 손목을 뒤집어 시계를 확인했다. "팔 분 뒤에 스태프 회의 한다니까, 직접 가서 네가 누굴 말하는 건지 확인해야겠어."

쫄 필요 없어,

내겐 총이 있잖아.

_호머 심슨

그날 오후 늦게, 카르멘은 아파트의 좁은 부엌 탁자에 앉아 임산부용 비타민 통을 손에 쥐고 있었다.

생각해보니 몇 가지 명백한 사실이 카르멘의 머릿속에 연이어 떠올랐다. 지난 두 달 동안 엄마는 계속 살이 쪘다. 그저 컨디션이 좋아서 그런가보다 하고 넘겼는데, 이제 와서 생각해보니 그때 왜 더 자세히 살펴보지 않았는지 자신이 바보같이 느껴졌다. 엄마는 옷장을 미묘하지만 분명히 더 넓은 공간으로 옮겨놓기도 했다. 한동안 와인도 안 마셨나? 카르멘은 기억해보려고 애썼다. 병원에 자주 갔나?

엄마와 숙모가 십대 아이들은 자기 생각만 하기 때문에 속이는 건 일도 아니라고 농담처럼 하는 말을 몰래 엿들은 적이 있다.

당시엔 카르멘도 웃어넘겼던 말이 지금 가시처럼 와서 박혔다.

열쇠로 현관문 여는 소리가 들렸다. 엄마다. 퇴근해서 집에 돌아올 시간이었다. 가방을 두고 부엌으로 오길 기다리며 카르멘은 가만히 앉아 있었다. 기습할 의도는 아니었지만, 상황은 그것과 상당히 유사했다.

"안녕, 사랑하는 딸." 부엌으로 들어서는 엄마의 온몸에서 피곤함이 묻어났다. 출퇴근 때 정장에 운동화를 신지 않으려고 노력하던 엄마였는데, 요즘엔 품위를 내려놓았다. 그 이유도 카르멘은 이제야 이해가 갔다.

카르멘이 말없이 통을 들어 보였다.

엄마는 말없이 마주 바라보았다. 사태의 심각성이 슬슬 인식되는 것 같았다. 엄마의 눈이 휘둥그레졌다. 표정은 혼란스러움에서 시작해 놀람, 두려움, 피곤함으로 변했다가 다시 혼란스러움으로 돌아왔다.

카르멘은 사건의 핵심으로 직행하기로 결심했다. "얼마나 된 거야?" 정도를 지켜 사무적인 어조로 물었지만 가슴은 쿵쾅거렸다. 사실관계만 파악하고자 침착하게 물으면서도 엄마가 그 사실을 부정해주길 바랐다.

엄마는 확실한 변명을 생각해내느라 몸을 뻣뻣하게 굳혔다. 최대한 여러 각도에서 이 상황을 생각해보려는 것 같았다. 그러나 카르멘 앞에서는 어쩔 수 없이 기가 죽었다. 입고 있던 진한

붉은색 블라우스마저 꼬깃꼬깃해 보였다. "오 개월 됐어."

"말도 안 돼." 자, 이제부터 시작이다. "나한텐 도대체 언제 말해주려고 한 거야?" 카르멘은 심문하듯 단호하게 물었다.

"카르멘, 아가." 엄마가 카르멘과 마주앉았다. 손을 잡으려 했지만, 카르멘의 한 손은 다리 밑에 깔려 있고 나머지 한쪽은 비타민 통의 목을 조르고 있었다. 엄마는 입을 열려다가 그만두었다. 몇 분간 말이 없다가 다시 숨을 골랐다. "잠깐 내 말 좀 들어볼래? 이건 그렇게 간단한 문제가 아니야."

카르멘은 어깨를 으쓱한 것도, 고개를 끄덕인 것도 아닌 모호한 반응을 보였다.

"데이비드와 나는 아기를 갖는 문제에 대해 정말 많이 이야기하고 생각했어. 그 사람은 나처럼 자식을 낳는 기쁨을 한 번도 경험한 적이 없잖아. 사실 그게 가능한지도 몰랐고. 하지만 결국 우린 동의했어. 원하는 걸 시도조차 안 해보기엔 인생이 너무 짧으니까."

카르멘은 '인생이 너무 짧으니까'라고 합리화하는 게 싫었다. 그건 변명의 역사상 가장 허술한 변명이었다. 어차피 사람들은 '뭔가 해보지도 않기엔 인생이 너무 짧아서' 하게 된 일들 때문에 자책하기에는 인생이 충분히 길다는 걸 깨닫게 된다.

"설사 임신한다 해도 적어도 일이 년은 걸릴 줄 알았어." 엄마는 계속 얘기를 이어갔다. "이렇게 빨리 하게 될 줄은 꿈에도 몰랐어. 내 나이가 벌써 마흔하나잖니."

카르멘은 회의적으로 고개를 숙였다. 이 아이가 결혼하기 전에 생긴 것인지, 결혼하고 나서 생긴 것인지 머리 한쪽으로 계산해보았다. 시기가 아슬아슬하게 겹치는 것 같았다.

"임신 삼 개월이 될 때까지도 내가 임신한 걸 몰랐다니까. 정말 믿을 수 없었어. 그래서 너에게 어떻게 얘기할지 생각할 시간이 필요했단다. 사실 지금은 내가 바랐던 타이밍이 아니야. 너무…… 복잡해."

복잡하다니. 절대로 받아들일 수 없는 말이었다. 그런 건 정치인들이나 하는 말이다.

"네 시험이랑 졸업 과제도 있었고. 그러다보니 어느새 졸업 시즌이 됐고." 엄마가 두 손을 애처롭게 맞잡으며 말을 이어갔다. "이 사건 때문에 너한테 중요한 일들을 망쳐버리고 싶지 않았어."

"태어나기 전에 얘기해주려고는 했어?"

엄마는 꽤나 상처받은 것 같았다. "이번 주말에 말하려고 했어."

"어느 쪽인지는 알고 있어?"

"아들인지 딸인지 묻는 거니?"

카르멘은 고개를 끄덕였다.

"아니. 그냥 아기가 태어날 때 알고 싶어서."

카르멘도 동의한다는 듯 다시 고개를 끄덕였다. 그래도 여자아이였으면 했다. 꼭 그래야만 했다.

"그럼 태어나는 건 언제쯤……" 계산상으로 자기 생일 즈음에 태어나리라 예상했지만, 그래도 엄마가 알려줄 기회를 주고 싶었다.

"9월 말쯤이래." 엄마가 천천히 대답했다. 불안감이 점점 커지는 것 같았다.

이성적으로 생각해볼 때, 이건 카르멘에게도 여러 면에서 행복한 소식이었다. 엄마는 완전히 새로운 삶을 목전에 두고 있는 것이다. 7학년이 되면서부터 카르멘은 대학에 간 뒤를 걱정했다. 혼자가 된 엄마가 매일 밤 냉동음식을 데워 쓸쓸히 먹는 모습을 상상했다. 하지만 그러기는커녕, 엄마는 9월이면 아기가 태어나는 행복한 커플이 된 것이다.

게다가 카르멘도 마침내 그토록 원하던 형제자매를 가지게 된다. 카르멘이 대범하고 착한 아이였다면 이 행복에 감사할 수 있었을 것이다. 기뻐하면서 엄마를 안아줄 수 있었을 것이다. 하지만 카르멘은 대범한 아이도, 착한 아이도 아니었다. 그럴 기회를 하도 많이 놓쳐버려서, 이젠 자신의 진심조차 알 수가 없었다.

"어떻게 보면 편해진 거네." 카르멘은 크게 신경쓰지 않는다는 투로 로봇처럼 말했다. "내 방을 아기 방으로 쓰면 되니까, 그렇지? 내가 아기가 나올 때에 딱 맞춰서 나가줄 테니. 좋은 생각이야."

엄마의 입가가 떨렸다. "좋은 생각이 아니야. 그럴 생각도 아니었고."

"생일파티도 같이 하면 되겠다. 이거 참 재미있는 우연의 일
치네."

"카르멘, 재미없어." 엄마는 진지하고 차분한 표정으로 카르
멘을 바라보았다. "이건 심각한 일이야. 그리고 네 심정이 얼마
나 복잡할지 이해해."

카르멘은 고개를 돌려버렸다. 스스로도 못되게 굴고 있다는 걸
알고 있었다. 엄마가 얼마나 걱정하는지도 눈을 보니 알 수 있었
다. 카르멘은 찡얼거리고, 불평하고, 마구잡이로 닦달하는 데 일
가견이 있었다. 그리고 엄마는 허리케인에 대비하는 사람처럼
이런 상황을 준비해온 듯 보였다.

카르멘은 엄마에게 아무것도 해주기 싫었다. 심지어 닦달하기
조차.

그랬다. 그녀는 여러 가지 감정을 느끼고 있었다. 얼굴 안쪽에
억눌려 있는 감정들이 눈알 뒤쪽 어딘가에 큰 압력을 가했다. 조
금이라도 더 뭔가를 느꼈다간 당장 얼굴이 폭발해버릴 것 같아
서 두려웠다.

카르멘은 엄마에게 비타민 통을 건네고 자리에서 일어섰다.
아까만 해도 변기에 빠뜨렸었다고 엄마에게 말할까 말까 고민했
지만, 부엌을 나오면서는 그냥 먹게 내버려두자고 생각했다.

이런 자신이 싫었지만, 그보다 엄마가 조금 더 싫었다.

오, 카르멘,

모두가 그렇겠지만 차마 축하한다는 말은 못하겠다. %&#$ 같은 인간들이 나한테 그랬던 것처럼, 늘 동생이 생기길 바라지 않았느냐는 말은 절대 안 한다고 약속할게! 네가 얼마나 힘들지 아니까. 그냥 강아지나 키울 수는 없었을까?

오레오 같이 보내니까 그거 먹고 한 시간이나마 마음이 편안해지면 좋겠어. 오레오 한 상자 먹어치우고, 생각은 나중에 해. 가운데에 크림이 특별히 많이 든 걸로 샀어. 널 특별히 많이 사랑하니까.

티비

저녁식사중인 프린밸리 축구 캠프의 식당에 이상한 기류가 감돌았다. 브리짓은 경계태세에 돌입했고, 닭살이 돋는 것을 느꼈다. 어떤 생각이 떠올랐지만 생각하고 싶지도 않았다. 그 일이 언급되거나 실현되는 것도 바라지 않았다. 혹은 생각하고 싶으면서도 그런 생각을 하고 싶다는 것조차 부정하려는 것인지도 몰랐다. 아마도 그랬다.

식당은 바닥부터 천장까지 소나무 합판을 얼기설기 덧대놓은 건물이었다. 널찍한 합판으로 벽을 만들고, 중간 크기 합판으로는 바닥을, 폭이 좁은 합판으로는 천장을 덮어놓았다. 식당은 슬슬 감독과 코치들, 행정 담당자들로 북적이기 시작했다. 캠프 참가자들은 내일 오기로 되어 있었다. 그 낯선 사람들이 브리짓의 눈엔 죄다 아는 사람처럼 보였다. 너무 집중한 나머지 자신이 투명인간이라도 된 기분이라, 사람들이 자길 보고 있는지도 몰랐다.

"브리짓?"

뒤에서 다이애나의 목소리가 들렸지만 돌아보지 않았다. 다이애나는 정말 좋은 친구지만 브리짓이 알고 싶어하는 걸 말해주지는 않았다. 그래서 스스로 찾아내려는 것이다.

한쪽에 긴 탁자가 놓여 있었다. 그 위에는 음료수며 업소용 커피머신, 가게에서 파는 과자들이 준비되어 있었다. 건포도가 든 오트밀 쿠키 같은 것들 말이다.

가슴이 뛰는 건 뭔가를 바라기 때문일까, 두렵기 때문일까? 신발 속에서 발가락에 너무 힘을 주는 바람에 감각이 없어졌다.

왼쪽 어깨 뒤쪽에 중요한 의미를 지닌 존재가 나타났다는 것이 느껴졌다. 어떤 감각으로 그걸 느꼈는지는 알 수 없었다. 체온을 느끼거나 접촉하기에 그는 꽤 멀리 있었다. 브리짓의 눈에 보이지 않는 저 뒤쪽에 있었다. 뒤돌아보기 전까진 그랬다.

눈의 초점이 뭔가에 맞춰졌다가 다시 흐려졌다. 그인가? 물론 그였다! 정말 맞아?

"브리짓?"

물어볼 것도 없었다. 짙은 아치형 눈썹과 어두운 눈. 키가 더 크고, 훨씬 어른스러워졌다. 똑같으면서도 달라 보였다. 그도 놀란 걸까? 기뻐하는 건가? 난처해하고 있나?

브리짓은 얼굴을 보호하듯 손으로 가렸다.

그는 브리짓을 껴안으려고 했지만, 둘 사이에 감도는 이상기류를 뛰어넘진 못했다.

브리짓이 무슨 말이든 해야 할 차례였지만, 시간은 그냥 흘러만 갔다. 그녀는 아무 말 없이 그를 바라보았다. 감정 변화를 애써 숨기려 하지 않고 허물없이 드러냈다.

"잘 지냈어?" 그가 물었다. 브리짓은 그가 진지한 사람이라는 걸 기억해냈다. 그건 브리짓이 좋아한 점 중 하나였다.

"나— 나 좀 놀랐어." 브리짓은 솔직하게 털어놓았다. "네가 여기 오는 줄 모르고 있었거든."

"난 알고 있었는데." 그가 목청을 가다듬었다. "내 말은, 네가 오는 거 말이야."

"알고 있었다고?"

"이 주 전에 스태프 명단이 이메일로 왔더라고."

"아." 브리짓은 명단을 더 찬찬히 훑어보지 않은 자신을 저주했다. 그녀는 서류라면 딱 질색이었다(엄마의 원래 성이 뭐냐…… 직업은 무엇이냐……). 이미 브라운 대학과 축구 캠프 때문에 질릴 만큼 많이 작성한 뒤였다.

그는 알고 있었고, 브리짓은 모르고 있었다. 만약 알았다면 어땠을까? 그걸 알고도 일전에 제 가슴과 감정을 박살내버린 에릭 리치먼을 만나러 기꺼이 이곳으로 행차했을까?

어떤 면에선 그가 아무렇지 않게 행동하는 게 놀라웠다. 그는 브리짓에게 기념비적인 사람이었다. 지난 이 년간 에릭은 그 자체였을 뿐만 아니라, 브리짓이 스스로에 대해 느낀 복잡한 심경 자체이기도 했다.

그가 브리짓을 유심히 바라보았다. 눈이 마주치자 미소를 지었다. "듣자하니, 더 훌륭해졌다던데."

브리짓은 그의 입술의 움직임을 보고 있으면서도 그가 무슨 말을 하는지는 하나도 귀에 들어오지 않았다. 그리고 굳이 그 사실을 감추려 애쓰지 않았다.

"축구 말이야." 그가 콕 집어 말했다.

브리짓은 자신이 지금 축구 캠프에 와 있다는 사실을 잊고 있었다. 자기가 축구선수라는 것도.

"나야 괜찮지." 브리짓이 대답했다. 자기가 무슨 말을 하고 있는지도 몰랐다. 그러나 그 말을 할 때의 울림이 좋아서 다시 한번 말했다. "나야 괜찮지."

태풍이 부는 날 나무 아래서

"이 망할 놈의 태풍!" 이라고 말하며

하늘을 향해 주먹을 휘두르면,

벼락 맞을 확률이 훨씬 더 커진다.

_ 자니 카슨

카르멘의 인생에 동생이 생긴다는 사실을 웃으며 축하해주지 않은 어른은 딱 한 명, 레나의 할머니 발리아 칼리가리스였다. 카르멘이 번쩍번쩍 빛나는 레나네 집 부엌 조리대에 앉아 있고, 할머니는 아침식사가 차려진 식탁에 앉아 있는 지금, 카르멘은 그 사실을 감사히 여겼다.

그랬다, 요즘 들어 발리아 할머니는 도통 말을 하지 않았다. 카르멘이 레나가 레스토랑에서 퇴근하길 기다리는 사이 할머니는 보라색 목욕가운 차림으로 한참 동안 시리얼 상자를 째려보다가 어두운 서재로 터덜터덜 걸어갔다. 그러고는 텔레비전을 봤는데, 소리가 어찌나 큰지 방 두 개 건너에 있는 카르멘에게까지 대사 한 마디 한 마디가 다 들렸다. 드라마를 보고 있는 모양이었다. 듣자하니 일란성 쌍둥이 자매인 로빈이 사라지기 바로 전날 더크가 레이븐을 제단에 버린 것 같았다. 흐음.

카르멘은 내심 그 드라마를 비웃었다. 그녀 취향이 아니기 때문이었다. 카르멘의 취향은 〈브론 앤드 뷰티〉라는 드라마였다(지난 1월 윌리엄스 진학이 일찍이 확정된 이후, 숙제도 제쳐두고 그 드라마에 푹 빠져들었다). 그 드라마는 이것처럼 구리게 전개되지 않았다. 카르멘이 그 드라마에 빠져들 수밖에 없었던 것은 라이언 헤네시라는 남자 배우 때문이었다(제목 중 브론 쪽으로 묘사되는 인물이다). 친구들이 뭐라고 놀리든 그는 절대적이고, 폭발적으로 아름다웠다. 카르멘의 진실한 단 하나의 사랑이기도 했다. 그는 훌륭한 배우였다. 정말 그랬다. 드라마에 출연하기 전엔 셰익스피어 연극에 출연했다고 한다. 어젯밤 슈퍼마켓에서 다이어트 콜라를 계산하는 티비를 기다리며 읽은 『드라마 다이제스트』에 의하면 그랬다.

현관문이 열렸다 닫히고, 일 분 뒤쯤 레나가 엄마와 함께 들어왔다.

"안녕, 카르멘." 레나는 엘리트 레스토랑에서 일하느라 땀에 젖어 있었고, 엄마는 근무복을 입고 있었다.

"안녕, 일은 어때?"

레나가 말도 말라는 듯 눈알을 굴렸다.

"그래도 넌 일을 하잖아." 카르멘이 정곡을 찔렀다.

"아르바이트 찾는 건 잘돼가니?" 애리가 냉장고에서 물주전자를 꺼내 한 잔 따르며 "마실 사람?" 하고 주전자를 들어 보였다.

"괜찮아요." 필요한 게 있으면 카르멘이 알아서 해결하면 되었다. 9월생들 사이에 남의 집에서 차려야 하는 격식이란 생기기도 전에 허물어진 거나 마찬가지였다. "그게…… 음, 천천히 찾으려고요. 실은, 어, 올여름엔 베이비시터로 일할 기분이 아니라서." 순간 카르멘은 잽싸게 다른 말을 꺼내지 않으면 연신 질문이 날아올 수 있겠다고 직감했다. "A&P 슈퍼에서 평일 오후에 할머니를 돌봐드리는 아르바이트 광고를 찾았어요. 눈이 거의 안 보이는 분 같은데, 그냥 책만 읽어드리면 된대요. 전화해서 메시지 남겨뒀어요."

순간 애리가 돌로 된 조리대에 컵을 세게 내려놓았다. 레나가 고개를 돌려 엄마를 쳐다봤다. "있잖니." 애리가 말했다. 그녀의 눈에 생기가 돌았다. "이상하네. 내가 바로 그 생각을 하고 있었거든. 발리아 할머니를 위해서 말이야. 심부름도 하고, 편지 쓰는 것도 도와주고, 병원에도 함께 갈 친구가 있으면 좋지 않을까 생각했지. 이달에 다시 오후 근무를 빼긴 힘들 것 같거든."

카르멘은 고개를 끄덕였다.

"레나나 에피가 해주면 좋겠지만, 둘 다 초여름부터 아르바이트를 하잖아."

카르멘은 괜히 레나를 비난하는 것처럼 보이고 싶지 않아서

명랑하게 중립적인 표정을 유지했다.

애리는 결정했다는 듯 싱크대에 컵을 담갔다. "그 사람들은 얼마나 준다던?" 이젠 아예 적극적으로 나왔다.

"시간당 8달러요."

"일주일에 서른 시간 정도 발리아 할머니를 돌봐드리고 시급 8.5달러 주면 어때? 일정은 맞춰볼 수 있고."

카르멘은 매니큐어가 벗겨진 빨간 손톱을 내려다보며 곰곰이 생각해보았다. 목적도 일자리도 없는 인생을 살다가 드디어 한 가지가 생기는 순간이었다. 시급은 괜찮은 편이었다. 애리한테 돈을 받는다는 게 좀 이상하긴 했다. 그래도 애리 입장에선 모르는 사람을 쓰느니 카르멘을 쓰는 게 편했다. 솔직히 카르멘 입장에서도 나이든 할머니 혼자 사시는 좁은 아파트에서 일하느니 넓고 한적한 레나네 집에서 일하는 편이 나았고.

"글쎄요……" 카르멘은 집게손가락으로 조리대를 두드렸다. "좋아요, 안 될 것도 없죠."

"좋아." 애리가 맞장구쳤다.

이때까지도 카르멘은 건너편에 있는 레나를 미처 보지 못하고 있었다. 레나가 엄마 뒤에서 극도로 흥분해 눈을 휘둥그레 뜬 채 입 모양으로 안 돼라고 말하며 검지로 목을 긋고 있는 걸 보지 못한 것이다. 하지만 이미 늦었다.

레나는 아무 말 없이 카르멘을 자기 방으로 끌고 가 문을 닫고는 말했다.

"미쳤어?"

"으이구. 뭐가 문제야, 레나?"

"에피와 내가 왜 4월 중순부터 일을 시작한 것 같아? 그것도 정말 하기 싫은 일을 말이야."

"네가…… 준비성이 뛰어나서?"

레나는 미친듯이 고개를 저었다.

"그럼…… 네가 혼자되신 지 얼마 안 되고 의지할 곳 없는 할머니의 무정하고 배은망덕한 손녀라서?"

"할머니는 악몽 그 자체야!" 레나가 소리를 질렀다.

카르멘은 발리아 할머니 귀가 좋지 못한 게 다행이라고 생각했다.

"물론 정말 대단하고 훌륭한 분이지." 레나는 진지한 얼굴로 조금 전 한 말을 취소했다. "정말이야. 그리고 우리는 할머니를 사랑해. 하지만 요즘 할머니는 최악이란 말이야! 그렇다고 내가 할머니를 비난하는 건 아니야. 할머니는 할아버지가 돌아가셔서 미국에서 우리와 살게 된 걸 싫어해. 자기를 이 나라로 끌고 온 아빠를 원망하고, 이 나라 자체를 탐탁지 않게 여기고, 친구들이 있는 집으로 돌아가고 싶어한다고. 그래서 모두한테 화만 내고. 모르겠어?"

자기가 멍청한 짓을 저지른 기분에 카르멘은 변명하고 싶었다.

"그럴 수도 있지. 하지만 내가 어떻게 해볼 수 있을 거야."

레나는 고개를 저었다. "내 말 좀 들어. 너랑 할머니는 좋은 조합이 아니라고."

카르멘이 눈을 가늘게 떴다. "그게 무슨 뜻이야?"

늘 그랬듯이, 브리짓이 마음을 가다듬을 수 있는 최선의 방법은 달리기였다. 가끔씩 아주 오랫동안 아무 말 없이 달리면서 명상을 하는 것이 생각을 가다듬는 데 도움이 되었다. 때로는 지쳐서 나가떨어지면 아무 생각도 하지 않을 수 있었다.

해결책을 향해 달려간다는 기분이 들 때도 있지만, 어떤 때는 그냥 도망칠 뿐이라는 것을 잘 알고 있었다. 하지만 그녀가 할 수 있는 건 그것뿐이었다.

늦은 저녁, 수풀이 우거지고 6월의 푸른 나무들이 서 있는 시골길을 따라 브리짓은 달렸다. 지는 햇살에 눈이 부셨다. 빵빵거리는 차들이 지겨워질 때쯤(어두운 데서 달리는 것이 위험해 보여서 그랬을까, 아니면 금발 때문일까?), 브리짓은 길에서 벗어났다. 다른 여자애들 같으면 어두워지는 시각에 익숙지 않은 숲으로 들어가기를 무서워했을 테지만 브리짓은 예외였다. 누가 따라온다 해도 그보다 빨리 뛸 자신이 있었다. 그리고 장담하건대, 곰은 사람을 잡아먹지 않는다.

숲은 흥미로웠다. 조성한 지 얼마 되지 않은 듯 나무가 그리

많지 않고 여러 방향으로 길이 나 있었다. 그녀는 한때 강물이 흘렀을, 깊고 폭이 넓은 강바닥을 따라갔다. 여기에 강이 흘렀다면 어땠을지 머릿속에 그려보았다. 그런 다음 생각이 점점 줄어들어 아무 생각도 들지 않을 때까지 달렸다. 생각은 번쩍 하고 나타났다가 사라졌다. 브리짓은 굳이 생각을 바짝 몰아세우지 않았다. 왜 그런지, 어떻게 그런지 생각하지 않고, 모든 것을 단순화했다. 그것이 브리짓이 스스로를 추스르는 방법이었다.

이제 해가 완전히 떨어져서 곧 어두워질 것 같았다. 해가 진 뒤에도 어슴푸레 남아 있는 빛이 공허한 약속처럼 느껴졌다. 그때 앞쪽 흙바닥에 뭔가가 보였다. 리듬이 무너져 호흡이 거칠어지고 머리가 빙빙 돌았다. 20미터도 안 되는 곳에 뭔가 떨어져 있었다. 브리짓은 계속 관찰하려고 속도를 늦춰 거리를 유지하며 달렸다. 멀리 돌아갈까도 했지만, 그게 무엇인지 확인해보고 싶었다. 무슨 일인지, 어떻게 생긴 건지 흥미가 생겼다.

브리짓은 그것이 새라고 생각했다. 아마도 비둘기일 거라고. 죽은 게 분명하고, 이상한 각도로 고꾸라져 있었다. 땅에서 머리만 불쑥 솟아오른 불쌍한 자세였다. 이제 거의 다 왔다. 브리짓은 멈춰 서지 않았다. 계속 달릴 작정이었다. 눈길을 피하면 그만이었다. 하지만 그럴 수 없었다.

실제로 바로 앞으로 다가가기 전까진 그 정체를 깨닫지 못했다. 그건 새가 아니었다. 벙어리장갑이었다. 누군가 잃어버린 회색 장갑. 엄지손가락이 위로 뻗쳐 있어서 꼭 새의 머리 부분처럼 보였던 것이다.

브리짓은 크게 안도했다. 몸과 마음이 다시 차분해졌다.

브리짓은 달리고 또 달렸다. 하늘이 보랏빛이 도는 푸른색으로 어두워지면서 슬픔이 몰려왔다. 도중에 발견한 비틀린 장갑이 어느새 다시 새의 형체가 되어 머릿속에 떠올랐다.

레나 엄마의 차가 과열되지만 않았어도 그 사건은 일어나지 않았을 것이다. 이번 여름이 송두리째 달라졌을지도 모른다.

하지만 목요일 오후 엄마의 차에 말썽이 생겨버렸고, 레나는 금요일 아빠 차로 회화 수업에 가는 길에 아빠를 직장에 데려다주었다. 어차피 가는 길이었다. 사실 레나는 하얀 셔츠가 땀에 젖은 아빠를 내려주고 가면서, 회화 수업 장소가 아빠 회사에서 걸어서 몇 분 거리라는 것을 무심결에 인지하고 있었다. 하지만 그땐 그 사실이 그닥 중요해 보이지 않았다.

오전 열시쯤 레나는 한창 그림 그리는 데 몰두하고 있었다. 모델 앤드루가 애닉 선생님의 지시에 따라 오 분 동안 자세를 취했다. 처음 몇 번은 너무 괴로워서 목탄을 쥐고도 아무것도 할 수 없었다. 하지만 얼마 안 있어 오 분이란 시간이 구체적으로 와닿기 시작했다. 조급함은 여전했지만, 시간을 의식하는 건 줄어들었다. 처음 며칠 동안 모델이 옷을 다 벗고 있다는 사실에만 정신이 팔렸다가 결국 그 생각이 슬며시 사라져버린 것처럼 말이다(지나고 보니 어린애처럼 얼굴이 달아올랐던 자신이 창피했다. 이 수업을 들은 지 몇 년 된 사람들에겐 홀딱 벗은 앤드루나 커피잔이나 매한가지였다.)

레나는 앤드루의 허벅지 근육이나 엉덩이골을 보고도 부끄러운 티를 내지 않고 그의 몸 구석구석을 살폈다. 창작에 깊이 빠져들면 잡생각은 전혀 들지 않았다. 팔을 조종하는 근육들이 뇌를 거치지 않고 곧장 자율신경계와 연계해 움직였다. 평소처럼 레나는 그런 리듬을 따라가는 데 집중했다.

쉬는 시간을 알리는 종이 울리자 레나는 화들짝 놀랐다. 어깨가 떨렸다. 이런 식으로 갑자기 집중력이 흐트러지는 건 달갑지 않았다. 필리스가 신문을 바스락거리는 소리나 찰리가 샌들을 신고 철썩대며 걷는 소리도 듣고 싶지 않았다. 앤드류가 가운을 걸치는 것도 싫었다. 흔히 생각하는 그런 이유에서 싫은 건 아니다. 진짜 아니다(앤드루가 초록색 가운을 입었다 벗었다 하는 순간마다 그의 맨살에 새로 적응해야 한다는 사실이 불편했을 뿐이다). 레나는 계속 그림을 그리고 싶었다. 생각하지 않아도 저절로 이해가 되는 그 상태에 머물고 싶었다.

비어 있는 커피잔을 애석하게 바라보던 레나는 거의 추상적으로 자신의 행복을 감지했다. 그리고 그 행복을 느끼기보다 어렴풋이 감지한 상태로 그냥 내버려두었다. 그건 아마도 행복은 아니었을 것이다. 아마…… 평화로움에 더 가깝지 않았을까. 지난여름이 끝나갈 무렵 그녀의 행복은 로스트 비프처럼 조각조각 잘려나갔다. 그때의 혼란으로 이상한 활력이 생겼고, 유례없이 호사스러운 삶을 살고 있는 느낌이 들었다. 하지만 그건 고약한 일이기도 했다.

지난여름이 끝날 즈음 카르멘의 의붓오빠 폴 로드먼을 처음 만난 일을 떠올렸다. 그를 향한 반응에 레나 자신도 놀랐다. 누구에게도 그렇게 빨리 육체적 끌림을 느껴본 적이 없었다. 코스토스에게조차 그렇지 않았다. 폴을 보았을 때, 그녀는 처음으로 그가 자신에게 자신이 그에게 중요한 의미가 될 수 있는지에 대해 평소답지 않은 판타지를 풀어냈다. 하지만 그가 떠나자 늘 그랬던 것처럼 한 발짝 물러섰다. 로맨틱한 면은 뒤로 숨어버리고, 소심한 면이 아주 소심하게 재등장한 것이다.

지금 폴을 다시 떠올리면 부끄러운 마음만 들었다. 폴은 레나가 올해 들어 다시 들춰내기 싫어하는 많은 일들 중 하나였다. 레나가 회피하는 사람들 중 한 명이었다.

지난 2월, 레나는 카르멘을 통해 폴의 친아버지가 아프다는 소식을 들었다. 마음이 불편해졌다. 폴 생각이 계속 났다. 걱정이 됐다. 하지만 그러면서도 그에게 전화하거나 편지를 쓰지는 않았다. 그후로도 계속 카르멘을 통해 폴의 아버지 병세가 악화되고 있으며 회복될 기미가 없다는 소식을 들었다. 레나는 폴에게 무슨 말을 해줘야 할지 알 수 없었다.

폴의 슬픔이 두려웠다. 그의 감정을 들추는 것이 두려웠다. 들추지 않는 것 또한 두려웠다. 말을 꺼낸 뒤 아무 말도 못하는 어색한 상황이 연출될까봐 두려웠다.

회화 수업에 다니고부터는 그런 감정이 이어지지 않았다. 레나는 감정의 균형을 되찾았다. 목탄과 손가락, 커다란 종이, 앤드루, 애닉, 깊은 명상으로부터 나오는 안정된 스케치들과 함께하는 이 시간은 너무 큰 선물이었다. 이 선물을 위해 열심히 노력해야 했다.

쉬는 시간이 끝난 것을 알리는 종소리에 심장이 다시 뛰기 시작했다. 다시 작업 시작이다. 같은 소리인데 어떤 땐 왜 그렇게 싫고 어떤 땐 왜 그렇게 좋은지 신기했다.

그리고 앤드루가 문제의 포즈를 취했다.

수업중에 누가 문을 열고 들어오는 건 초급자들에게 달갑지 않은 일이었지만, 레나는 상관없이 하던 일을 계속했다. 불행히도 문을 열고 들어온 사람은 레나의 아빠였다. 문이 모델이 서 있는 곳에서 그다지 멀지 않은 곳에 있다는 점과, 아빠가 문을 벌컥 열고 들어온 순간 처음 본 것이 앤드루의 다리 사이였다는 (정말 그럴 의도는 아니었겠지만) 점은 실로 안타까운 일이라고밖에 할 수 없었다. 가장 곤란한 것은 레나가 바로 사태를 파악하고 아빠를 진정시켜야 했음에도, 한동안 앤드루의 자랑스러운 물건을 뻔뻔하게 응시하며 작업에 열중했다는 점이었다.

아빠가 큰 소리를 지르고 나서야 레나는 정신을 차렸다. 아빠는 천천히 레나에게 다가왔다. 무례한 상황이 펼쳐졌다. 레나가 할말을 찾기까지는 시간이 걸렸다.

"아빠, 아빠가—"

"아빠, 이러면 안—"

"아빠, 제발. 내가 다—"

레나는 몇 마디를 더 했다. 그다음으로 기억나는 것은 아빠가 그녀의 팔을 억지로 낚아채고 등을 떠밀어 문밖으로 내보냈다는 것이다.

애닉 선생님이 황급히 복도로 나왔다. "무슨 일이시죠?" 그녀가 침착하게 물었다.

"이 아이를 데리고 가겠습니다." 칼리가리스 씨가 엄포를 놓았다.

"가는 거니, 레나?" 선생님이 레나에게 물었다.

"아니요." 레나가 기어들어가는 목소리로 대답했다.

칼리가리스 씨는 그리스어로 서너 마디를 내뱉고 나서야 영어로 말하기 시작했다. "내 딸을 더이상 이런 수업에…… 당신이 가르치는 이런 곳에…… 둘 수 없수다."

레나 생각에도 아빠는 딸 앞에서 이 상황을 묘사할 적당한 말을 찾아내지 못하는 것 같았다. 간략히 말해 아빠는 뼛속까지 보수적이고 구식인 사람이었다. 할아버지가 돌아가신 뒤로 그런 경향이 더욱 심해졌지만 그전에도 다른 친구들 아빠보다 더 엄격했다. 남자아이가 레나네 집 2층에 올라가는 건 아빠에게 있을 수 없는 일이었다. 약간 모자란 사촌조차 접근불가였다.

선생님은 여전히 차분했다. "칼리가리스 씨, 레나와 제가 잠깐 앉아서 이 수업에서 뭘 하는 건지 말씀드리면 안 될까요? 회화 수업에서는 보통 이런 프로그램을 시행하는—"

"됐습니다. 그럴 필요 없습니다." 아빠가 딱 잘라 말했다. "내 딸은 이제 이 수업 안 듣습니다. 다신 안 나오는 걸로 아세요."

아빠는 레나를 끌고 나와 현관을 나섰다. 아빠는 자기가 맞닥뜨린 이 황당한 일에 대해, 그리고 차를 가지러 찾아왔다가 별걸 다 봤다!는 말을 계속 중얼거렸다.

레나는 또다시 균형을 잃고, 움직일 수 있을 때까지 가혹한 햇빛을 맞으며 멍하니 서 있었다.

이건 뭐, 얼마나 더 시커멓게

만들 수 있느냐는 말이잖아?

그렇게는 못해.

더 어두운 검정은 없다고.

_영화 〈이것이 스파이널 탭이다〉에서

얼마나 힘들까?

월요일 오후 일찍 레나네 집에 도착한 카르멘은 제일 먼저 발리아 할머니에게 드릴 차를 준비하며 생각해보았다. 그리고 할머니가 텔레비전을 보고 있는 서재로 차를 대령했다.

차를 한 모금 맛본 할머니는 곧장 도로 뱉어냈다. "끔찍한 맛이군. 차에다 뭘 넣었어?"

"글쎄요. 차를 넣었는데요." 카르멘은 참을성 있게 굴었다. "꿀도 넣었고요."

"내가 설탕을 넣으라고 했을 텐데."

"설탕통이 비었더라고요."

"설탕이랑 꿀은 다르잖아. 미국 꿀은 먹을 게 못 돼."

"드시려고 하면 드실 수 있어요." 말은 이렇게 했지만 카르멘은 그것이 좋은 방법이 아니라는 걸 깨달았다. "주세요, 다시 만들어올게요." 잔을 받아 다시 부엌으로 들고 와 찬장 맨 위 선반에 놓여 있던 백설탕 상자를 찾아냈다. 카르멘은 설탕통에 설탕을 채워넣었다.

물이 다시 끓길 기다리면서 카르멘은 9월에 벌어질 일을 상상하느라 정신이 팔려 있었다. 배가 완전히 불러온 엄마의 모습을 아주 냉정한 관점에서 상상해보았다. 베이비샤워*도 상상해보았다. 자기 방이 다른 누군가에 대한 기대로 가득차는 것도.

예전에는 9월을 생각하면 대학에 가서 처음 룸메이트를 만나고 짐을 푸는 자신의 모습이 떠올랐다. 그러나 지금은 자신이 없는 동안 무슨 일이 일어날까 하는 생각만 들었다. 마치 자신이 죽은 뒤인 것처럼. 아니, 태어나지도 않은 것처럼.

예전엔 대학에 가는 걸 무척 기대했다. 윌리엄스는 오랫동안 염원해온, 미국에서 가장 좋은 학교 중 하나였다. 아빠가 다닌 바로 그 학교다. 친구들과 헤어져야 하는 게 고민되긴 했지만, 그 대학에 가는 건 카르멘이 진심으로 원하던 일이었다. 그런데 왜 더이상 그런 기분이 들지 않는 걸까?

카르멘은 화가 났다. 정확히 말해, 태어날 아기에게 화가 난

---

* 출산 전 신생아용품을 주고받는 축하파티.

것은 아니었다. 어떻게 그럴 수 있겠는가? 엄마한테 화가 난 것도 아니다. 카르멘은 다른 것에 화를 내고 있었다. 더이상 자신의 삶을 그릴 수 없다는 사실에 화가 났다. 엄마와 앞으로 태어날 아기가 자신의 미래를 훔쳐가고, 자신을 과거에 처박아버렸다는 것에 화가 났다.

다시금 눈 안쪽에 압박감이 들었다. 카르멘은 반사적으로 벽에 걸려 있는 전화기를 낚아챘다.

"나야." 티비가 전화를 받자마자 카르멘은 다짜고짜 말을 꺼냈다.

"너 괜찮아?" 티비가 물었다. 자신을 아껴주는 사람이 단 한 마디만 듣고도 기분을 헤아려준다는 건 정말 기쁜 일이다.

전화기 너머로 니키가 뭐라고 소리지르는 것이 들렸다. "그런 것 같아. 너는?"

"니키, 그것 좀 다른 방에 가서 하면 안 되니?" 티비가 수화기를 멀리 떼놓고 말하고는 다시 가까이 가져왔다. "발리아 할머니는 좀 어때?"

"할머니는—"

갑자기 전화기에서 삐 하는 큰 소리가 들렸다. "티비?"

삐. 삐. 삐이이이이이.

"여보세요?"

"모뎀 소리 같은데." 소음을 뚫고 티비가 소리를 질러댔다.

"네 쪽에서 나는 소리 같아."

카르멘은 전화를 끊고 서재로 가보았다. 그럼 그렇지. 텔레비전을 보던 발리아 할머니가 책상으로 가서 컴퓨터 마우스를 경주용 자동차처럼 몰아대고 있었다. 메신저를 켜기 위해 수많은 메뉴를 전문가처럼 헤쳐나가는 모습을 보고 카르멘은 놀라움을 금치 못했다. 카르멘이 한 글자도 읽지 못하는 언어가 화면 가득 떠 있는 것으로 보아, 그리스에 있는 누군가와 얘기하고 있는 것 같았다. 수년간 레나네 집을 오간 덕분에 그리스 문자가 어떻게 생겨먹었는지엔 익숙했지만 한 글자도 읽을 줄 몰랐다.

그러고 보니 발리아 할머니가 누군가와 연락하는 걸 도와주라고 했지. 그때 카르멘이 떠올린 건 꼬깃꼬깃한 항공우편 편지지와 파란색 봉투였건만.

"뭐야?" 헝클어진 머리 뒤에 꽂히는 카르멘의 시선을 느낀 할머니가 공격적으로 돌아보았다.

"아무것도 아니에요. 우아, 메신저 정말 잘하시네요." 이미 어른스럽게 굴기로 작정한 카르멘은 티비와의 통화가 절실히 필요했던 그 순간 할머니가 회선을 독차지해버린 사실은 알리지 않기로 했다.

대신 편안한 소파에 앉아 거리낌없이 리모컨을 들고 채널을 돌리기 시작했다. 칠 분 후면 〈브론 앤드 뷰티〉가 방영될 시간이다. 카르멘은 의자에 누워 무거운 머리를 기댔다. 여름 내내 발리아 할머니가 그리스에 있는 친구와 메신저 대화에 열을 올리는 사이 좋아하는 드라마나 보면서 돈을 받는 것, 그리 나쁘지 않았다.

"그 채널 아니다." 할머니가 키보드 위에 침착하게 손을 올린 채 고개만 돌리고 말했다.

"무슨 말씀이세요?"

"난 7번이 좋다. 〈머나먼 세계〉 틀어."

"지금 텔레비전 안 보시잖아요. 컴퓨터 하고 계시면서." 목소리가 높아지는 걸 카르멘 자신도 느낄 수 있었다.

"들을 거야." 할머니가 딱 잘라 말했다.

"저는 보고 싶은데요." 카르멘이 톡 쏘아붙였다.

"돈 받고 일하는 게 누구냐?"

아야야. 마치 발리아 할머니에게 물어뜯긴 것 같은 기분이었다. 뺨이 시뻘겋게 달아오르는 게 느껴졌다. "음, 그럼 컴퓨터 꺼주시면 안 돼요? 지금 전화선을 독차지하고 계시잖아요." 카르멘은 그다지 어른스럽지 못한 태도로 딱 잘라 말했다.

Tibberon: 고대 그리스인과는 어떻게 되어가고 있어?
Carmabelle: 켁. 나쁘지 않아. 좋지도 않지만. 무슨 말인지 알지?

"하나도 빼놓지 말고 전부 다 말해. 그러면 스무디 마시게 해줄게."

티비는 속으로 긴장했다. 카르멘은 궁금한 건 모두 알아야 직성이 풀리는 아이였다. 그녀는 거품이 생긴 분홍색 스무디에 층이 생기지 않도록 투명 컵을 연신 흔들어대고 있었다.

"음. 처음엔 춤을 췄―"

카르멘이 손을 내저었다. "아니, 아니야. 더 앞에서부터. 처음부터 해봐. 국물부터 건더기까지 다 듣고 싶다고."

티비는 저도 모르게 웃었다. 둘은 올드 조지타운 로드에 있는 스무디 가게의 야외 파라솔 밑에 앉아 종아리를 햇볕에 그을리고 있었다. 다리를 꼬자 초록색 플립플롭이 뜨거운 땅 위로 떨어졌다. 사실 티비도 국물부터 건더기까지 전부 다 말하고 싶었다. 그러면 다시 현실처럼 느껴질 테니까. "좋아. 그럼 다시 우리집에서 시작해보자. 초인종이 울렸어. 캐서린이 나가서 문을 열어줬어. 걔앤 정장 재킷에 넥타이를 매고 왔어. 재킷은 팔이 짧고 싸구려로 보였는데, 너무, 너무너무너무 귀엽더라고. 그리고 걔가―" 티비는 얼굴이 빨개지지 않길 바랐지만 어쩔 수 없었다. "꽃다발을 주는 거야, 분홍색 카네이션 꽃다발. 꽤나 극악무도하다고 할 수 있는 꽃다발이었지. 왜, 딱 남자애들이 고른 티가 나는 꽃다발 있잖아. 뭐, 그래도 예쁘기만 했지만." 티비는 말을 멈추고 심호흡을 했다. 그러지 않으면 기절할 것 같았다.

그때 밀짚 가방 안쪽에서 휴대전화가 울리기 시작했다. 티비는 전화기를 꺼내 실눈을 뜨고 발신자를 확인했다. 엄마였다.

"여보세요?"

처음엔 아무 말도 없었다. 주변 소음만 들렸다. 좀 있으니 엄마가 누군가에게 말하는 소리가 들렸다. 목소리가 이상했다.

"여보세요?"

"티비니?" 목소리가 떨리는 게 느껴졌다.

"엄마, 괜찮아?"

엄마는 울고 있었다.

"엄마, 괜찮아? 무슨 일이야?" 섬뜩한 아드레날린이 혈관을 타고 퍼지는 게 느껴졌다.

"티비, 아빠랑 나―" 엄마가 말을 멈추었다. 목이 메어 말을 잇지 못했다. 뒤에서 아빠가 소리치는 것이 들렸다.

티비는 자리에서 일어나 급히 신발을 신었다. "엄마, 제발 무슨 일인지 차근차근 말해줄래? 나 겁난단 말이야."

엄마는 몇 초 동안 숨을 골랐다. 엄마가 이런 적은 한 번도 없었다. 언제든 일어날 법한 갖가지 무서운 일이 떠오르고, 가슴이 소용돌이치면서 발작적으로 뛰기 시작했다. 티비는 안절부절못하며 테이블 주위를 돌았다.

뭐야? 카르멘이 다급하게 물었다.

"우리 지금 병원에 와 있어. 캐서린이 다쳤어." 목소리가 다시 갈라지려 해서 엄마는 잠깐 말을 멈췄다. "캐서린이 창문에서 떨어졌어."

티비는 아무 생각도 할 수 없었다. 움직일 수도 없었다. 오싹한 기운이 온몸을 훑고 지나갔다. 갈비뼈 밑에서 뜨거운 덩어리가 치솟는 것 같았다. "캐서린은, 괜찮아?"

"의식은 있어—" 엄마의 흐느낌이 조금 희망적인 쪽으로 옮겨 갔다. "그나마 다행이야."

"나도 갈까?" 티비가 물었다.

"아니야, 집에 가서 니키 좀 보고 있어. 그래줄래?"

"응, 그럴게." 티비는 울고 있었다. 무슨 일인지도 아직 모르면서 카르멘의 눈에도 눈물이 고였다.

불안함을 잠재우기 위해 하나 더 물어보고 싶었지만, 티비는 두려운 나머지 전화가 끊길 때까지 아무 말도 못하고 가만히 기다렸다.

"어느 창문에서 떨어진 거야?"

레나는 휴식시간 내내 레스토랑 뒤쪽 계단에 앉아 있었다. 안도 덥고 바깥도 더웠다. 온몸이 찐득거리고, 앞치마에는 토마토 소스가 튀어 있었다. 얼핏 보면 피투성이 같았다. 고약한 지적을 계속 해대는 손님이라도 상대한 것 같았다.

레나는 이 아르바이트가 싫었다. 성의 없이 만드는 음식이 마음에 안 들었다. 후다닥 조리하는 것도, 들통에 넣어 오래 익히는 것도 싫었다. 테이블을 치워야 한다는 끝없는 스트레스도 짜증났다. 초록색 플라스틱으로 된 부스도, 받침 위에서 덜그럭대는 잔에서 커피가 흘러 결국 앞치마를 흥건히 적시는 것도 증오스러웠다. 파르테논 신전처럼 장식한 벽은 민망하기까지 했다. 가짜 창과 담쟁이도 거슬렸다. 귓가에 구불구불한 회색 털이 삐져나온 매니저 안토니스는 혼잣말밖에 못하는 주제에 자신의 그리스어 실력이 유창하다고 착각한다.

저곳에서 벗어날 수만 있다면 쓰레기 냄새 나는 이 골목에 앉아 있는 편이 오히려 나았다. 혼자만의 시간이 필요했다. 레나는 누군가가 쉴새없이 말을 걸고 불평해대는 것에 시달리고 있었다. 아무리 매너 있는 고객이라 해도 손을 흔들고 눈을 마주치며 뭔가를 더 가져다달라고 하는 건 마찬가지였다.

온종일 타인과 소통하는 걸 즐기는 사람도 있겠지만, 레나는 그런 타입이 아니었다. 지난여름 일한 옷가게는 여기 비하면 천국이었다.

아빠는 레스토랑 아르바이트를 열심히 하라며 계속 잔소리를 했다. 레스토랑 사장님에게 개인적으로 부탁까지 해두었다. 아빠도 어렸을 때 그리스에서 할아버지와 할머니에게 같은 대우를 받았을 것이다. 그것이 아빠가 살아온 방식이었다. 할아버지가 돌아가신 지 일 년도 되지 않았지만, 그사이 아빠에게는 그런 것들이 더 중요해졌다.

아빠는 할아버지와 할아버지의 교육방침에 반대하며 일생을 보냈다. 로스쿨을 핑계로 집안 사업에서 빠져나오고, 이름도 게오르고스에서 조지로 바꿔버렸다. 미국 사람이 되는 게 중요했기에 아빠는 딸들에게 그리스어도 가르치지 않았다. 할아버지가 그토록 중요하게 여겼던 것들을 할아버지가 돌아가신 뒤에야 깨달은 아빠가 레나 눈에도 애처로워 보였다.

"레스토랑 사업은 아주 현실적인 일이야." 아빠는 화가가 되는 건 전혀 현실적인 일이 아니라고 강조하고 싶을 때마다 이 말을 했다. "괜찮은 사업이지." 그 말처럼 레나 역시 레스토랑 사업이 괜찮다는 건 인정했다. 다른 누군가가 하기에는 말이다. 아빠가 잠깐이라도 자신의 딸이 어떤 아이인지 생각해본 적이 있기는 한지 의문스러웠다. 아빠는 정말로 딸이 칼리가리스 집안의 자랑스러운 전통에 따라 레스토랑을 운영하길 바라는 것일까? 그게 나에게 얼마나 맞지 않는 일인지는 모르는 걸까?

그 난리를 치며 수업중에 끌려나온 지 벌써 나흘이 지났다. 수업을 들으러 돌아갈 순 없었지만, 레나는 그 시간이 너무도 그리웠다. 사실 이 아르바이트도 그림을 그릴 수 있다는 희망 하나로 버텨왔다. 그림을 그릴 수만 있다면 할머니가 소리지르며 짜증내는 것도, 집을 가득 채운 부모님 사이의 긴장감도 참을 수 있었다. 하지만 그림 없이는 기분이 끝없이 가라앉기만 했다.

다른 수업을 들을 수 있을지도 모른다. 금속공예나 융합매체 예술, 성역할에 대한 3차원 설치미술 같은 수업들은 아직 수강생을 받고 있었다. 하지만 레나는 그런 방면의 예술가가 될 마음이 없었다. 그림에 대한 레나의 사랑은 정치적이거나 철학적인 것이 아니었다. 그녀는 아방가르드하지도 않았고, 규칙을 깨는 스타일도 아니었다. 그저 애닉 선생님처럼 사람들을 관찰하고 그리는 것이 좋을 뿐이다.

지난 4월 레나는 여름 수업 지원서를 받으러 캐피톨 가에 갔다. 거리에 들어서자마자 갤러리에 걸린 희한하고 현란한 작품들이 눈에 들어왔다. 그러나 그중 어떤 것도 레나의 관심을 끌지 못했다. 대신 학교 건물 안 모퉁이를 돌자마자 조용하고 단출하게 벽에 걸려 있는 액자 하나가 그녀의 주의를 끌었다. 한 손으로 머리를 잡고 있는 젊은 여자의 모습이었다. 수수한 그림이지만 너무 아름다워서 목이 메었다. 머리끝에서 발끝까지 소름이 돋았다. 그림은 기술적으로 숙련되고 디테일이 살아 있을 뿐만 아니라 대단한 품격과 감성을 지니고 있었다. 그 작품을 보는 순간 레나는 자신이 평생에 걸쳐 이루고 싶은 것이 무언인지 깨달았다.

레나는 대충 휘갈긴 작가의 서명을 살피면서 안내책자에 나온 선생님들의 이름과 비교해보았다. 애닉 머천드. 레나는 평소답지 않게 사무실로 당당히 걸어들어가 곧장 애닉 머천드의 인체

드로잉 수업을 신청했다. 그 그림 한 장으로, 만나기도 전부터 애닉 선생님을 좋아하게 된 것이다.

"끝났다!" 안토니스가 정확히 세시 반에 점심 근무자들에게 교대시간을 알렸다. 레나는 조수들이 바닥을 닦을 수 있도록 의자를 치워주었다. 그런 다음 집으로 돌아가야 하는 불행한 현실과 직면했다. 레나는 발리아 할머니를 사랑했지만, 그래서 더 할머니가 심술궂게 구는 것이 슬펐다.

북쪽으로 가는 버스 대신 남쪽으로 가는 버스를 잡아탔다. 버스에서 내리자 캐피톨 가 예술 디자인 학교를 향해 한 블록 정도 걸어갔다. 꼭 수업에 들어가려는 건 아니었다. 그냥 한번 들러서 애닉 선생님과 얘기를 하고 싶었다.

막 수업이 시작된 참이었다. 스튜디오 풍경과 거기서 나는 냄새만으로도 기분이 한결 나아졌다. 애닉 선생님이 뒤로 돌았다가 레나를 발견하고는 휠체어를 타고 다가왔다. 조금 놀랐지만 반가워하는 것처럼 보였다.

"다시 보니 좋네." 애닉 선생님이 말했다.

"수업 들으러 온 건 아니에요." 레나가 대답했다.

"왜?"

"으음…… 다 아빠 때문이에요." 레나는 앤드루를 향해 손을 흔들어주었다. "우리 아빠는 한번 내린 결정은 절대로 안 바꾸거든요. 벌써 수강료도 환불받으셨고요." 레나는 잘근잘근 물어뜯어서 짧아진 손톱을 내려다보며 말했다. "그냥 감사하다는 말씀을 드리려고 온 거예요."

"감사라니, 뭐가?" 선생님이 물었다.

"잘 가르쳐주신 거요. 오래 듣진 못했지만 정말 좋은 수업이었어요."

선생님은 한숨을 내쉬었다. "잠깐만, 지금 수업 시작해야 돼서. 여기서 잠깐만— 첫번째 쉬는 시간까지만 기다려주지 않을래? 그림 그려도 돼. 종이와 목탄 빌려줄게. 아니면 그냥 있어도 되고. 나중에 다시 얘기하자."

"알겠습니다." 레나가 대답했다. 레나도 떠나기 싫던 참이었다. 화분에 물을 줄 핑계라도 있다면 여기 남아 있었을 것이다.

선생님은 남는 이젤과 용품들을 가져다주었다. 약물중독자에게 약을 가져다주는 꼴이나 마찬가지였다. 그건 레나가 쓰던 이젤이었다. 사실 그 자리는 계속 비어 있었다. 처음엔 그냥 교실 뒤편에서 어슬렁거리며 사람들이 어떻게 그리는지 구경만 했다. 하지만 얼마 뒤, 레나의 손가락은 목탄을 잡고 싶어 근질거리기 시작했다. 이젤 쪽으로 슬그머니 다가가 먼저 눈으로 그림을 그렸다. 망설이다가 마침내 목탄을 집었다. 종이 울리고 나서야 정신이 들었다.

선생님이 다가왔다. "잘 그렸는걸." 캔버스 위에 그려진 세 가지 포즈의 앤드루를 본 선생님이 칭찬했다. "밖으로 나가서 얘기

할래?"

"네." 복도에서 얘기하자는 말인 줄 알았는데, 선생님은 복도를 지나 경사로에 오르더니 뒤뜰로 나섰다. 레나는 벤치 옆에 휠체어를 세운 선생님 옆에 앉았다. 층층나무들이 흔들리고, 중앙에 있는 분수는 하늘을 향해 맹렬히 솟구치고 있었다. 다양한 조각과 타이어 더미 같은 파운드 오브제들이 그 주변에 설치되어 있었다.

"앤드루 그리는 거 괜찮니?" 애닉 선생님이 질문했다. 빨간 머리가 햇빛을 받아 더 붉게 빛났다. 주황색과 금색, 밤색, 심지어 분홍색까지 어우러져 있었다. 이제 보니 선생님은 이십대 후반 정도로 꽤 젊어 보였다. 얼굴은 품격 있으면서도 아름다웠다. 레나는 어떤 남자가 그녀를 사랑하는지 문득 궁금해졌다.

"네." 레나가 대답했다. "첫날은 좀 어색했는데, 시간이 지나니까 괜찮아요. 이젠 어색하다는 생각이 안 들어요."

"그런 것 같더라." 선생님이 말을 이었다. "레나는 몇 살이니?"

"열일곱요. 여름이 지나면 열여덟이 돼요."

애닉이 고개를 끄덕였다. "내 생각을 좀 말해도 될까?"

레나도 고개를 끄덕였다.

"내 생각에 너는 꼭 이 수업을 들어야 할 것 같아."

"제 생각도 그래요. 아빠도 그렇게 생각하면 좋을 텐데."

애닉은 당장이라도 어디론가 떠나려는 듯 휠체어 바퀴에 손을 얹었다.

전에도 몇 번 든 생각이지만, 레나는 선생님이 무슨 일로 휠체어 신세를 지게 된 건지 궁금해졌다. 태어날 때부터 그랬을까? 아니면 처음엔 평범한 아이들처럼 멀쩡했을까? 사고 때문일까, 병 때문일까? 어느 부분이 움직이고 어느 부분이 움직이지 않는지도 궁금해졌다. 아이를 낳고 싶다면 가질 수는 있는 걸까?

진즉 이런 질문들을 하고 싶었지만 차마 그러지 못했다. 질문을 던진 후에 생길 긴장감을 피하고 싶었던 것이다. 자신의 고통이나 불행을 다른 사람에게 드러내면 서로 더 쉽게 친해질 수 있다. 그런 대화를 피하는 건 뭔가를 부정하는, 겁쟁이 같은 행동이었다. 그런 까닭에 선생님과의 사이가 멀어진 것 같아 레나는 후회스러웠다.

선생님은 휠체어를 앞뒤로 왔다갔다했지만 당장 어디로 갈 것 같진 않았다. "네가 해야 되는 일을 하렴."

레나는 이 말이 수업을 들으라는 뜻인지, 아빠 말을 들으라는 뜻인지 확신할 수 없었지만, 아마도 전자일 거라고 확신했다.

"첫째로, 수강료를 낼 방법을 모르겠어요." 레나가 작은 소리로 말했다.

"내 조교를 하면 되잖아." 선생님이 제안했다. "매일 수업 준비와 청소를 도와주면 돼. 걸레질도 하고. 그걸로 수강료를 대신하는 거야."

"할게요." 레나는 생각해볼 것도 없이 잽싸게 대답했다.

선생님도 활짝 웃었다. "잘됐다."

"아빠한테 뭐라고 말해야 할지 모르겠네요." 레나는 거의 혼잣말처럼 중얼거렸다.

"솔직히 말씀드리면 되지." 선생님이 말했다.

레나는 어깨를 으쓱했다. 이 조언만은 행동으로 옮기지 않으리라는 걸 잘 알고 있었다.

다른 사람들에게 빼앗길까봐

겁이 나서 버리지 못하는 것이

너무 많아.

_오스카 와일드

티비는 서재 의자에 꼼짝 않고 앉아 만화영화를 보는 니키를 바라보았다. 가학적이기 그지없는 〈톰과 제리〉를 보고 있자니 안 그래도 오락가락하던 정신이 수습할 수 없는 지경이 되어버렸다. 온몸이 쑤셨다. 캐서린을 생각하니 온몸의 뼈마디들이 욱신거리기 시작했다. 너무 힘들어서 한 번에 일 초씩만 캐서린을 생각하려고 노력했다.

니키는 아직 아무것도 모르고 있다. 굳이 니키를 놀래고 싶진 않았다. 티비는 혼자 겁에 질려 좋은 소식이 전화로 들려오기만을 간절히 기다렸다.

티비는 신앙심 깊은 아이가 아니었다. 어린 시절을 되돌아보면 티비의 부모님은 '종교는 인민의 아편이다'라는 마르크스의 말을 강변하는 철저한 무신론자였다. 요즘엔 더이상 이 말을 하지 않지만, 그렇다고 무엇을 믿는지는 잘 모르겠다.

하지만 티비는 부모님과 달랐다. 적어도 자기 생각엔 그랬다. 정말 사랑하는 누군가가 죽으면 신을 믿지 않고는 버틸 수 없을 것 같았다. 그냥 그럴 것 같았다. 게다가 베일리가 이성적인 영역을 넘은 어떤 것의 존재를, 죽음이 아닌 삶을 통해 몸소 증명해주지 않았던가.

베일리의 경우를 보면, 만약 신이 존재한다면 캐서린을 되도록 빨리 보고 싶어할 수도 있겠다는 생각이 들었다. 신은 베일리를 빨리 자신의 곁으로 데려갈 만큼 현명한 존재니까. 캐서린은 티비가 속한 세계에 살기에 과분한 아이였다. 티비는 이 세계에 딱 알맞지만 캐서린은 그렇지 않았다. 캐서린은 용감하고 관대하고 열정 넘치는 아이였다. 만약 신이 댄스 파트너 명단을 작성한다면 거기 오르고도 남을 것이다. 티비는 설사 천국에서 열리는 그 파티에 초대된다 해도 한구석에 찌그러져 있겠지만, 캐서린은 베일리처럼 하느님과 함께 폴카와 토끼춤, 버스 정류장 춤 등을 출 것이다.

제발 아직은 제 동생을 데려가지 말아주세요. 티비는 애원했다. 아직 세 살밖에 안 됐잖아요. 우린 캐서린 없이 못 살 정도로 그애를 사랑해요.

이건 이기적인 소원이었다. 자기 때문에 이 일이 일어났다는 걸 티비는 알고 있었다. 늘 닫혀 있던 문을 열어둔 건 티비였다. 왜 그런 짓을 한 걸까? 평소 캐서린이 사과나무에 올라가고 싶어한다는 것도 알고 있었다. 어쩌다 창문에서 떨어진 건지 짐작이 갔다. 일부러 그런 건 정말 아니었어요. 제발. 하느님, 제발 믿어주세요.

그건 사고였다. 정말 끔찍한 일이었다. 일부러 한 행동과 사고는 차원이 다른 문제다. 티비는 캐서린을 질투했고, 늘 억울하다고 생각했다. 그리고 마치 어린애에게는 감정이란 것이 없다는 듯 행동하며 캐서린의 마음을 다치게 했다. 하지만 실제로는 캐서린에게도 감정이 있다는 걸 알고 있었다. 아마 감정 중에서도 아주 깊은 것들일 테다.

만약 티비가 캐서린을 충분히 사랑해주었다면 캐서린이 창밖으로 추락하는 일은 없었을 것이다. 캐서린에게 조금이라도 신경을 써주고 사과를 딸 수 있게 들어올려주기만 했어도 그애가 창틀에 올라가진 않았을 것이다. 티비가 브라이언 생각에만 사로잡혀 있지 않았어도 일어나지 않았을 일이었다.

사람이 가질 수 있는 가장 안전한 보호막은 바로 사랑이다. 우리의 기운 넘치는 캐서린은 그보다 백만 배는 더 큰 사랑을 받을 만한 존재였지만, 티비는 한 번도 그런 사랑을 준 적이 없었다.

하느님, 저는 동생을 사랑해요. 정말로 사랑해요. 티비는 캐서린에게 더 잘해줄 수 있는 기회가 주어지길 바랐다.

전화벨이 울리자, 티비는 거의 몸을 던지다시피 하며 수화기를 들었다.

"티비니?"

아빠였다. 티비는 니키가 듣지 못하도록 부엌으로 갔다. "아빠?" 목소리가 부들부들 떨렸다.

"이제 좀 괜찮아졌어, 아가. 의사들도 괜찮을 거라고 했고."

이젠 울어도 된다. 티비는 눈물을 뚝뚝 흘리며 흐느꼈다. 몸이 크게 들썩이고 떨리기까지 했다. 수화기 너머 아빠도 마찬가지였다.

"가도 돼?" 티비가 물었다.

"아직 엑스레이 찍고 있어. 두개골 골절이라는데, 그쪽이 좀 심각한가봐. 팔이랑 갈비뼈도 부러졌어. 그 정도로 끝났으면 좋겠다. 아직 말도 하고 의식도 있긴 한데, 넌 두 시간 정도 집에서 니키와 함께 있는 편이 나을 것 같아. 여섯시쯤이면 여기도 좀 정리될 것 같으니까 그때 니키 데리고 같이 와, 알았지?"

"응. 근데 나, 캐서린이 너무 보고 싶어, 아빠……" 눈물이 티비의 목소리를 삼켜버렸다.

"알아, 아가. 그럴 테지."

"티비, 나야, 카르멘. 우리도 하루종일 떨고 있었어. 레나는 나한테는 너희 집에 전화하지 말래놓고, 자기는 다섯 번이나 전화

했더라. 캐서린이 좀 회복됐다니 다행이다. 계속 널 생각하고 있
어. 틈날 때 전화해줘. 사랑해." 삐이.

"티비! 나 브리짓! 세상에, 레나가 전화해서 캐서린 일 들었
어. 아직도 몸이 떨린다. 그래도 금방 괜찮아질 거야. 난 그렇게
믿어. 전화할 거지? 사랑한다." 삐이이.

"티비, 계속 전화해서 미안. 레나야. 기다릴 수가 없어서. 좋아
졌다니 다행이다. 내일 들러도 되지? 조금만 참아. 우리는 널 사
랑해." 삐이이이.

"그런데 정말 가까워 보이는 거야. 그래서 한번 따보고 싶었
어." 캐서린은 베개에 몸을 기댄 채 병원 침대에 누워 있었다. 약
기운에 멍해지긴 했지만, 침대 발치에 다리를 꼬고 앉은 티비와
니키에게 자신의 모험담을 여전히 신나게 늘어놓는 중이었다.
  캐서린의 한 마디 한 마디가 고통이었지만 티비는 티내지 않
고 열성적으로 고개를 끄덕였다. 멍투성이 머리와 깁스, 팔에 감
은 붕대, 여기저기 난 상처와 긁힌 자국들을 보니 가슴이 저려왔
다. 캐서린이 상황을 잘 모르고 있다는 사실에 더 가슴이 찢어
졌다.
  "근데 손이 안 닿아서 창문에 올라갔어." 여기선 캐서린도 조

금 반성하는 기미를 보였다. "올라가면 안 되는데, 거의 닿을 것 같아서, 그래서 더 높이 올라간 거야. 그리고—" 캐서린이 니키를 쳐다봤다. "떨어졌어."

니키는 빨려들듯 이야기를 들었다. 동생이 이렇게 재미있어하는 걸 본 적이 없었다. "땅으로?" 니키가 숨을 헐떡이며 물었다.

"처음엔 창틀을 잡았어." 캐서린이 설명했다. "그리고 다시 올라가려고 했는데, 매달려 있는 손가락이 너무 아픈 거야."

니키는 눈을 깜빡이지도 않고 고개를 끄덕였다.

"그래서 다시 못 올라가고, 밑에 있는 수풀이 푹신해 보여서 그냥 떨어졌어."

"우아." 니키가 중얼거렸다.

"머리가 깨졌다니까 별로 푹신하진 않았나봐." 캐서린은 아무렇지도 않은 듯 말했다.

"캐서린!" 티비는 더이상 견딜 수 없었다. 참을 수 없을 정도로 끔찍한 상상이었다. 정신을 차리려고 고개를 돌렸다. 침대에 엎드려 캐서린의 맨발을 붙잡았다. 그리고 웃으려고 애썼다. "캐서린, 너 정말 용감하고 대단한 거 알아?" 티비는 니키를 보며 물었다. "맞지?" 니키가 해주는 칭찬이 캐서린에게 제일 중요하다는 걸 티비는 알고 있었다.

"응." 니키가 진지하게 대답했다.

"그래도 다시는 안 그런다고 약속해, 응?"

"약속할게. 엄마 아빠랑도 벌써 약속했어."

티비는 캐서린의 조그만 두 발을 각각 양쪽 뺨에 대고 눈을 감았다. 부드러움과 안도감이 후회와 죄책감과 뒤섞여 꼼짝도 할수 없었다. 티비는 숨을 깊게 들이쉬며 눈물을 참았다. 누군가가우는 걸 캐서린이 더이상 보지 않았으면 했다.

"브라이언!" 불과 여덟 시간 전에 머리가 깨진 애치고는 너무신나하며 캐서린이 소리를 질렀다.

티비도 고개를 들었다. 오늘은 마음이 너무 복잡해서 그런지브라이언을 봐도 아무 느낌도 안 들었다.

브라이언은 표정이 일그러지긴 했지만 그래도 밝게 보이려고애쓰면서 다친 곳을 피해 캐서린을 안아주었다.

"완전 붕대투성이가 됐네, 우리 고양이." 브라이언이 말했다. "잘했어."

캐서린이 활짝 웃었다. "언니 방 창문에서 떨어졌어."

브라이언의 시선이 느껴졌다. 짧은 순간이었지만 티비는 그 눈빛에서 자신을 감싸주려는 뜻을 읽을 수 있었다. "나도 들었어."

브라이언이 어떻게 소식을 들었는지 궁금했다. 그냥 병원에들른 것처럼 보이는데.

브라이언이 특유의 의미심장한 눈빛으로 자신을 바라보자, 티비는 캐서린의 발을 내려놓았다. 브라이언은 캐서린 못지않게티비도 걱정하고 있었다. 그는 티비의 기분이 나아지길 바랐고,

자책하거나 우울해하지 않았으면 좋겠다고 생각했다. 그리고 둘 사이에 일어났던 일, 티비에게 한 말이 진심이었다는 걸 말하고 싶어했다. 혹시 티비만의 착각일까?

티비 역시 바라는 것이 하나 있었다. 다시 예전으로 돌아가는 것.

카르멘은 침대에 누워 캐서린과 티비를 걱정하고 있었다. 어쩌면 모든 일에 대한 전반적인 걱정이라고 해야 맞을지도 모르겠다. 엄마는 저녁 먹은 지 한 시간도 안 됐는데 벌써 잠들었다. 데이비드는 또 저녁식사 시간에 맞춰 집에 들어오지 못했다.

데이비드는 요새 큰 소송을 맡고 있다. 그의 스케줄을 자세히 들여다보니 변호사가 되고 싶다는 생각 같은 건 절대로 들지 않았다. 어쨌든 데이비드 같은 변호사는 절대 되지 않기로 결심했다. 처음 몇 주간은 저녁식사 시간에 맞춰 일곱시에 들어왔지만, 지난달엔 열한시 전에 귀가한 적이 없고, 심지어 집에 와서도 전화기에 매달려 있어야 했다. 아침에 나가서 다음날 아침까지 귀가하지 않은 적도 몇 번 있었다. 아침에 잠깐 들어와 샤워만 하고 다시 나가는 것이다. 예전부터 카르멘은 그렇게 열심히 일하는 사람들은 집에 들어가기 싫어서 그러는 거라 생각했지만, 데이비드의 경우는 달랐다. 그는 크리스티나를 보러 집에 들어오고 싶어서 안달이었다. 그는 엄마를 숭배했다. 자신이 함께하지 못하는 저녁시간에 얼마나 큰 죄책감과 슬픔을 느끼는지 카르멘의 눈에도 훤히 보였다. 사실 모두가 그렇게 느꼈다.

엄마 말에 따르면, 데이비드는 '큰 거래'를 하는 중이다. 거대한 회사가 다른 거대한 회사를 잡아먹으려는 거라고 카르멘은 이해했다. 그리고 데이비드가 원하는 건 아기가 태어나기 전에 이 '큰 거래'를 끝내는 것이었다. 그것이 데이비드가 하루에 스무 시간 넘게 일하는 이유다.

카르멘은 천장을 쳐다보았다. 여덟 살 때 신나게 붙여놓은 야광 별자리 스티커가 띄엄띄엄 붙어 있었다. 여덟 살 아이가 자기 방을 장식하는 것을 금지하는 법률을 제정해야 하는데. 특히 스티커는. 여덟 살의 카르멘은 왜 저 멍청한 별자리 스티커와 창문에 붙인 유니콘 모양 투명 스티커로 열일곱 살의 카르멘을 괴롭히려 한 걸까? 다시 떼어내지도 못하는데.

사실 지금까지는 천장에서 빛나는 별들을 참아줄 따뜻한 구석이 남아 있었지만, 오늘밤은 저것들 때문에 천장이 매우 가깝고 갑갑하게만 느껴졌다.

여덟 살 때를 생각하자 네 살 때의 모습도 떠올랐다. 네 살배기 카르멘은 예쁘게 꾸민(혹은 망친) 인형들로 벽장을 가득 채우는 데 열중했다. 그런 생각을 하자니, 자신이 갓난아기였을 때도 이 방에 살았겠다는 사실이 떠올랐다. 그 생각은 곧 태어날 아기를 다시 상기시켰다.

카르멘은 자신이 대학으로 떠난 뒤 집에 구멍이 생기길 바랐다. 이기적인 생각일지 모르지만 정말로 그랬다. 예전의 삶에서 걸어나가면, 그 자리에 자신이 돌아오길 기다리는 커다랗고 관대한 구멍이 생기길 바랐던 것이다.

하지만 지금은 걸어나가는 바로 그 순간, 마치 처음부터 자신이 없었던 것처럼 구멍이 메워져버릴 것만 같았다. 그녀가 살던 오래된 사진이 곧장 새로운 가족으로 메꿔져 다시 돌아오지 못하게 만들 것 같았다. 카르멘은 그렇게 느꼈다. 사라질까봐 두려웠다. 자기 자리가 사라질까봐.

천장이 카르멘을 짓눌렀다. 안압이 계속 올라갔다. 뭔가가 눈알을 쥐어짜는 것 같았다. 침대에서 내려와 불을 켰다. 마우스를 움직여 절전모드 상태인 컴퓨터를 깨웠다. 인터넷에 접속해 무심코 메릴랜드 대학교 홈페이지로 들어갔다. 그런 다음 천천히 사이트 이곳저곳을 클릭하고 돌아다녔다. '수준 높은 교육'이라는 흔한 광고문구가 보였다. 카르멘은 입학안내를 클릭하고 온라인 지원으로 들어갔다. 입학 절차를 읽어보았지만 아직도 접수를 받고 있는지 아리송했다. 어느새 손이 출력 버튼을 클릭해버렸다.

카르멘은 윌리엄스 대학교에서 온 안내책자며 서류들을 보며 눈을 반짝였었다. 건강검진표, 기숙사 정보, 학사일정, 학교 지도 등이, 집에서 북쪽으로 일곱 시간 넘게 달려야 나오는 매사추세츠 주의 캠퍼스에 대해 설명하고 있었다.

프린터에서 종이가 출력되는 소리가 들리자 카르멘은 궁금증이 일었다. 만약 내가 떠나지 않으면 어떻게 되는 거지? 내가 사라져주지 않으면 어떻게 될까?

기체역학상 꿀벌이 나는 것은

불가능하다고 합니다.

하지만 꿀벌들은 그 사실을

모른 채 비행을 시도하지요.

_ 메리 케이 애시

"레스토랑 추가근무를 하기로 했어요." 저녁식사를 하며 오늘은 어땠느냐고 묻는 아빠의 질문에 레나는 이렇게 대답했다. "네 시부터 일곱시까지 저녁 첫 타임에도 일하려고요." 레나는 파스타 접시를 내려다보며 말을 이었다.

"훌륭하구나." 아빠가 칭찬했다.

"캐서린은 어때?" 엄마가 궁금해했다. "오늘 병원에 들렀니?"

"응." 레나는 신이 나서 자신의 모험담을 얘기해주던 캐서린을 떠올리며 웃었다. 이 비극적인 사건은 캐서린의 짧은 인생에서 가장 극적이고 특별한 일이 되어 있었다. "괜찮아요. 남은 여름 내내 하키 헬멧 같은 걸 쓰고 있어야 하는 걸 빼면."

"나도 하키 헬멧 썼었는데." 에피가 신경쓰이게 샐러드 포크로 접시를 긁어대며 말했다. "그렇지, 엄마?"

"일주일은 썼었지." 애리가 대꾸해주었다. "넌 골절은 아니고 뇌진탕이었어. 다행이지 뭐냐."

레나는 빵을 한입 베어물었다. 여동생들이 제 머리를 깨고 다니는 이런 상황은 대체 뭐란 말인가? 자기는 지금껏 상처 한번 꿰맨 적이 없건만.

"이런 소스는 뭐라고 하는 거냐?" 할머니가 큰 소리로 물었다.

"페스토예요." 레나 엄마가 단호하게 말했다.

"정말 맛없어." 할머니가 포크로 소스를 가리켰다.

모두 입을 다물고 이 순간이 지나가기만 기다렸다. 심지어 에피조차 그 침묵에 동참했다.

잠시 후, 레나는 싱크대에 서서 설거지를 했다. 할머니가 조용히 부엌에 들어와 등뒤로 다가오는 소리가 들리자 레나는 순간 몸이 굳었다.

"오늘 리나랑 메신저를 했단다."

"그래요?" 레나는 뒤를 돌아보지 않았다. 이런 대화가 불편했다.

"리나가 그러는데, 코스토스랑 그 여자애 있잖니, 걔들 이제 같이 안 산다더라."

레나는 따뜻한 비눗물에 손을 담근 채 눈을 감고 서 있었다. 할머니가 레나의 표정을 볼 수 없는 게 다행이었다.

할머니가 억울해하는 일이 몇 가지 있는데, 그중 하나가 바로 코스토스였다. 할머니의 창대한 꿈은 그 잘나고 사랑스러운, 손자나 다름없는 코스토스가 아름다운 손녀딸 레나와 결혼하는 것이었기 때문이다. 손녀딸의 상처가 자신이 느낀 실망과 상처보다 몇천 배는 크다는 사실을 할머니는 알지 못했다. 만약 안다면 이렇게 자주 이아에서 오는 소식을 들려주진 않을 것이다.

지난여름 레나의 실연과 코스토스의 급한 결혼을 불러온 그 아기는 아직 태어나지 않았다. 이 소식이 지난 12월 날아온 첫번째 청천벽력이었다. 할머니는 이 문제로 몇 주간이나 레나를 괴롭혔다. 무슨 일이 일어난 건지 아무도 정확히 모르는데 계속 추측만 해댔다. 할머니는 편협한 사람이라 전해주는 말들은 크게 믿을 것이 못 됐다. 레나가 아는 것은 모두에게 사랑받는 건강한 아기 코스토스가 태어날 거라는 것뿐이었다.

요즘 들어 레나는 그 소문이 사실이길 바라기도 하고 그렇지 않길 바라기도 했다. 착한 레나는 소문이 사실이 아니길 바랐다. 그것이 자신이 코스토스를 극복하고 스스로의 삶을 이어갈 유일한 방편이니까. 만약이라는 말에 마음을 열 수는 없었다. 그러면 그 가정에 사로잡혀버릴 테니 말이다. 레나는 코스토스 소식을 알고 싶지 않았다. 무슨 일이 일어난다 해도, 둘은 이미 끝난 사이였다. 하지만, 한편으로는 아직도 뭔가를 알고 싶었다.

할머니가 이아 사람들과 주고받는 소식은 상처가 아물 때쯤 다시 덧나게 만드는 가시 같은 존재였다.

"코스토스는 보토나스에 있는 아파트에 혼자 산대. 공항 근처란다. 건축회사에서 일하고 있고."

레나는 더는 자신의 생각을 통제할 수 없었다. 가능한 일이었다면 진즉 통제했을 것이다.

아이가 유산된 것으로 마리아나가 코스토스의 동정심을 유발했나? 아니면 그녀가 무슨 거짓말을 해서 코스토스가 그녀를 경멸하게 된 건가? 만약에 그가 마리아나를 사랑하게 됐으면? 싫어하게 됐으면 또 어쩔 건데? 처음 임신한 그 아이 말고, 또다른 아이가 생길 수도 있을까? 수천 번도 넘게 반복해온 질문들이었다. 이제 질문이 하나 더 추가된 셈이지만. 코스토스와 그 여자가 정말 헤어진 걸까? 아니면 회사를 옮기느라 잠깐 떨어져 있다가 다시 합치려는 걸까?

이 생각들을 머리에서 없앨 수만 있다면 레나는 전기충격요법이라도 받고 싶었다.

"그것참 재미있네요." 레나는 벽에 대고 조용히 중얼거렸다. 이 소식이 자신에게 어떤 영향을 끼쳤는지 할머니에게 보일 수는 없었다.

할머니는 벌써 자신의 의견을 열심히 펼쳐놓기 시작했다. 레나는 귀를 막아버렸다. 최대한 빨리 냄비와 프라이팬을 치운 뒤, 적당히 둘러대고 방으로 들어와버렸다. 티비한테 전화해서 아무

의미 없는 말들을 지껄인 뒤, 안 그래도 깨끗한 방을 더 깨끗이 치웠다.

그리고 여느 밤처럼 코스토스 생각을 떨쳐버리려 애쓰며 책을 읽다가 잠자리에 들었다.

"키가 좀더 큰 것 같아, 안 그래?" 브리짓의 질문이 머리 위 천장으로 둥둥 떠올랐다. 그중 몇 개는 아래층 침대에 있는 다이애나를 향했다.

"어, 음. 그런 것 같기도 하고."

브리짓은 침대 발치의 금속 가로대를 발로 두드려댔다. "세상에, 완전 귀여워. 전혀 과장이 아니라."

"브리짓?"

이미 짜증이 난 케이티가 건너편 침대에서 낮은 목소리로 천천히 말했다.

"왜?"

"그만 좀 닥쳐줄래?"

브리짓은 웃음이 터졌다. 퉁명스럽게 말하는 케이티가 고마울 지경이었다. "알았어."

브리짓은 행복했다. 어쩔 도리가 없었다. 캐서린이 괜찮다니 행복했다. 에릭 리치먼이 100미터도 떨어지지 않은 곳에 자고 있다는 사실에 청승 떨지 않고 이렇게 행복해한다는 게 행복했다.

브리짓은 발을 계속 두드렸다. 〈워크 온 더 와일드 사이드〉에 맞춰서. 속을 좀 진정시키고 목을 가다듬었다. "한 마디만 더 해도 될까?"

"아니." 케이티가 버럭했지만, 브리짓은 그걸 맞장구로 착각했다.

"제발, 응?"

"뭔데 그래, 브리짓?" 다이애나가 지긋지긋하다는 듯 물었다.

상상 속에서나 보던 에릭과 함께 이번 여름을 보낸다는 사실을 받아들이려면 앞으로 족히 스물네 시간은 필요할 것이다. 그들은 오늘 두 번 마주쳤다. 말을 걸진 않았지만 서로 미소를 건넸다. 그를 처음 만났을 때 느낀 두근거림이 다시 살아나고 있었다. 그건 아마도 위험한 일이었다. 하지만 지금의 브리짓은 예전의 브리짓이 아니었다. 뭔가 다르게 느껴졌다.

"에릭이 여기 있는 게 싫지 않아." 브리짓은 다이애나에게 털어놓았다. "아마도, 나 괜찮을 것 같아."

LennyK162: 드디어 브리짓과 통화 성공. 에릭 사건은 정말 못 믿겠어.
Carmabelle: 나도야. 그래도 자기가 괜찮다니까, 뭐.
LennyK162: 넌 그 말을 믿니? 우리가 펜실베이니아로 가서 끌고 와야 되는 거 아니야?

Carmabelle: 일주일은 기다려보자.

오늘은 발리아 할머니와 병원에 가는 날이다. 할머니의 신장에 뭔가 문제가 생겨서 이 주에 한 번 병원에 가 여러 가지 검사를 받는 것이다.

함께 외출하는 건 처음이었지만 카르멘은 기꺼이 응했다. 집에서 나간다는 것이 그저 좋았다. 현관 밖으로 한 발짝 내디디자마자 불도저에 깔린다 해도, 어두컴컴한 서재에 틀어박혀 있는 것보단 낫기 때문이다.

게다가 오늘은 마법의 바지까지 입고 있었다. 마법의 바지가 발리아 할머니와 찰싹 들러붙을 정도로 집안에만 틀어박혀 있는다면 마법 같은 일도 전혀 일어나지 않을 것이다.

함께 지낸 지 겨우 일주일밖에 되지 않았지만 카르멘과 발리아는 서로에게 완벽히 적응했다. 두어 시간 컴퓨터에, 혹은 카르멘에게 소리를 지르며 메신저를 하고 나면(물론 그러는 동안에도 텔레비전 소리는 듣고 있다) 할머니의 기력은 눈에 띄게 줄어들었다. 그러고 나서 세시쯤 되면 편안한 의자로 옮겨가 잠이 잡아끌기라도 하는 것처럼 고개를 꾸벅이며 졸기 시작했다. 바로 이때가 〈브론 앤드 뷰티〉 방송시간이었다. 카르멘은 소파 가장자리에 걸터앉아 천천히 그리고 아주 조심스럽게 리모컨 쪽으로 팔을 뻗었다. 그런 다음 할머니의 주름진 눈꺼풀이 완전히 닫힐 때까지 긴 시간 대기했다. 그러고 나서도 몇 분을 더 기다린다. 그리고…… 천천히 볼륨을 낮추고 채널을 돌리는 것이다. 이때쯤 되면 심장이 쿵쾅대기 시작한다. 드디어 4번을 틀면 카르멘은 승리가 눈앞에 있음을 느끼며 라이언 헤네시의 터키색 눈을 기다린다…… 그리고……

할머니가 벌떡 일어나 앉으며 "내가 보는 프로그램 아닌데!"라고 외친다. 처절하게 패한 카르멘은 할머니가 보는 채널로 돌린다. 그리고 상황이 또다시 반복된다.

그래서 카르멘은 송구스럽게도 할머니의 고장난 신장에 감사하며 함께 자기 차에 오를 수밖에 없는 것이다. 십 분여에 걸쳐 핸들 잡는 법이 잘못되었다고 지적하는 잔소리에는 귀를 막아버렸다.

카르멘이 일찍부터 서두른 덕에 둘은 진료 예약시간보다 한참 먼저 도착했다. 그래서 할머니가 병원 모퉁이를 돌면 나오는 아이스크림 가게에 들르자고 우길 때도 나긋나긋하게 굴었다. 뭐 아이스크림을 마다할 이유도 없지 않은가?

할머니는 피스타치오맛이 먹고 싶다고 했다. 아니, 버터 피칸 맛을 먹겠다고 했다. 그러다가 결국 그것도 마음에 안 든다고 했다.

"왜 아이스크림에 과자를 넣는 거지?" 할머니는 이해가 안 된다는 듯 말했다.

"그리고 지미스는…… 무슨 뜻이냐?"

"저런 보라색 아이스크림을 먹는 사람도 있나?"

주문대 너머로 보이는 여자 점원의 표정이 익숙했다. 카르멘도 지난 일주일 동안 족히 서른 시간은 저런 표정을 짓고 있었을 테니까.

발리아 할머니는 고문하는 듯한 질문세례와 청하지도 않은 평가를 늘어놓은 뒤, 마침내 다 마다하고 페퍼민트맛 아이스크림을 골랐다. 끈적끈적해 보이는 빨간색이었다.

할머니는 한입 먹더니 바로 카르멘에게 아이스크림을 내밀었다. "난 안 먹어. 네가 먹어라."

"싫은데요."

"나도 싫다니까." 할머니는 아이스크림을 계속 카르멘에게 들이밀었다.

카르멘도 슬슬 열받기 시작했다. 그녀도 요상한 페퍼민트맛 아이스크림이 달갑지 않았다. 게다가 할머니도 달갑지 않은 마당이었다. 할머니는 크고 뚱뚱한 아기였다. 카르멘은 아기들을 싫어했다. 이젠 노인들도 싫었다. 그 중간 나이대의 사람들도 싫었다. 그냥 모두가 싫었다.

그 사람만 빼고.

그 사람은 카르멘 또래거나 조금 더 나이가 많아 보였다. 카르멘이 끈적끈적해 보이는 빨간색 아이스크림을 선택에서 제하는 와중에 가게로 들어왔다.

지금 카르멘이 호감을 가지는 유일한 사람. 그는 물론 라이언 헤네시가 아니었지만, 닮은 특징 몇 가지가 눈에 띄었다. 노란빛이 도는 갈색 생머리가 조금 헝클어져 있었다. 눈썹은 거의 금빛이고 얼굴에 주근깨가 났다. 자잘한 일에 신경쓰지 않는 꽤나 활달한 사람처럼 보였다. 무엇보다 그의 눈이 그렇게 말해주었다.

카르멘은 한참 동안 그의 얼굴을 쳐다보았다. 고개를 돌렸을 땐 할머니의 아이스크림이 콘에서 흘러내리기 시작해 손쓰기엔 너무 늦어버렸다. 당연한 수순으로 아이스크림은 이내 바닥으로 추락했고, 누군가 그걸 밟고 넘어질 터였다. 할머니가 광분하며 그리스어로 뭐라고 소리를 지르더니 성큼성큼 걸어나가는 시늉을 했다. 페퍼민트맛 아이스크림은 더이상 가뿐해 보이지 않았다. 할머니가 신발 뒷굽으로 녹은 아이스크림을 밟았고, 카르멘은 할머니가 바닥에 넘어지는 꼴을 겁에 질려 바라보았다. 카르멘과 할머니의 비명이 아이스크림 가게 안을 가득 채우며 한데 어우러졌다.

카르멘은 넘어지는 할머니를 거의 순간적으로 팔로 받았다. 할머니는 카르멘이 상상했던 것보다 훨씬 가볍고 마른 느낌이었다. 눈을 질끈 감은 할머니의 얼굴이 고통으로 일그러졌다. 오른쪽 다리가 이상한 각도로 뒤틀려 있는 걸 알 수 있었다. 할머니가 눈을 뜨자 흥건히 고인 눈물이 보였다. 갑자기 가슴이 아팠다. 카르멘의 눈에도 눈물이 고였다.

카르멘은 팔로 할머니를 단단히 붙들려고 안간힘을 쓰며 말했다. "오, 할머니, 죄송해요." 말하면서도 자신이 울먹이는 것이 느껴졌다.

그 순간 다른 한 쌍의 팔이 같이 뒤엉켜 있는 모습이 카르멘의 눈에 보였다. 아직 카르멘이 증오하지 않는 단 한 사람, 바로 그였다. 그는 카르멘이 찐득찐득한 리놀륨 바닥에서 할머니를 일으켜 세우도록 도와주었다.

상황이 그쯤 되자 다른 손님들도 가세하기 시작했고, 종업원까지 나와 불안하게 종종댔다.

할머니가 신음하며 말했다. "다리가 아파. 건드리지 말려무나, 제발."

"네, 알겠어요." 카르멘은 순순히 따랐다.

"할머니 팔을 제 어깨에 두르시면 부축해드릴 수 있을 것 같은데요." 남자가 할머니를 구슬렸다. 그는 자세를 잡고는, 들어올려야겠다는 듯 카르멘에게 고개를 까딱해 보였다. 카르멘은 그의 말을 따랐다.

할머니가 또다시 신음소리를 냈지만 두 사람은 발리아를 일으켜 세우는 데 성공했다.

"할머니, 모퉁이만 돌면 응급실이니까, 우리가 그쪽으로 모시고 갈게요." 카르멘이 그보다 더 다정할 수 없는 목소리로 말했다.

할머니는 고개를 끄덕였다. 그 순간 괴팍한 인상이 사라지고,

고통에 시달리던 표정이 점점 누그러졌다.

준비됐어요? 미워할 수 없는 그 남자가 입모양으로 카르멘에게 말했다. 두 사람은 졸지에 파트너가 되었다.

그들은 걷기 시작했다. 카르멘은 할머니 귀에 대고 연신 괜찮다고 속삭였다. 두 팔이 다 붙잡혀 있어서 카르멘은 가게를 나올 때 저절로 휙 닫히는 문을 잡을 수가 없었다. 금속 문틀의 날카로운 가장자리에 팔 뒤쪽을 세게 부딪쳤다. 카르멘은 휘청거리거나 신음소리를 내지 않으려 안간힘을 썼다. 차오르는 눈물을 쏟지 않으려고 입술을 앙다물었다. 그 남자가 쳐다보는 것이 느껴졌다. 그는 카르멘의 팔을 보고 있었다. 그때까지도 카르멘은 피가 나는 것을 몰랐다.

카르멘은 어깨를 살짝 으쓱해 보였다. 괜찮아요, 라고 할머니 머리 위로 입을 벙긋거렸다. 그리고 눈물을 흘리지 않기로 다짐했다.

응급실에 도착해 얼굴이 백지장이 된 발리아 할머니를 편안한 의자에 조심스레 뉘었다. 이윽고 카르멘은 능률적으로 일을 처리했다. 의사가 오자 접수대에 가서 서류를 작성해오겠다고 말했다. 기적적으로 응급실에는 그리스어를 할 줄 아는 의사가 있었다. 진찰실에 들어간 할머니가 안전하길, 괜찮길 간절히 바라기도 전에, 귀에 들려오는 그리스어가 임시 처방이 되어주었다.

그제야 카르멘은 미워할 수 없는 그 남자를 떠올렸다. 대기실로 돌아가보니 아직 그가 팔꿈치를 무릎에 기댄 채 응급실 플라스틱 의자에 앉아 있었다.

"정말 감사해요." 카르멘은 진심을 담아 말을 건넸다. "정말정말 감사해요."

"할머니는 괜찮아요?" 그가 물었다.

"그러셔야죠. 그리스어를 할 줄 아는 의사가 있어서 다행이에요. 아마도 무릎 인대가 찢어진 것 같다고 하더라고요. 골절은 아닌 것 같대요. 다행이죠. 그래도 혹시 모르니까 엑스레이는 찍어봐야 한대요."

이름도 모르는 남자에게 이런 말을 하고 함께 사건을 해결하고 있다니, 재미있는 일이었다.

카르멘은 그의 옆에 앉았다. 그가 물에 적신 냅킨을 내밀었다. 그리고 카르멘의 팔을 가리키며 말했다. "쓰세요."

"아 참, 그러네요." 피가 멈춰 굳기 시작해 주변이 엉망이었다. 카르멘은 냅킨으로 핏자국을 닦아냈다. "고마워요."

"괜찮아요?" 그가 물었다.

"그럼요, 그냥 긁힌 건데요 뭐." 사실 그냥 긁힌 정도는 아니었지만 왠지 대담해 보이고 싶었다.

카르멘은 피로 얼룩진 냅킨을 바라보았다. 그런 카르멘을 그가 바라보았다.

"그럼…… 정말 고마웠어요. 이것도요." 카르멘이 조용히 입을 열었다. 이제 가도 된다는 뜻으로 한 말이었지만, 남자는 아직 그럴 마음이 없는 것 같았다.

그는 뭔가 궁금한 듯 계속 카르멘을 들여다보았다.

말이 없던 그가 마침내 입을 열었다. "전 여기서 일해요."

"정말요?"

"네. 자원봉사자라고 해야 정확하겠네요. 의대생인데, 실제 의료의 세계가 어떻게 돌아가는지 알고 싶어서요. 저한테 맞는 곳인지도 알고 싶고."

"당연히 맞겠죠." 이런 말이 입 밖으로 튀어나오다니, 카르멘의 얼굴이 빨개졌다.

"고마워요." 처음으로 시선을 떨구며 그가 말했다.

일이 분 정도 침묵이 이어졌다. 그는 갈색 퓨마 운동화를 신고 있었다. 금발 구레나룻 때문에 어른스럽게 보였다. 머리카락은 수영장에서 오랫동안 시간을 보낸 사람처럼 반짝거렸다. 넓은 어깨에 몸이 다부지고 멀쑥했다. 완전 수영선수 몸매군.

"그쪽 할머니예요?" 그가 물었다.

"아, 발리아 할머니요? 아니요…… 실은…… 제 친구 레나네 할머니예요. 검사 받으신다길래 제가 모시고 온 거예요. 응급실 말고요. 이건 원래 계획엔 없던 일이에요."

"그렇구나." 그가 미소지어 보였다. 그리고 다시 카르멘의 팔뚝을 보았다.

순간 카르멘은 자기 몸에서 가장 자신 있는 부분을 다쳐서 다행이라는 생각에 살짝 기분이 좋아졌다.

"다시 와야겠네요. 검사를 받아야 할 테니까." 그가 말했다.

카르멘이 말을 이었다. "다시 와야죠. 할머니는 운전을 못하시니까요. 더구나 지금은 더 그렇고. 또 제가 차가 있으니까……"

그가 고개를 끄덕이더니 가려고 일어섰다. "그럼 다시 볼 수 있겠네요. 그러길 바라요."

"나도요." 카르멘은 그의 뒷모습을 지켜보며 소심하게 대답했다. 심장이 지금까지와 전혀 다른 곳에서, 지금까지 느껴보지 못한 곳에서 뛰는 것이 느껴졌다.

하지만 방금 나눈 대화를 곱씹기 시작하자 불안함이 몰려왔다. 뭐라고 했더라. 발리아는 레나네 할머니다. 카르멘은 발리아 할머니를 모시고 검사를 받으러 왔다. 카르멘에게는 차가 있다.

그리고 카르멘은 시간당 8.5달러를 받고 있다. 그제야 카르멘은 그 사실을 빠뜨렸다는 걸 깨달았다.

포인트를 한 번 짚고,

돌아와서 또 짚고,

그리고 또 짚어줘야

완전히 알아먹는 법이지요.

_ 윈스턴 처칠

오늘은 브리짓이 에릭 리치먼과 대면할 것이 확실한 날이었다. 그래서인지 옷 입는 것 하나도 여느 때와 같을 수 없었다. 평소 브리짓은 옷차림에 크게 신경쓰지 않는 편이었다. 혹 신경을 쓴다 해도 그건 자기만족을 위한 것(번쩍번쩍 빛나는 핑크색 바지 같은 옷)이거나 특이한 취향을 표현하는 방식(다들 경악하는 보풀투성이 초록색 터틀넥)일 뿐이었다.

그런데 오늘 아침에는 자기만족에 허영심이 보태졌다. 머리를 하나로 높이 묶어볼까? 아니야, 밋밋해. 그럼 땋아봐? 카르멘이 양 갈래로 머리를 땋으면 세련돼 보였다. 브리짓이 연한 금발 머리를 땋으면 하이디처럼 보였다. 어쨌든 그 특별한 무기를 쓰고 싶었다.

특별한 무기. 티비는 그렇게 불렀다. 브리짓의 머리는 수천 가지 반응을 이끌어냈다. 지나가던 차가 빵빵대고, 배달원들이 휘파람을 불어대고, 심지어 점잖은 남자들조차 뚫어져라 바라보았다. 미용사들은 살아 있는 기적이라도 본 양 호들갑을 떨었다. 특별한 무기. 엄마와 할머니로부터 물려받은 머리. 사실은 브리짓의 두피를 뚫고 나온 죽은 세포들의 결합체에 불과하지만, 동시에 타고난 권리이기도 했다.

나를 봐주길 바라는 건가? 브리짓은 키클롭스처럼 눈이 하나가 될 정도로 거울에 찰싹 붙어 자문했다.

방의 거울은 회색 얼룩이 있었고 엉덩이 중간에서부터 이마 중간까지만 비춰주었다. 뒤로 물러나면 어지러운 케이티의 침대에 벌렁 앉아야 한다.

옷차림에 집착하지 말아야 했다. 머릿속이 짜증나게 윙윙거렸다. 모기떼처럼 몰려든 기대감 때문이다. 그건 브리짓이 싫어하는 감정이었다. 그런 감정은 사양이었다.

일단…… 제일 먼저 눈에 띈 반바지를 입어보았다. 괜찮았다. 맘에 드는 파란색 아디다스 핫팬츠였다. 이어서 윗도리를 입어보았다. 음, 다른 걸 입어야겠군. 두번째로 입은 옷은 뒷부분이 기수용 옷처럼 생긴 흰색 탱크톱이었다. 처음 입은 옷보다 나아 보였다. 이제 머리 차례. 브리짓은 머리를 그냥 늘어뜨렸다. 미끼를 던지지 않기로 한 것이다. 미끼를 던지지 않았다! 하지만

실은 그저…… 바빴을 뿐이다. 코치가 늦을 수는 없으니까. 대신 만약을 대비해 머리 고무줄을 손목에 걸어두었다.

브리짓은 축구화 끈을 쥐고 흔들며 맨발로 숙소에서 성큼성큼 걸어나갔다. 그동안 키가 많이 자랐으니 축구화를 신으면 에릭 보다 더 클지도 몰랐다.

다섯 명의 코치들이 이미 중앙 축구장 주변에서 서성대고 있었다. 당연히 그중에 에릭이 끼어 있었다. 브리짓은 곧바로 그쪽으로 시선을 보내지는 않았다.

지난밤 잠을 설치던 브리짓은 해가 뜨고 한 시간이 지나서야 캠프 핸드북을 읽고 상황을 파악했다. 캠프는 여자팀과 남자팀으로 나뉘어 있었다. 그리고 각 팀은 또다시 여섯 개 팀으로 나뉘었다. 매일 아침 네 시간씩 축구 연습을 하고, 점심을 먹은 후 스피드와 민첩성을 강화하는 훈련을 남자팀 여자팀이 함께 한 시간 동안 받는다. 그런 다음에는 각자 원하는 활동을 할 수 있었다. 수영이나 수상스키, 하이킹, 래프팅 등, 캠프에서 흔히 하는 활동들 말이다. 저녁식사 뒤 두 시간 정도는 자유시간이고, 영화도 틀어준다고 했다.

브리짓은 에릭 리치먼의 이름이 12포인트 크기로 버젓이 적혀 있는 코치 명단을 보기가 괴로웠다. 그래서 다 읽지도 않은 채 봉투 속에 고이 접어 몇 주 동안 방에 방치해두었다. 브리짓은 남자팀 코치로 배정받았다. 그건 뭐 괜찮았다. 다이애나가 여자팀 코치라는 것이 좀 걸렸다. 같은 팀이면 재미있을 텐데.

브리짓은 축구장 한가운데 주저앉아 신발 속에 말아둔 양말을 꺼냈다. 신발을 신고 끈을 졸라맸다. 머리 위로 비치는 따뜻한 햇살이 느껴졌다.

지금은 상황이 달라. 모든 것이 달라졌어. 브리짓은 계속 혼잣말을 했다. 하지만 스스로 그 말을 듣고 있는지도 알 수 없었다. 에릭은 이 년 전처럼 살짝 상기된 표정을 지으며 브리짓 주변을 맴돌았고, 브리짓은 그런 에릭을 눈으로 좇았다.

캠프에 참가한 학생들이 모이기 시작했다. 원칙대로라면 열 살에서 열네 살 사이여야 하지만, 남자애들은 연령대가 너무 다양해서 우스울 지경이었다. 몇몇은 꼬맹이들이고 다른 몇몇은 거의 성인처럼 보였다.

어제 스태프 미팅에서 만난 트레이너 매니도 보였다. 브리짓이 손을 흔들자 매니도 손을 흔들었다.

남자팀 총감독이 호루라기를 불었다. 조 워쇼라는 사람이었다. 그는 한때 새너제이 어스퀘이크 팀에서 뛰며 이름을 날렸다. 브리짓은 폴짝폴짝 뛰면서 다리를 풀었다. 신이 났다. 작년 여름 앨라배마에서 버지스 팀 비공식 코치로 뛴 경험도 있고, 각종 클리닉에서 코치를 했다. 학교에서도 2군 팀 코치를 여러 번 했다. 하지만 오늘처럼 팀 하나를 온전히 맡아보긴 처음이었다.

이미 자신에 대한 소문이 쫙 퍼졌다는 걸 브리짓은 알고 있었다. 오늘 아침식사 때만 해도 등뒤에서 쑥덕거리는 소리가 들렸으니까. 그녀는 가장 어린 코치일 뿐만 아니라, 올해 유일한 고등학생 국가대표 축구선수였던 것이다.

브리짓은 지금껏 축구로 쌓은 업적이 큰 힘을 발휘하지 못하는 동네에서 살아왔다. 브리짓의 친구들은 운동선수가 아니었다. 친구들은 자기들이 할 수 있는 한 최대로 응원을 해주었다. 시상식에선 함께 울어주었다. 하지만 그애들은 그 상이 갖는 의미를 알 턱이 없었고, 브리짓 역시 그래주길 바라지 않았다. 브리짓은 친구들이 다른 방식으로 자신을 얼마나 사랑해주는지 충분히 알고 있었다. 항상 바쁜 아빠는 국가대표 선정을 대학 입학을 보장받는 수단 정도로 받아들였다. 쌍둥이 페리도 지금까지 결승전에 딱 한 번 와봤을 뿐이다. 하지만 여기서 브리짓은 유명인사였다. 이곳 아이들은 브리짓이 이룬 업적을 떠받들어주었다. 그리고 에릭도. 에릭은 그런 것들이 뭘 의미하는지 누구보다 잘 알고 있었다.

총감독이 팀 호명을 마쳤을 때 브리짓은 에릭 쪽에 서 있었다. 의도한 건 아니었다. 그는 여기서 브리짓과 안면이 있는 유일한 사람이었다(그것도 이상한 일이긴 했지만). 게다가 서 있기 가장 자연스러운 위치이기도 했다.

다시는 그런 일이 일어나면 안 돼. 브리짓은 속으로 다짐했다.

어쩌다 에릭을 떠올리던 때보다 그를 마주하고 있는 지금, 과

거의 자신에 대한 애처로운 향수가 더 강하게 밀려왔다. 절대 무너지지 않고 두려움도 없었던 과거의 자신이 머릿속에 떠올랐다. 그 시간에는 뭔가 황홀한 점이 있었다. 가지고 있을 때는 소중한 줄 모르는. 그런 것은 한번 사라지고 나면 되찾기 힘든 법이다. 신경을 쓴다는 바로 그 사실 때문에 잃어버린 면을 되찾는 게 불가능해지는 것이다.

그때의 브리짓이 모조리 사라져버린 것은 아니었다. 아직도 조금은 그런 면이 남아 있었다. 다만 이제는 완급을 조절할 수 있다. 에릭과 바하에서 있었던 일은 그런 마법의 정점이었지만 재앙의 끝을 보여준 경험이기도 했다. 그는 그 두 가지를 동시에 브리짓에게 가져다주었다.

브리짓은 전보다 유약해져 있었다. 혹은 아닐 수도 있다. 좀더 강해졌을 수도 있다. 자기 상처들을 보듬고 치료하는 법을 알게 되었을 수도 있다. 자기보호 본능이 더 강해진 건 사실이었다. 하지만 브리짓에겐 엄마가 없지 않은가. 직접 스스로를 지켜내야 한다.

브리짓은 자신이 벌써 참가자들 사이에서 인기를 얻고 있다는 걸 직감했다. 그녀 팀에 배정된 남자애들이 자기들끼리 난리를 쳤다. 팀별로 모이면서도 몇몇은 대놓고 좋아하고, 나머지는 바짝 긴장했다. 몸이 좋고 잘 뛸 것 같은 애들이 꽤 여럿 보였다. 그중 한 명은 영국 억양을 쓰는 금발 남자애였다. 길고 가냘픈 다리에 발은 엄청 큰 너부대대한 아이에게도 눈이 갔다. 인상이 날카롭고 주근깨가 난 얼굴이었다. 표정은 괜찮았다. 열의가 가득 담겨 있다. 하지만 서 있는 자세만 봐도 몸놀림이 둔하다는 것을 알 수 있었다. 가장 손을 많이 봐야 할 아이일 게 확실했다.

아이들이 팀별 유니폼으로 갈아입는 동안(브리짓네 팀은 하늘색 유니폼이었다), 브리짓은 자신이 에릭 가까이 서 있다는 걸 깨달았다. "너 인기 정말 많다, 안 그래? 내 인기가 이렇게 떨어져본 적이 없는데 말이야." 에릭이 웃으며 말했다. 브리짓은 그 말의 의미가 자신이 생각한 뜻이길 간절히 바랐다.

"그래, 어떻게 지냈어?" 브리짓이 쿨하게 물었다. 그러면서도 자신이 달라졌다는 걸 에릭이 알아줬으면 했다. "좀 까무잡잡해졌네."

"이 주 정도 멕시코에 있다가 바로 왔거든."

얼굴에 긴장이 드러나는 것이 브리짓에게도 느껴졌다. 지금 에릭이 무슨 말을 하려는 거지? 지금까지 브리짓은 다른 사람들이 어떤 행동을 하는 이유를 어림짐작해본 적이 없었다. 지금 이 순간도 그러고 싶진 않았다.

에릭의 얼굴을 보니, 자신의 말 때문에 분위기가 어색해졌음을 깨달은 것 같았다.

브리짓은 목청을 가다듬고 물었다. "거기서 뭐 했는데?"

에릭이 불편해하는 투로 대답했다. "우리는 물레헤에 있는 할머니 댁에 갔었어. 그다음엔 로스카보스 쪽으로 내려가서, 멕시코시티에 며칠 있다가 왔지."

단어 하나가 브리짓의 귀에 유독 크게 들렸다. 그는 우리라고 말했다. 우리가 누군데? 우리가 누구야? 브리짓은 궁금한 건 참지 않기로 했다.

"우리가 누군데?"

에릭은 잠시 생각했다. 더이상 브리짓을 보고 있지 않았다. "우리? 아, 음. 나랑 카야. 내 여자친구."

브리짓은 고개를 끄덕였다. 여자친구. 카야. "와, 잘됐다."

결국 그는 이 말을 하고 싶었던 걸까? 아니면 엉겁결에 하고 싶지 않은 말까지 해버린 걸까?

"나중에 봐." 브리짓은 멍하니 대답하고는 아이들이 모일 만한 장소를 찾아 자리를 떴다. 떼지어 윙윙대는 이놈의 기대감을 살충제 스프레이로 모조리 없애버리고 싶었다.

넌 뭔가를 바라고 있었던 거야. 인정해. 브리짓은 거짓말하는 걸 끔찍이도 싫어했다. 특히 자기 자신한테. 그랬다는 걸 네가 더 잘 알잖아.

레나는 버스에서 창밖만 응시하고 있었다. 텅 빈 버스에서 의자에 다리를 올려 두 팔로 끌어안은 채, 살갗에 느껴지는 마법의 바지 느낌을 만끽했다. 그림을 그릴 수 있었던 놀랍고도 마법 같은 오후였다. 이런 기분이 드는 건 마법의 바지 덕분도 있지만 스스로 더 나아지고 있다고 느껴서였다.

오늘 수업 마지막에 그린 이십 분짜리 포즈를 떠올려보았다. 레나는 한 포즈를 오래 그리는 것을 좋아했다. 이번 수업엔 미셸이라는 새 모델이 들어왔다. 엉덩이가 둥그스름하고 팔이 무척 긴 편이었다. 레나는 모델을 미적 기준에서 평가하지 않았다. 새 모델 미셸은 그림에 대한 일련의 도전 중 하나일 뿐이다. 버스 창밖 풍경에 미셸의 팔꿈치가 겹쳐졌다.

레나는 버스에서 보내는 시간과, 늦은 오후의 달콤한 햇살을 받으며 정류장에서 집으로 천천히 걷는 시간을 좋아했다. 그런 시간들은 수업의 감상과 집의 긴장 사이에 가교를 만들어주었다.

그러나 오늘밤에는 날카로운 말이 그녀를 반겼다. 가방을 내려놓기도 전에 아빠가 소리를 질렀다.

"어디 갔다 온 거냐?" 아빠는 아직 양복을 갈아입지도 않은 상태였다. 심기가 불편해 보였다.

레나는 입을 다물었다. 레스토랑에서 일하다 온 것이 아니라는 걸 아빠가 이미 알고 있는 눈치였다.

"집에 오는 길에 인사나 하려고 들렀더니 네가 없더구나." 아빠가 낮은 소리로 말했다.

레나는 고개를 끄덕였다. 가슴이 둔탁하게 쿵쿵 울리기 시작했다. 변명을 하기 전에 아빠가 어디까지 알고 있는지 알아야 하

144

니 잠자코 있었다.

"저녁 근무 안 하는 거지? 그렇지?"

레나는 다시 한번 고개를 끄덕였다.

"그리고 회화 수업에 갔고, 그렇지?"

부인할 구석이 있을까? 마법의 바지를 입을 때 지켜야 할 규칙 중 한 가지가 뒤늦게 떠올랐다. 마법의 바지를 입고 거짓말하지 말 것. 적어도 레나는 그래야 했다.

다시 심호흡을 했다. "네."

일순간 아빠의 얼굴이 분노로 일그러졌다. 눈도 휘둥그레졌다. 레나가 무서워하는 상황이었다. 아빠 눈이 저렇게 변하면 상황이 크게 곤란해진다는 걸 레나와 에피는 예전부터 알고 있었다. 어렸을 때도 가끔 그런 일이 있었으니까. 할머니를 억지로 모셔와 함께 살게 된 몇 달 동안은 훨씬 더 자주 보인 모습이었다.

거실로 나오는 엄마 모습이 아빠 등뒤로 보였다. 괴로워하는 표정이었다. "제발 조용히 해결하면 안 될까? 조지, 저녁 먹기 전에 옷부터 갈아입어요. 레나도 좀 쉬고." 엄마는 프로 권투선수를 코너로 끌고 가는 코치처럼 아빠를 데리고 사라졌다.

레나는 위층으로 올라가 방문을 잠갔다. 울어야 하는지 가만히 앉아 생각해보았다. 두어 번 크게 한숨을 내쉬었다. 눈물이 바지 무릎 부분에 스며들었다. 얼굴이 시뻘게지고 온몸의 맥박이 세게 뛰었다.

저녁식사는 조용한 긴장 속에서 이뤄졌다. 에피는 친구 집에 가고 없었다. 무릎을 다치는 바람에 새로 생긴 할머니의 불평불만이 긴장감을 더하기는커녕 오히려 깨버릴 만큼 분위기가 무거웠다. 그래도 누군가는 말을 해줘서 다행이었다.

식사를 마친 뒤 레나는 엄마 아빠와 서재에 앉았다.

아빠는 아까처럼 불같이 화를 내진 않았지만 분노가 더 깊어진 것 같았다. "나도 생각을 좀 해봤다, 레나."

레나는 엉덩이 밑에 손을 깔고 앉았다.

"네가 우리에게 거짓말을 하다니, 정말 화가 나는구나."

숨 들이마시고. 내쉬고.

"내가 네 미대 진학을 탐탁지 않게 여겨왔다는 건 너도 알 거다." 아빠는 말을 이었다. "실용적이지도 않고, 학비도 비싸고. 사 년 뒤에 졸업하고 취업이 될 것 같지도 않고. 난 화가라는 직업으로는 생계를 유지하기 힘들다고 진지하게 생각한다."

레나는 엄마를 바라보았다. 엄마라고 뾰족한 수가 없으리라는 건 알고 있었다. 엄마는 아빠가 하는 말을 부정하지 않았지만, 그렇다고 긍정하는 것도 아니었다.

"그리고 그 수업을 보고 나니까, 다른 면으로도 이 길이 네 길이 아니라는 생각이 드는구나. 어린 여자애한테 좋은 분위기도 아니고. 다른 부모는 딸에게 그런 분위기를 허락할 수도 있겠지만, 난 그런 꼴 못 본다." 아빠는 낮고 단호하게 말했다. "엄마

하고는 벌써 얘기 끝냈다. 네 결정에 따라줄 수 없다고 말이다. RISD에 가면 등록금은 없다. 일반 대학에 가면 내주겠지만, 거긴 안 돼."

레나는 충격을 받았다. 목소리를 높여 물었다. "이제 와서 바꾸기엔 너무 늦은 거 아니에요?"

"다른 과정을 찾을 수 있겠지. 넌 성적이 좋으니까. 아직 원서를 받는 대학도 있고. 그것도 안 되면 내년에 입학하기로 하고 집에서 지내며 아르바이트를 하면 돼."

차라리 죽으라고 하세요. 레나는 이렇게 소리치고 싶었다. 하지만 참았다. 아무 말도 하지 않았다. 무슨 말을 하겠는가? 도대체 아빠에게 중요한 건 뭘까? 장담하건대 딸의 감정 따위는 안중에도 없는 것이 확실했다.

아빠는 자신에게 반항하는 딸한테 벌을 주고 있는 것이다. 실용성을 들먹이고 좋은 아빠인 척하며 그 사실을 감추고 있지만 레나는 이게 무슨 의미인지 알고 있었다.

깔고 앉았던 손을 빼냈다. 손이 대리석처럼 차가웠다. 피가 몸속에서 돌기를 멈춰버렸다.

천천히 일어나 밖으로 나갔다. 아빠는 레나가 하는 말을 듣지 않을 것이다. 이런 침묵도 아빠에게 들리지 않긴 마찬가지겠지만.

패트릭: 나 큰일 났어.

스펀지밥: 무슨 일인데 그래, 패트릭?

패트릭: 글쎄, 내 이마가 안 보인다니까.

카르멘은 가끔 어이없는 짓을 저지른다. 본인도 너무나 잘 아는 사실이다. 그 자기파괴적이고 이성적이지 못한 행동이 어떤 결과를 불러올지 정확히 예상하고 분석할 수 있음에도 막무가내로 저지르고 마는 것이다. 이런 것을 가리켜 미필적 고의라고 하며, 때문에 사람들은 몇 년만 감옥에 있어도 될 죄를 짓고도 종신형을 구형받곤 한다.

도대체 무엇 때문에 그런 행동을 하게 되는 걸까?

거실에서 아무렇지 않은 척 잡지를 훑어보며 엄마를 기다리는 동안, 카르멘의 가슴은 양심의 가책으로 가득차기 시작했다.

그러면서도 카르멘은 친절하게도 엄마가 신발을 벗고 거실 소파에 편안히 앉을 때까지 급습을 미뤄주었다. 아기에 대한 진실이 밝혀지고 나니 엄마의 배는 눈에 띄게 불러 보였다.

"오늘 메릴랜드 대학 입학 담당자한테서 전화 왔었어." 카르멘은 평소처럼 심상한 말투로 털어놨지만 잡지를 넘기는 속도는 훨씬 빨라졌다.

사실 카르멘도 메릴랜드 대학에 가는 것이 그다지 즐겁지 않았다. 거기도 꽤 괜찮은 학교지만 윌리엄스처럼 최고는 아니었다. 윌리엄스는 규모가 작고 개인을 중요시하는 반면, 메릴랜드는 규모가 크고 익명의 다수를 위한 학교였다.

좀 삐뚤어진 방법이지만 카르멘은 엄마에게 이 사실을 알리는 것이 흥분되었다.

크리스티나는 너무 피곤해서 혼란스러움을 표현할 기력조차 없는 듯했다. "왜?"

"왜냐하면 내가 그 학교에 원서를 냈고, 입학 담당자가 특별 케이스로 나를 입학시키기로 결정했으니까."

엄마가 몸을 조금 일으켰다. "딸, 난 지금 네가 무슨 말을 하는 건지 하나도 모르겠어."

"윌리엄스 말고 메릴랜드에 갈까 고민중이라고."

그제야 엄마가 제대로 일어나 앉았다. "도대체 왜?"

"아무래도 아직은 독립할 준비가 안 된 것 같아. 집에 있으면서 엄마도 도와주고, 아기가 태어나면 함께 지내고도 싶고." 카르멘은 손톱 관리 받으러 갈 계획이라도 말하듯 아무렇지 않게 말했다.

"카르멘?" 엄마의 태도는 만족스러웠다. 적어도 지금 이 순간만은 다른 누구의 미래가 아닌 카르멘의 미래에만 집중하고 있는 게 분명했다.

"왜?" 카르멘은 자신에겐 죄가 없다는 듯 눈을 깜빡거렸다.

크리스티나는 요가를 할 때처럼 숨을 몇 번 들이쉬었다가 내쉬었다. 그런 다음 쿠션에 기대 잠깐 생각을 정리하고 나서 입을 열었다. "카르멘. 나만 생각하자면 그러는 게 더할 나위 없이 좋지. 네가 없는 집은 생각하기도 싫으니까. 죽도록 보고 싶을 테니까 말이야. 너도 알잖니. 난 너랑 데이비드랑 곧 태어날 아기랑 다같이 살길 원해. 욕심을 부리자면, 그게 내 꿈이야."

카르멘은 금방이라도 눈물이 날 것 같았다. 태평하던 심경이 이십 초도 되지 않아 눈물바다로 바뀔 참이었다.

말을 이어가는 엄마의 목소리는 따뜻했다. "하지만 좋은 엄마는 자기 하고 싶은 대로만 하면 안 되잖아. 자식한테 제일 도움이 된다고 믿는 일을 해야지. 가끔 이 두 가지가 같을 수도 있지만, 이번 경우에는 달라."

카르멘은 손등으로 뺨을 괴고 앉았다. 이 눈물은 정확히 무슨 종류의 눈물일까? 기쁨의 눈물? 비통한 눈물? 무서움의 눈물? 혼란스러움의 눈물? 아니면 이 모든 감정이 조금씩 섞여서 나는 눈물일까?

"그걸 엄마가 어떻게 아는데?" 카르멘은 격앙된 목소리로 물었다. "그 두 가지가 다르다는 걸 어떻게 알아?"

"왜냐하면 너처럼 똑똑하고 능력 있는 아이가 다닐 만한 학교는 윌리엄스니까. 딸, 거기가 네가 있을 곳이야."

"내가 있을 곳은 여기야."

"넌 앞으로도 쭉 여기 있을 거야. 윌리엄스에 간다고 가족들과 멀어지는 건 아니야."

"아마 멀어질걸."

"그렇지 않아."

카르멘은 어깨를 으쓱하며 손등으로 눈물을 훔쳤다. "멀어질 것 같단 말이야."

레나,

아까 통화하는데 목소리가 너무 안 좋길래 혹시나 도움이 될까 해서 이걸 샀어. 젤리 가게에서 일하시는 분이 루트비어*맛 젤리만 먹는 사람은 처음 봤다더라. 사실 온통 똥색인 봉지들이 크게 맛있어 보이진 않았어. 차라리 열대과일 맛 같은 게 더 맛있어 보이던데. 하지만 너는 너니까. 레나, 우리가 이 정도로 너를 사랑해.

XXXXXXXXXXXXOOOOOOOOOO

---

* 생강으로 만든 탄산음료.

티비는 창문 바깥에 있었다. 손으로 창틀을 부여잡고 위를 올려다보는데 발밑이 휑했다. 방안에 따뜻해 보이는 노란 불빛이 빛나고 있었지만 티비가 있는 바깥은 어두웠다. 뒤쪽 어딘가에 사과나무가 있을 텐데 보이지 않았다. 손바닥이 아프고 팔힘이 쭉쭉 빠져갔다. 다시 방으로 돌아가고픈 마음이 굴뚝같았다. 도대체 여기 어떻게 올라왔을까? 왜 올라왔을까? 어두운 허공으로 몸을 내던질 수도, 그렇다고 다시 안으로 들어갈 수도 없었다.

"티비? 티비?"

눈을 뜨고 여기가 어디인지 파악하기까지 한참이 걸렸다. 티비는 영화관 의자 깊숙이 앉아 있었다. 불이 들어왔다. 앞에 있는 스크린에선 아무것도 나오지 않았다. 마거릿이 조심스럽게 티비를 깨웠다.

"안녕하세요, 마거릿. 어, 저 깜빡 졸았나봐요, 그죠?"

"그랬어. 하지만 걱정하진 마. 근무시간 끝났어. 쓰레기는 내가 대신 치웠으니까 그냥 가도 돼."

티비는 고맙다는 눈빛으로 마거릿을 바라보았다. "정말 감사해요. 다음에는 제가 할게요. 괜찮죠?" 티비는 비틀거리며 일어나 꿈에서 깨어나길 기다렸다. 티비는 영화관에서 곧잘 잠드는 편이 아니었다. 하지만 막상 영화관에서 일하다보니 그런 일이 종종 일어났다. 네시 영화 티켓을 받고 관객들이 전부 자리에 앉은 걸 확인한 뒤 로비 청소만 하면 영화를 봐도 상관없었다. 사실 그것 때문에 영화관에서 일하게 해달라고 마거릿에게 부탁한 것이다.

이 〈여배우〉라는 영화는 이미 열네 번이나 보았다. 처음 서너 번은 그래도 괜찮았다. 하지만 그후로는 긴장감 때문에 오히려 긴장감이 사라지는 현상이 나타났고, 자연스러운 영화 속 사랑 이야기도 아무것도 아닌 것처럼 느껴지게 됐다. 그뒤 열 번, 열두 번씩 보고 나자 배우가 어떻게 머리를 굴리고 있는지까지 훤히 들여다보였다. 카메라 워크의 조잡함까지 눈에 들어왔다. 그리고 마침내 열네번째에는…… 잠이 들고 만 것이다.

오랜 영화 애호가로서 이런 현상은 슬픈 일이었다. 환상적 마법이 사그라지는 느낌은 마치 캐서린의 보조의자에 말라붙은 어젯밤의 마카로니를 보는 것 같았다. 감흥이 사라지고 둔해졌다. 흥분한 관객들의 얼굴을 보면 그런 상태가 더 악화되곤 했다. 첼로와 바이올린 선율이 고조되고, 진지하게 몰입하는 배우들의 얼굴이 클로즈업되면 관객들이 장대한 클라이맥스에 빠져들리라는 걸 티비는 알았다. 관객들은 모든 것이 자신들에게만 일어나는 엄청난 일이라고 생각할 것이다. 물론 자신들이 이 정교한 사기극에 걸려들었다는 것 따위는 생각하지도 않는다. 그건 중요한 문제가 아니다.

티비가 뉴욕대 영화학과에 입학한 건 순전히 작년 여름에 만든 베일리에 대한 영화 덕분이었다. 이제 티비는 사 년이란 시간을 영화 제작에 관해 배우며 보내게 될 것이다. 그것이 다른 무엇보다 자신이 원하는 바라고 줄곧 생각해왔다. 하지만 이쯤 되고 보니 의문이 생겼다.

웨딩 플래너나 산부인과 의사가 어떤 기분으로 사는지 티비는 우울하게 상상해보았다. 사람들은 각자 개인적인 경험의 순간, 인생에 딱 한 번 존재하는 순수하고 경이로운 순간에 그들을 만난다. 하지만 그들은 한두 시간 후 다른 사람이 똑같은 경험을 하는 모습을 보게 된다. 사람들이 생각하는 기적의 순간이 그들에게는 그저 아침, 점심, 저녁마다 일어나는 일상다반사인 것이다.

한때 스크린 위에 펼쳐지는 경이로움이라고 생각했던 것이 한낱 속임수에 불과하다고 깨닫는 것은 슬픈 일이었다. 티비가 예술이라 믿어 의심치 않았던 것은 공식에 기반한 술수에 지나지 않았다.

그날 밤 브리짓은 학생들이 모두 잠든 뒤 다이애나와 그 일에 대해 토론을 벌였다. 둘은 호숫가에 앉아 잔잔한 물에 돌멩이를 던졌다. 브리짓은 자기가 생각하는 작전을 털어놓았다. 꽤 간단했다. 무작정 에릭을 피하고 보자는 것이다. 에릭에게서 떨어져 다른 일에 몰두할 작정이었다. 담당 팀이 있으니 그들과 훈련하거나 다이애나와 놀거나 다른 친구들을 사귈 수도 있다. 게다가 주말에도 세 번 휴가를 받을 수 있다. 에릭도 그렇겠지만 그와 다른 주에 쉬면 아무 문제 없을 것이다. 하기야 같은 팀에서 일하지 않는 이상 그건 신경쓰지 않아도 되겠지. 여긴 큰 캠프니까.

다음날 아침식사 전 회의에서 총감독은 각 코치들이 맡을 업무를 발표했다. 코치들은 팀의 감독뿐 아니라, 짝을 이뤄 오후 활동 지도나 급식 지도, 저녁 이벤트 기획, 특별 주말여행 같은 일들을 처리해야 했다.

이름이 불리기를 지루하게 기다리던 브리짓은 다이애나가 가져온 사진들을 남몰래 슬쩍 훔쳐보았다. 코넬대 축구팀 사진, 룸메이트 사진, 남자친구 사진 등이었다.

"브리짓 브릴런드 코치는 래프팅과 카약 팀을 맡아주세요. 평일 오후 두시 반부터 다섯시까지입니다. 급식 지도는 수요일 아침, 월요일 점심, 목요일 저녁에 해주시고, 일요일 밤엔 야간 수영 강좌를 진행해주시면 됩니다. 주말여행 일정은 나중에 알려드리죠." 조 워쇼 감독이 말했다.

브리짓은 기쁜 마음으로 어깨를 으쓱했다. 왠지 재밌을 것 같았다. 래프팅이나 카약은 문외한이지만 뭐든 빨리 배우는 편이니 상관없었다. 그리고 그녀는 별이 뜬 밤에 수영하는 것을 어느 누구보다 좋아했다. 조가 손에 든 서류철의 종이를 한 장 넘겼다. "그리고 브리짓 브릴런드 코치의 파트너는……" 감독이 명단을 훑어보았다. "에릭 리치먼 코치입니다." 조는 고개 한번 들지 않고 이렇게 내뱉고는 다음 발표로 넘어갔다.

브리짓은 방금 들은 말이 환청이길 바랐다. 바짝 긴장한 다이애나의 얼굴이 보였다. 예의 환청이 다이애나에게도 들린 것 같았다.

너무 충격적이어서 웃음이 터질 지경이었다. 누가 이런 농담을 생각해낸 거지? 바하에서 누군가가 미리 전화를 걸어 브리짓과 에릭 사이에 통한의 역사가 있으니 두 사람을 붙여놓으면 좋을 거라고 언질이라도 준 건가?

고개를 들자 에릭이 눈에 들어왔다. 브리짓은 울상을 지어 보였다.

"바꿀 수 있을 거야." 다이애나가 숨죽여 말했다. "끝나고 조한테 물어봐. 너를 좋아하는 편이니 바꿔줄 거야."

배정이 끝난 후 브리짓은 조를 따라가서 말했다. "저기, 뭐 하나 물어봐도 될까요?"

"그러세요."

식당 스태프들이 아침식사 준비를 시작했다.

"혹시, 음, 파트너를 바꿀 수 있을까요? 그래도 된다면."

"정당한 사유가 있다면 가능하죠." 브리짓이 입을 열기도 전에 말을 끊고 들어오는 걸로 보아 그도 그녀가 무슨 말을 할지 알고 있는 것 같았다. "직업적인 문제나 건강상의 문제가 있는 경우에만 가능합니다. 개인 사유는 안 됩니다. 바꿔줄 수 없어요."

"아." 브리짓은 직업이나 건강과 관련된 사유를 생각해보려고 머리를 쥐어짰다. 상처가 곪았다고 할까? 그게 먹힐까? 아니면 전염성 무좀균? 다중인격이라고 해야 하나? 마지막 구실은 실제로 걸맞은 사유가 될 수 있을 텐데.

"좋아요. 그럼 지금 파트너랑 같이 하는 겁니다. 처음엔 다들 바꾸고 싶어해요." 조는 서류를 정리하며 일어섰다. "괜찮을 테니 걱정 마요."

신은 불가사의하나 악의는 없다.

_알베르트 아인슈타인

발리아 할머니의 극악무도함이 다시 시작되었다. 지난번보다
더 심했다. 카르멘과 할머니는 다시 병원에 가게 되었다. 이번엔
신장 혈액검사와 무릎 물리치료라는 두 가지 골칫거리 때문이었
다. 그런데 할머니가 카르멘 차에 탈 수 없다며 버텼다. 이유인
즉 카르멘이 핸들 잡는 법이 잘못됐다는 것이다. 그래서 카르멘
은 할머니가 탄 휠체어를 끌고 병원까지 걸어갈 수밖에 없었는
데, 그 꼴은 흡사 못된 아기가 탄 유모차를 미는 엄마 같았다.
　흙에서 흙으로, 기저귀에서 기저귀로, 유모차에서 유모차로, 젤리에
서 젤리로. 카르멘은 휠체어를 밀면서 혼잣말을 했다. 이게 베이
비시터 아르바이트와 다를 게 뭘까?
　하지만 카르멘이 7월 중순의 뜨거운 뙤약볕에도 아랑곳없이

병원까지 3킬로미터도 넘는 거리를 기꺼이 걸어가는 이유는 따로 있었다. 아직 그의 이름조차 모르는 상황이지만, 어찌됐든 작고 어두컴컴한 방에서 할머니를 혼자 떠맡는 것보다는 밖에 나와 세상과 공유하는 편이 훨씬 나았다.

카르멘은 한 손으로 휠체어를 잡고 다른 한 손으로는 휴대전화를 꺼내 레나에게 전화를 걸었다.

"여보세요." 레나가 전화를 받자 카르멘이 물었다. "일 다 끝났어?"

"나 점심 저녁 다 근무해." 레나가 대답했다. "지금은 그냥 쉬는 시간."

"아, 있잖아―"

카르멘이 갑자기 말을 중단했다. 고개를 홱 돌린 발리아 할머니의 얼굴이 찌푸려지고 입가에 벌써부터 주름이 깊게 패어 있었기 때문이다. "통화 소리 듣고 싶지 않구나." 할머니가 딱 잘라 말했다. "그리고 한 손으로 이걸 어떻게 밀려는 게냐?"

"끊어야겠네." 레나는 다 알겠다는 듯 딱해하는 투로 말했다.

"어, 응." 카르멘은 휴대전화를 탁 소리내며 접었다. 광분의 징후가 슬슬 얼굴에 나타나고 있었다. 할머니를 보느니 차라리 아기들을 보는 게 나았다. 아기들은 훨씬 더 귀여울뿐더러, 말도 못하니까.

병원까지 휠체어를 밀고 가는 동안 카르멘은 입을 꽉 다물고 있었다. 병원에 도착하자 8층에 있는 신장센터부터 들렀다. 할머니가 자신을 도와주려고 애처롭게 용쓰는 다른 사람들에게 꽥꽥대는 동안 카르멘은 복도를 서성였다. 사십여 분 동안 수많은 사람들이 지나갔지만 카르멘이 찾는 얼굴은 없었다.

이어서 3층 관절센터로 내려가고 나서도 카르멘은 아직 이 세상에서 증오하지 않는 유일한 남자가 구석에서 머리를 쏙 내밀 때까지 족히 이십 분을 서성거리며 기다렸다. 남자는 카르멘을 보자 이쪽으로 향했다.

"안녕!" 그가 카르멘에게 다가오며 웃어 보였다. 세상에, 오늘은 청바지까지 입었다. 심지어 지난번보다 더 잘생겨지지 않았나?

"안녕!" 카르멘이 대답했다. 그의 등장에 속이 울렁울렁 요동치기 시작했다.

"생각해보니 저번에 이름도 못 물어봤더라고요." 그가 말했다. "일주일 동안 궁금했어요."

"뭐일 것 같아요?" 카르멘이 물었다.

그는 곰곰이 생각했다. "음…… 플로렌스?"

카르멘이 고개를 저었다.

"라푼젤?"

"아뇨."

"앤절라?"

카르멘은 맘에 안 든다는 듯 코를 찡그렸다. 앤절라는 고도비

만인 사촌동생의 이름이기 때문이다.

"그럼 뭔데요?"

"카르멘."

"아, 흐음. 카르멘이라. 알겠어요." 그는 얼굴과 이름을 매치하듯 고개를 들어 카르멘을 바라보았다.

"그쪽 이름은 뭐예요?"

"윈." 논쟁을 예상하듯 그의 목소리가 다소 커졌다.

카르멘은 눈을 가늘게 뜨며 물었다. "윈win?…… 지다lose의 반대말요?"

"아뇨, 윈……" 설명하려는 그의 얼굴이 살짝 괴로워 보였다. "윈스럽Winthrop의 윈……"

"윈스럽요?" 카르멘이 웃으며 말했다. 그를 놀려대도 될 만큼 우리가 친한 사이라고 할 수 있을까?

"알아요, 알아." 그가 눈을 찡긋해 보였다. "윈스럽은 보통 성姓으로만 쓰죠. 나도 처음부터 이 이름을 좋아한 건 아니라고요. 그런데 어쩌겠어요. 두 살이 돼서야 말문이 터진 것을. 뭐, 이미 그땐 어쩔 수 없었고."

카르멘이 큰 소리로 웃었다. "왜 다른 사람들이 우리 이름을 지어주는 걸까요?"

"그러게요." 윈은 분통을 터뜨렸다. "왜일까요? 누군가가 바뀌야 돼요."

"올림픽에서 본 스키선수가 생각나네요." 카르멘이 기억을 더듬어 말했다. "부모님이 그 선수에게 자기 이름을 직접 지으라고 했는데, 피커부*라고 지은 거 있죠."

윈이 점잖게 고개를 끄덕였다. "음, 네. 그럴 수 있죠."

카르멘의 얼굴에 미소가 번졌다. 윈이라. 훗. 윈, 윈, 윈, 윈. 그 이름이 싫지 않았다.

"……좀 어때요?" 윈이 카르멘의 팔을 가리켰다.

우연의 일치라고 보기는 힘들게 카르멘은 자신을 가장 돋보이게 만드는 민소매티를 입고 있었다. 덕분에 적당히 그을린 풍만한 팔뚝이 잘 드러났다. 사실 양팔 다 그랬지만.

"괜찮아요. 정말 훨씬 나아졌어요."

"잘됐네요. 발리아 할머니는 어때요? 인대 쪽이 문제였죠? 앞쪽 십자인대?"

카르멘은 행복에 겨워 고개를 끄덕였다. 평상시 카르멘이 남자와 대화할 때 겪는 곤란함은 그들과 나눌 얘깃거리가 없다는 점이었다. 하지만 윈(이름이 윈이라니, 윈, 윈)과는 서로 잘 알지 못해도 끊임없이 얘깃거리가 생긴다는 사실이 좋았다.

"카르멘? 카아아아아르멘?"

피가 얼어붙고 뼈가 바싹 말라붙는, 아까 먹은 점심마저 역류할

---

* peekaboo, 까꿍이라는 뜻.

166

것만 같은 소리가 들렸다. 카르멘은 밝은 표정을 유지하려고 애썼다. "할머니가 부르시네요. 내가 필요한가봐요. 가봐야겠어요."

"뭔가 불편하신 것처럼 들리네요." 윈이 말했다.

"뭐랄까……" 카르멘은 입술을 잘근잘근 씹었다. 윈에게 이 생고생에 대한 분통을 터뜨리고 싶진 않았다. 이 자리엔 적절하지 않았다. "할머니에게 좀 힘든 일이 있었거든요." 카르멘은 목소리를 낮춰 말했다. "할아버지가 돌아가신 지 일 년도 안 됐어요. 그리고 할머니는 나고 자란 그리스의 아름다운 섬을 떠나 이곳으로 오셨고……" 설명하자니 갑자기 발리아 할머니에게 정말로 짠한 마음이 생겼다. "아마…… 무척 힘들 거예요."

윈은 침통한 얼굴을 했다. "정말 힘드시겠네요."

"네, 그럼 전 이만 가볼게요." 카르멘은 이렇게 말하며 일어섰다. 발리아 할머니가 한 번 더 난리를 치면 자신이 견뎌낼 수 있을지 확신할 수 없었다.

"그래도 한 가지는 다행이네요." 윈이 카르멘 뒤에서 말했다.

카르멘은 걸어가다가 뒤돌아보았다. 영화에서처럼 자신의 긴 머리가 흩날리는 것이 느껴졌다.

"그게 뭔데요?"

"당신이 곁에 있잖아요."

마음이 너무 너덜너덜해져버려 레나는 며칠 동안 회화 수업에 가지 못했다. 아빠가 가까이서 자신을 감시하고 있었다. 수업에 가겠다고 반항할 수 있을 만큼 단단해질 때까지 기다려야 했다.

레나는 쉬는 시간에 애닉 선생님께 얘기 좀 하자고 요청했고, 선생님도 알았다고 했다. 이번엔 레나가 먼저 뒤뜰로 향했다. 처음 RISD 얘기를 꺼낸 이후로 선생님은 기뻐하는 눈치였다. 선생님은 자신이 아는 교수들 이야기를 속사포처럼 늘어놓았다. 그러나 이젠 계획이 바뀌었으니 선생님에게 말해야만 했다.

"아빠가 절대 안 된대요. 등록금도 안 내줄 거래요." 레나는 망연자실해서 말했다.

선생님은 입술을 오므리며 빨간 속눈썹이 난 두 눈에 힘을 주었다. 이 상황을 객관적으로 생각하려는 것 같았다. 하긴, 부모가 무슨 짓을 한다 해도 학생 앞에서 그 부모를 비난할 수는 없지 않은가. "아버지가 절대 안 된다고 하신 거니, 아니면 등록금만 내줄 수 없다고 하신 거니?" 마침내 선생님이 침착하게 물었다.

"아마 둘 다 아닐까요. 어차피 등록금을 안 내주면 갈 수 없고요."

"정말 그렇게 생각하니?"

레나가 어깨를 으쓱해 보였다. "그 문제에 대해선 아직 생각해보지 않았는데요."

"그걸 생각했어야지. 땡전 한푼 없는 사람들도 미대에 가는걸. 좋아, 이제 두 가지 방법이 있어. 내 생각에 넌 국가보조를 받을 수 있는 경우는 아닌 것 같고. 그렇지?"

레나는 고개를 끄덕였다. 레나는 수영장이 딸린 크고 좋은 집에 산다. 게다가 아빠는 잘나가는 변호사고, 엄마도 수입이 좋았다.

"그렇다면 우수 장학금을 받는 수밖에 없네." 선생님이 결론을 지었다.

"그건 어떻게 받는 건데요?" 다시 희망이 생기는 것이 두려우면서도 레나는 물었다.

"내 친구한테 전화를 걸어서—" 선생님은 갑자기 말을 멈추고 두 손을 맞잡았다.

그사이 레나는 애닉 선생님의 손가락에 끼워진 반지를 세어보았다. 모두 아홉 개였다.

선생님은 갑자기 말을 바꿨다. "만약 내가 너라면 학교 웹사이트에 들어가든가 전화해서 방법을 알아낼 거야. 안 된다고 거절당해도 계속 묻는 거지. 누군가가 된다고 말해줄 때까지 말이야."

레나는 그 말이 상당히 미심쩍다고 생각했다. "저는 그런 거 잘 못하는데요."

선생님은 이미 안달이 난 것 같았다. 레나에게 화가 나거나 한심해하는 게 아니라, 정말 안달이 난 거였다. "미대에 가고 싶니, 아니면 집에 있고 싶니?"

"미대에 가고 싶어요. 집에 갇혀 있을 순 없어요."

"그렇다면 방법을 찾아야지." 선생님이 레나의 팔꿈치를 단단히 붙잡았다. "레나, 난 네가 잘 해낼 거라고 믿어. 너에겐 재능이 있어. 그것도 아주 많이. 가볍게 하는 말이 아니야. 난 네가 시도해보면 좋겠다. 네가 뭘 좋아하는지 내 눈에는 다 보여. 하지만 나는 널 위해 싸워줄 수 없어. 너 스스로 싸워야 해."

"제가 그럴 수 있을까요?"

선생님은 레나의 용기를 북돋듯 웃어 보였다.

"그럼, 레나. 당연하지."

결국 첫번째 작전은 실패로 돌아갈 듯했다. 에릭을 피하는 건 고사하고 꾸준히 얼굴을 보게 될 판이었다. 저 위에서 누군가가 내려다보고 있다면 지금 브리짓이 치르는 대가를 보며 쓴웃음을 지을 것이다.

남은 점심시간 동안, 브리짓은 대안을 짜내려고 애썼다.

에릭을 생면부지처럼 대할 수 없다면 친구가 되어야만 했다. 그건 자신 있었다. 그냥 보통 남자 대하듯 하면 되는 것이다. 못할 건 또 뭐람?

에릭이 처음이자 단 한 번의 사랑이라는 걸 잊어버리면 된다. 잠시 스쳐간 그 일이 브리짓의 인생에 불러일으킨 재앙은 한쪽으로 치워두면 그만이다. 에릭을 향한 무지막지한 끌림도 무시하면 된다. 그러기 위해 부단히 노력할 것이다. 그의 마음이 내 마음과 같지 않다는 걸 받아들이기만 하면 되는 일이었다.

브리짓은 굽이굽이 가파른 언덕을 오르면서 숨을 헐떡였다. 숲이 양옆에서 그녀를 위로해주었다.

사실 브리짓은 누구에게도 이토록 걷잡을 수 없을 정도로 끌려본 적이 없었다. 이 년 전 에릭을 만난 이래 그에게로만 향하는 특별한 감정에 그녀 역시 놀랄 따름이었다. 그건 실제로 일어난 일이었을까? 아니면 스스로 지어낸 생각에 저도 모르게 사로잡혀버린 걸까?

이번에 에릭을 다시 마주했을 때, 브리짓은 그 답을 얻었다. 그 감정은 실재했다. 아무리 예전과 달라졌다 해도 에릭에 대한 마음은 변함이 없었다.

도대체 에릭이 뭐라고? 잘생기고 재능 있고. 그래, 맞다. 하지만 그런 남자는 널렸다. 지난여름 앨라배마에서 만난 빌리 클라인만 하더라도 그렇다. 브리짓은 분명 빌리에게 끌렸다. 하지만 에릭만큼은 아니었다. 도대체 뭐 때문에 딴 녀석이 아닌 그에게만 이런 애끊는 마음이 생기는 걸까? 만약 내가 신이라면 감정을 되돌려주지 않는 사람에게 감정이 생기는 것 자체를 금할 텐데.

마침내 브리짓은 조그만 산 정상에 다다랐다. 갑자기 나무들이 사라지고 움푹 파인 언덕과 습한 골짜기가 눈에 들어왔다. 모든 혼돈의 온상지인 캠프가 작은 동그라미로 보였다. 이렇게 높이 올라오면 모든 것이 품에 안을 수 있을 만큼 작아지는 것이다.

브리짓은 자기가 해야 할 일을 알고 있었다. 에릭을 향한 본능적인 반응은 그녀도 어쩔 수 없었다. 하지만 행동은 어찌해볼 수 있다. 거칠고 외골수인 건 그때나 지금이나 마찬가지였다. 하지만 예전에 에릭을 유혹할 방법을 어떻게든 찾아냈듯, 이번에는 그러지 않을 방법을 찾아낼 수 있을 것이다.

집에 돌아갈 수 있는 주말이 다가오고 있었다. 그동안 냉정을 되찾자. 그런 다음 다시 캠프로 돌아오면 좀 자제할 수 있을지도 모른다. 그에게 접근하지도 유혹하지도, 슬퍼하지도 애달파하지도 않을 것이다. 심지어 그를 동경하지도 않을 것이다. 아마 조금은 동경할지 모르지만, 그건 혼자 감당해낼 몫으로 남겨둘 것이다.

브리짓은 언덕을 빠르게 뛰어내려가기 시작했다. 스스로 통제할 수 있는 속도를 살짝 벗어나, 빠르게.

그렇다. 친구로 지내면 된다. 친한 친구가 될 수 있을 것이다. 에릭은 내 속마음을 절대 알지 못할 것이다.

이번 여름은 아주 길 것 같았다.

커피나 한잔 하자는 거예요,

아니면 계산만 하라는 거예요?

_실패한 헌팅 전문가

"빨리 와, 티비! 같이 가야지!"

티비는 잔디 위에서 폴짝폴짝 뛰며 소리지르는 브리짓을 현관
문 앞에서 지켜보고 있었다. 브리짓의 금발은 어둠 속에서도 빛
났다.

"어디 가는데?" 티비가 심드렁하게 물었다.

"그건 비밀이야. 재밌을 거야. 빨리 오라니까!"

티비는 여름 잔디 위로 발을 디뎠다. 베어놓은 잔디가 맨발에
들러붙는 것이 느껴졌다. "난 비밀 같은 거 관심 없어. 재미있는
것도 별로고."

"그래서 네가 가야 한다는 거야."

운전석에 앉은 카르멘이 경적을 울려대며 차창 밖으로 손을

흔들었다. 조수석엔 레나도 보였다.

브리짓이 티비 쪽으로 고개를 숙이고 말했다. "가자, 티비. 캐서린도 슈퍼볼처럼 회복했잖아. 이젠 안심해도 괜찮아, 안 그래? 난 오늘밤이 지나면 펜실베이니아로 돌아가니까, 너 없이 이 밤을 보내지 않을 거야."

티비는 밖에 나간다고 부모님에게 말하러 다시 안으로 들어갔다. 티비 부모님은 보통 토요일 저녁에 외출하지만 캐서린 사건 이후로는 집에 붙어 있다. 로레타를 해고해버려 애들을 돌볼 사람이 없는 탓도 있었다.

티비는 귀찮아서 신발도 신지 않고 카르멘의 차로 터덜터덜 걸어갔다. "가기 싫다니까." 차에 타고 나서 한 번 더 친구들에게 툴툴댔다.

"우리가 지금 어딜 가는지도 모르잖아." 레나가 한소리했다.

"어쨌든 싫어."

카르멘이 브레이크를 풀고 차를 몰기 시작했다. "참 다행인 게 뭐냐면 티비, 네 친구들은 네 말을 귓등으로도 안 듣는다는 거야."

티비는 썰렁하다는 듯 고개를 저었다. "그걸 왜 다행이라고 하는지 모르겠네."

"왜냐하면 우리는 너를 너무 사랑해서, 남은 여름 동안 너를 방 안에서 썩게 내버려두진 않을 거니까." 카르멘이 큰소리를 쳤다.

썩는다는 말은 카르멘이 선정한 이주의 단어였다.

"아마 난 썩고 싶은 건지도 몰라." 티비가 대꾸했다.

"하지만 썩는 게…… 널 거부할걸." 그 문제에 대해 언급하는
건 이게 끝이라는 듯 카르멘은 단호하게 고개를 끄덕였다.

티비는 뒤로 기대앉아 친구들이 재잘거리는 소리가 주변을 빙
빙 돌게 내버려두었다. 친구들의 목소리는 마치 익숙한 교향곡
처럼 들렸다. 한 악기가 연주되면 다른 악기가 그 위로 화음을
쌓았다. 서로 어울리며 조화를 이루는 억양들에 마음이 안정되
었다.

카르멘이 록우드 수영장 주차장에 주차하기 전까진 그랬다.

"여기 왜 온 거야?"

"수영하려고." 브리짓이 대답했다.

"그럼 레나네 집에 가면 되잖아." 티비가 말했다.

"부모님이 집에 계시대. 할머니도 주무시고." 카르멘이 설명
을 덧붙였다.

그쯤 되면 충분한 이유였다. 미친 사람이 아니고서야 발리아
할머니를 깨우고 싶진 않을 테니까. 게다가 할머니 방 창문은 수
영장 쪽으로 나 있다.

"여기 문 닫혔잖아." 티비가 시큰둥하게 말했다.

"그냥 따라만 오라니까, 응?" 브리짓이 대꾸했다.

티비는 친구들을 따라 조그만 개울 위에 놓인 다리를 건넜다.

예전엔 이 개울이 미지의 세계로 힘차게 인도하는 수로처럼 보였다. 아마 하수 처리를 위해 만든 것일 테지만. 티비는 친구들을 따라 끝이 보이지 않는 가파른 계단까지 올라갔다. 예전엔 이 계단도 하늘로 올라가는 계단처럼 보였다. 잠긴 문에 다다르자 넷은 그 앞에 나란히 섰다.

티비는 점점 더 기분이 나빠졌다.

"바로 여기야!" 브리짓이 울타리 위, 뾰족뾰족한 철조망이 없는 부분을 가리키며 소리쳤다. 나머지 세 명이 울타리에 도착했을 때 브리짓은 이미 그 위로 기어오르고 있었다. "올라가서 뛰어넘자고." 브리짓은 그게 자전거 타기처럼 간단한 일이라도 되는 듯 신이 나서 말했다.

"난 안 가." 티비가 선언했다.

"왜?" 카르멘과 레나가 홱 돌아서 티비를 쳐다보았다.

사실 이 정도쯤이야 티비도 노상 동참하는 일이었다. 하지만 울타리를 기어오를 생각을 하니 갑자기 피곤이 몰려오는 기분이었다. 이유는 설명할 수 없지만, 하기 싫은 것만은 확실했다.

"그냥 하기 싫어." 티비가 대답했다.

이미 울타리 반대편으로 넘어간 브리짓은 그 자리에 그대로 매달려 있었다. 티비를 위해 짠 계획인데, 정작 티비가 신나하지 않으니 모두 김이 새버렸다. 브리짓은 다시 이쪽으로 넘어왔다. 티비는 기분이 더 나빠졌다.

"너희는 그냥 가." 티비는 최대한 기분좋게 말하려고 노력했다. "가서 놀아. 난 괜찮으니까. 게다가 여기서 망봐줄 사람도 있어야 하잖아…… 만약을 대비해서……" 자기 귀에도 참 구차한 변명으로 들렸다.

"같이 가면 좋은데. 너 없으면 재미없단 말이야." 레나가 졸라 댔다.

"다음에." 이렇게 말하자 스스로가 엄청난 패배자처럼 느껴졌다.

티비는 그렇게 울타리 바깥쪽, 그러니까 수영장 밖에 털썩 주저앉아 망을 보는 척하면서 친구들이 속옷만 입고 물속으로 뛰어드는 소리를 듣고 있었다. 물론 티비가 동참했을 때보다는 감정을 억제하는 것 같았다. 그래도 셋은 재미있게 놀고 있었다.

"카르멘, 내가 이 은혜는 꼭 갚을게. 맹세해."

카르멘은 눈알을 굴렸다. "시끄러워. 왜 그런 말을 해? 그럴 필요 없다니까. 이런 거 하나하나 기억하는 사이도 아니고."

산만하게 이리저리 움직이던 티비가 잠시 멈춰 서서 고마워하는 눈빛으로 카르멘을 쳐다보았다. "그럼 안 갚을게."

"맙소사." 카르멘은 티비의 옷장에 가득찬 잡동사니에서 체리향 립밤을 꺼냈다. "11층 맞지?"

"응, 접수처에 물어봐. 반스 선생님을 찾아. 만약에 기다릴 일

생기면 놀이방에 가 있으면 되고."

"문제없습니다요. 내 제2의 집 아니냐." 카르멘은 티비의 보들보들한 회색 티셔츠를 꺼내들고 훔쳐가버릴까 고민했다.

"캐서린이 정말 좋아할 거야."

카르멘은 티셔츠를 잡동사니 더미에 다시 내려놓았다. "그리고 나한테도 좋은 경험이 될 거고. 안 그래?" 카르멘의 목소리가 진지해졌다.

티비는 카르멘의 기분을 눈치채고 손을 잡아주었다. "벌써부터 피곤하지, 카르멘."

카르멘은 계단 아래쪽으로 내려갔다. 캐서린은 벌써 신이 나서 노란색 가방을 어깨에 메고 하키 헬멧을 비스듬히 쓴 채 기다리고 있었다.

"좋아, 가볼까, 베이비?"

캐서린이 부엌 의자에서 일어났다. 깁스를 신경쓰지도 않고 다이빙 선수처럼 팔을 번쩍 들어올리더니 폴짝 뛰어서 카르멘에게 안겼다.

티비는 카르멘을 도와 캐서린을 뒷좌석 카시트에 앉히고, 자신은 조수석에 앉았다. 카르멘은 먼저 티비를 아르바이트하는 곳에 내려주고 병원으로 갔다. 차를 세우면서 카르멘은 뒷자리에서 재잘대고 있는 캐서린의 됨됨이를 속으로 칭찬했다. 캐서린은 카르멘의 운전에 대해 한 번도 불평하지 않았다. 발리아 할머니와 참으로 비교됐다.

넓은 로비로 통하는 자동문을 지나자 카르멘은 캐서린을 안아 올렸다. 캐서린이 귀엽게도 코알라처럼 찰싹 달라붙은 탓에 하키 헬멧이 카르멘의 턱 밑에서 달그락댔다.

"내가 눌러도 돼?" 엘리베이터에 오르자 캐서린이 물었다.

"그럼, 11층이야. 여기." 카르멘은 캐서린의 검지를 버튼 쪽으로 대주었다.

캐서린이 너무 좋아하는 통에 카르멘은 평생에 한 번 받을까 말까 한 선물을 캐서린에게 준 것 같은 기분이 들었다. "맨날 니키 오빠만 누르거든." 캐서린은 연신 버튼을 누르며 이유를 설명했다.

카르멘은 복도를 다시 훑어보았다. 심장이 정상 수치보다 훨씬 빠르고 격하게 뛰었다. 당연히 그 사람 생각이 났다. 당연히 그를 보고 싶었다. 하지만 한편으로는 그러고 싶지 않기도 했다.

카르멘은 소아과 접수창구에 캐서린을 내려놓고 창구의 여자에게 "캐서린 롤린스요. 반스 선생님 만나러 왔어요" 하고 말했다.

여자는 캐서린의 이름을 받아적더니 진료 차트를 찾았다. 그리고 캐서린에게 물었다. "놀이방에서 조금만 놀고 있을래, 아가?"

"언니도 같이 가도 돼요?" 캐서린이 손가락으로 카르멘의 광대뼈를 쿡 찌르며 물었다.

"물론이지." 접수창구 여자가 놀이방 쪽을 가리키며 대답했다.

카르멘은 걸어가면서도 힐끔힐끔 주변을 둘러보았다. 내심 그를 보고 싶다는 생각이 들었다. 아니, 어쩌면 온 마음으로.

어쩔 수 없이 다음에 봐야겠네. 놀이방으로 들어가며 카르멘은 마음을 접었다. 햇빛이 드는 밝은 놀이방에는 다른 아이들 몇 명이 놀고 있고, 엄청난 양의 장난감과 유아용 가구들이 비치되어 있었다. 카르멘은 그 작은 의자에 앉을 도리가 없어서 서 있거나 바닥에 앉는 데 만족해야 했다. 설사 기적적으로 엉덩이를 끼우고 앉는다 해도 다시 빼기는 힘들 것이다. 카르멘은 빨간색 플라스틱 의자에 엉덩이가 낀 채 병원을 빠져나가는 자신의 모습을 그려보았다.

"자, 캐서린." 카르멘은 구슬로 만든 미로 앞에 캐서린을 내려놓고 헬멧을 똑바로 씌워주었다. "우리 뭐하면서 놀까?"

캐서린은 완전히 신나서 덩실덩실 춤을 추고 돌아다녔다. 노아의 방주에 올라갔다가, 실로폰을 치다가, 인형 두 개를 가지고 놀더니, 책까지 보았다. 언니 친구들이 집에 놀러올 때마다 언니랑만 노는 것에 캐서린이 항상 불만을 가지고 있다는 걸 카르멘은 알고 있었다. 그런데 지금은 카르멘이 온전히 자기하고만 놀아주고 있는 것이다.

구석에 있는 커다란 인형의 집 뒤쪽에서 여자아이의 웃음소리가 들렸다. 어떤 남자가 불쑥 튀어나오는 것도 보였다. 틀림없이 아빠겠지. 카르멘은 저 두 사람이 나가면 인형의 집을 차지하고 놀아야겠다고 생각했다. 쌍둥이 남자애 둘이 농구공을 던지며 놀고 있었다. 누군가가 물어뜯어놓은 공들도 보였다.

"이거 가지고 놀까?" 캐서린은 노아의 방주에서 꺼낸 인형을 흔들어 보였다.

두 사람은 놀이를 시작했다. 노아의 방주 안에는 분실과 도난으로 짝을 잃은 동물들이 가득했지만 캐서린은 전혀 상관하지 않는 것 같았다. 카르멘은 하마와 코끼리, 사자, 펭귄 흉내를 냈다. 평소에도 곧잘 동물 성대모사를 하는 덕에 카르멘의 연기는 훌륭했다. 펭귄 흉내를 낼 때는 캐릭터에 완전히 몰입하기까지 했다. 카르멘이 연기한 펭귄은 마피아의 일원으로, 〈대부〉에 나오는 말런 브랜도 같은 역할이었다. 캐서린은 웃느라 정신이 없어 제대로 말도 못했다. 인형의 집 뒤에 있는 사람들도 같이 웃었다. 쌍둥이 남자애들이 두 사람 주변을 열심히 맴돌았다.

그러다 문득 카르멘은 인형의 집 밖으로 삐져나온 다리에 갈색 신발이 신겨 있는 것을 깨달았다. 갈색 퓨마 운동화. 그녀는 펭귄의 독백을 멈췄다. 그리고 조금 뒤, 조그만 지붕 위로 얼굴 하나가 나타났다.

카르멘은 너무 창피해서 손으로 두 눈을 가려버렸다. "윈, 안녕." 내 목청이 이보다 좋은 적이 있었을까?

윈이 인형의 집 뒤쪽으로 완전히 빠져나왔다. 그는 미소를 겨우 참고 있었다. 아니, 사실 웃음이 터지려는 걸 참고 있었는지도 모른다. 카르멘을 향해.

"안녕, 카르멘." 그가 인사하더니 카르멘이 양반다리를 하고 앉아 있는 곳까지 기어왔다. 그러고는 카르멘의 팔꿈치 안쪽을 잡아 그녀가 쓰러져도 기댈 수 있도록 해주었다. "살면서 이렇게 웃긴 펭귄은 처음 봤다고 말해도 괜찮죠? 사실 펭귄이 말하는 줄도 몰랐어요."

"하하." 카르멘은 팔을 다시 폈다. 그리고 자신에게 남은 일말의 자존심이나마 되찾아보고자 정신을 가다듬었다.

카르멘이 헛기침을 한 뒤 말했다. "윈, 이쪽은 캐서린이에요. 나랑은 친구 사이고요. 캐서린, 이쪽은 윈이라고 해."

캐서린은 중요한 사람을 만난 듯 벌떡 일어서서는 "안녕" 하고 인사했다.

윈이 캐서린의 헬멧을 가리키며 말했다. "스티커 예쁜걸."

캐서린이 고개를 끄덕였다. "머리가 빠개졌어요."

그 말에 카르멘은 경악했다. "빠개진 게 아니지, 캐서린. 골절된 거야."

캐서린은 그게 무슨 대수냐는 듯 손을 내둘렀다.

"정말 빨리 회복하고 있어요." 카르멘은 자기 체면이라도 차릴 셈으로 또 설명을 늘어놓았다.

윈은 심각하게 받아들이지 않으려고 애쓰는 것 같았다. "매디, 이리 와봐."

갈색 피부의 사랑스러운 소녀가 인형의 집 위로 머리를 내밀었다. "얘는 캐서린이래." 원이 소개했다.

캐서린이 인형의 집으로 직행했다. "야, 나도 좀 봐도 돼?"

"거실을 어지럽히지만 마." 매디가 캐서린을 들여보내주었다. 네 살 정도로, 확실히 캐서린보다는 어른스럽게 보이는 무척 매력적인 아이였다.

원이 카르멘 옆에 주저앉았다. 몸에서 나는 열기가 느껴졌다. 그의 체취까지 맡을 수 있는 거리였다. 캐슈넛 같은 약간 짭짤한 냄새와 망고 샴푸 같은 달달한 향기가 났다. 카르멘은 머리가 띵해졌다.

"여기서 보다니 너무 놀랍네요." 카르멘이 말했다. 좀 전까지 플라스틱 동물들과 소리지르며 난리를 친 것이 민망했다.

"이게 내가 하는 일인걸요."

"음, 물론 그쪽이 여기서 일한다는 건 알고 있었지만—" 카르멘이 또 설명을 시작했다.

"아뇨, 이게 진짜로 내가 하는 일이라고요. 아홉시부터 두시까지 소아과에서 일해요. 특히 여기 놀이방에서요. 보호자들이 의사와 면담하는 동안 아이들과 놀아주죠."

카르멘은 놀라서 눈썹을 치켜세웠다. "정말요?"

"네. 혹시 일자리가 필요하면 자투리 시간에 고용할 생각도 있어요. 펭귄이랑 공연할 수 있는 자리가 있거든요."

카르멘은 눈을 꼭 감았다. "그만해요."

"보수가 적은 것만 빼고는 괜찮아요."

"얼만데요?"

"없어요."

"썩 괜찮은 조건은 아니네요."

"두시 이후는 보수가 좀더 낫죠. 그때부터는 노인병동에 가서 할머니 할아버지들이랑 놀아드리고 웃겨드리면 돼요. 그리고 자판기로 끌려가 뭔가 사라고 들들 볶이는 정도죠. 그것 때문에 빚까지 생겼잖아요."

간호사가 놀이방 문간에 등장했다. "캐서린 롤린스?"

카르멘이 일어섰다. "캐서린, 우리 차례야."

윈도 일어섰다. "그쪽…… 동생이에요?" 그가 물었다.

"아뇨. 나는 외동딸이에요." 카르멘이 대답했다. 왜 그런 말을 했는지는 모르겠다. 사실이긴 했지만, 엄밀하고 깐깐하게 보면 거짓말이나 다름없었다.

"그럼 저 아이는……?"

"티비라는 내 친구의 동생이에요. 몇 주 전 창문에서 떨어졌어요. 낫고 있긴 한데, 그래도 경과가 어떤지 자주 검진받아야 돼서요. 사실 친구가 데리고 왔어야 하는데 오늘 아르바이트 근무 시간이 늘어났거든요. 그 친구가 돈을 좀 모으고 있어서─" 카르멘은 고개를 들었다. "그런데 내가 왜 이런 얘기를 다 하고 있는 거죠?"

윈이 어깨를 으쓱하며 미소를 지어 보였다. "그러게요."

"캐서린, 가자." 카르멘이 말했다. 캐서린은 인형의 집과 매디
와 헤어지기 싫은 듯했다.

"그래도 더 말해줘도 돼요." 윈이 덧붙였다. "그쪽이 하고 싶
은 말이라면 뭐든지 들을 테니까."

윈의 말에서 희망적인 뉘앙스가 느껴졌다. 잘 보이려고, 혹은
유혹해보려고 한 말이 아니라, 진심으로 한 말이라는 걸 카르멘
은 알 수 있었다. 그는 카르멘에게 진지한 호기심을 갖고 있는
것이다. 진정 조심성 있는 사람이었다. 확실히 카르멘에 대해 알
고 싶어했다. 그 사실이 어떤 면에선, 상상할 수 있는 다른 어떤
것보다 카르멘을 행복하게 해주었다.

그리고 한편으로는 그 사실에 슬퍼지기도 했다. 그가 알고 싶
어하는 사람은 카르멘이 아니기 때문이다. 그는 카르멘이 정말로
어떤 사람인지 보지 못했다. 카르멘을 주변 사람들을 살뜰히 챙
기는 이타적인 여자로 생각하고 있는 것이다. 그는 점점 더 잘못
된 결론을 향해 다가가고 있었다.

그리고 그것보다 더 큰 문제는, 카르멘이 그걸 그냥 두고 보고
만 있다는 사실이었다.

땅에 다리가 단단히 박혀버린

소녀를 보여준다면,

나는 자기 바지조차 입지 못하는

소녀를 보여줄게.

_애닉 머천드

"브릴런드! 선탠 그만하고 들어와서 이것 좀 도와주지그래!"

브리짓은 한쪽 눈만 뜨고 선착장에서 일어나 앉았다. 그러고는 웃음을 터뜨렸다. 에릭이 카약 네 대를 한꺼번에 끌고 호수로 들어가고 있었는데, 그다지 우아한 모습은 아니었다.

"친구." 브리짓은 숙소를 함께 쓰는 케이티의 느리고 엉성한 억양을 완벽하게 따라 하며 소리쳤다. "지각한 게 누군데. 이젠 나도 더는 봐줄 수 없다고." 브리짓은 다시 팔을 베고 드러누워 마법의 바지에 햇볕을 쬐었다. 이미 뗏목이며 노, 구명조끼, 워터슈즈, 2인용 카약 두 대까지 준비해놓았다. 브리짓은 늘 빨랐고, 에릭은 항상 느렸다. 에릭은 브리짓이 그의 몫으로 남겨놓은 얼마 되지 않는 일을 하면서 대단한 수고를 하는 척 엄살을 부렸다.

"캠프 애들은 늘 떼지어서 다녀." 에릭이 말했다.

이 말은 요즘 들어 둘이 즐겨 하는 농담이었다. 캠프가 시작된 지 삼 주가 지났지만 이 활동에 참가하는 아이들은 거의 없었다. 래프팅은 얼핏 신나 보이지만 산악자전거보다 못했다. 몇몇 남자애들이 가끔 찾아오긴 했지만, 에릭 말에 따르면 정말로 보트에 관심 있는 놈들은 아니었다.

추파 금지구역을 정해놓지 않았다면 브리짓은 틀림없이 눈을 깜박이며 이렇게 물었을 것이다. "흐음, 그럼 쟤들이 왜 여기 온다고 생각하는 건데?" 하지만 그녀는 그러지 않았다.

"왜 애들을 겁줘서 쫓아보내?" 대신 브리짓은 이렇게 물었다. 햇볕을 쬐니 하품이 났다.

"일하기 싫으니까. 아무것도 안 하고 싶어."

그 말에 웃음이 났다. 에릭이 축구장에서 얼마나 난리를 치는지 브리짓은 알고 있었다. 하지만 두시 반부터 다섯시까지는 거의 앉아서 노닥거렸다. 멋진 생활리듬이었다. 오전에는 자신이 맡은 팀을 가차없이 몰아치다가, 오후가 되면 사랑했던 남자와 햇살을 맞으며 늘어져 있을 수 있다니.

브리짓은 본격적으로 나서보려는 참이었다. 며칠간 그녀는 양심을 발휘해 가장 덜 섹시한 스피도 원피스 수영복을 입었다. 하지만 이젠 그 수영복도 더러워졌다. 게다가 오늘은 보통날과 달랐다. 마법의 바지를 입은 날이기 때문이다. 지난 주말 집에 다녀오면서 바지를 챙겨온 덕분에, 공기중에 진동하는 인동덩굴 향보다 더 특별하고 달콤한 기운이 느껴졌다. 오늘 브리짓은 바지 안에 가장 섹시한 초록색 비키니를 입고 나왔다. 아마 에릭은 알아차리지도, 신경쓰지도 않겠지만(정말 그럴까?). 왜 혼자 이런 생각을 하며 괴로워하지?

슬슬 더워져서 브리짓은 바지를 조심스레 벗어 선착장에 개어두었다. 땋았던 머리도 풀어 흐트러뜨렸다. 그러고는 혼자 신이 나서 포물선을 그리며 호수로 멋지게 다이빙했다. 바닥의 자갈에 닿을 때까지 깊이 잠수했다. 그런 다음 천천히 위로 올라왔다. 브리짓은 폐활량이 좋았다. 물 밖으로 나오니 에릭이 그녀를 보고 있었다.

"뭐야? 너 고래야?"

브리짓은 물에 동동 떠서 마음이 상한 척했다. "정말 고맙다, 에릭. 고래 같다는 말을 듣고 좋아할 여자는 없겠지만 말이야. 못 믿겠으면 여자친구한테 물어보든지."

"인간이라면 물속에 그렇게 오래 있을 수 없어."

"난 그래." 브리짓은 줄지어 세워진 플라스틱 카약 쪽으로 헤엄쳐갔다. "에릭, 이거나 타보지 않을래?"

매우 훌륭한 생각이었다. "좋지. 뭐라도 하는 것처럼 보이는 게 나을 거야."

브리짓은 호숫가 암벽에 걸려 있던 2인용 카약을 풀어 얕은 쪽으로 끌고 갔다. 그런 다음 앞쪽에 자리잡고 노를 장착했다. 에릭도 브리짓을 따라 물로 들어왔다.

에릭이 올라타는 동안 배가 크게 휘청거리는 바람에 브리짓은 다시 한번 크게 웃어줬다. 마침내 에릭이 배에 올라탔다.

"우리 뭔가 잊은 것 같은데." 브리짓이 말했다.

에릭이 주변을 둘러보며 어깨를 으쓱했다.

"노 말이야?"

"응." 에릭은 배에 드러누워 태양을 향해 고개를 젖혔다. "그게 그렇게 중요한가?" 그도 웃음이 나는 걸 참고 있었다.

"그냥 가만히 떠다니는 것도 카약이라고 하는지 모르겠네." 브리짓도 노를 배 안쪽에 놓고 드러누웠다. 그들은 잠시 동안 그렇게 가만히 떠 있었다.

둘이서 이런 휴식 시간을 함께 보내기는 일주일 만이었다. 브리짓도 그와 함께 있는 것이 편했다. 그들은 여러 가지에 대해 많은 이야기를 나눴다. 한때 불타는 감정을 느꼈던 사람과 무의미하게 시간을 죽이고 있다는 게 이상하긴 했지만.

브리짓은 최소한 하루에 한두 번씩 카야에 대해 물어볼 용기를 내려고 노력했다. 자신이 이해하고 있다는 사실을 말해주고 싶었다. 에릭에게 여자친구가 있다는 사실을 존중하며, 그 사이에 끼어들기를 원치 않는다고 알려주고 싶었다.

에릭이 고개를 들고 말했다. "비Bee."

"응?"

"비!"

브리짓이 고개를 들었다. 목소리가 왠지 다급했다.

"뭐?"

"너 말고, 벌이라고!"

에릭이 손가락으로 가리키는 귓가에서 갑자기 윙윙대는 소리가 들렸다. 꺅 하고 소리치며 찰싹 얼굴을 때리자 벌은 다른 쪽 귀로 옮겨갔다. 브리짓은 벌떡 일어섰다. 카약이 무지막지하게 흔들렸다.

벌은 이어서 에릭 쪽으로 날아가 그의 머리카락 속으로 들어갔다. 에릭 역시 펄쩍 뛰며 일어났고, 그 바람에 배가 더욱 요동쳤다.

브리짓은 소리를 지르며 웃기 시작했다. 그런 다음 두 다리로 중심을 잡고 서서 배를 흔들었다. 에릭도 소리를 지르며 같이 흔들었다. 브리짓이 먼저 물에 빠졌다. 곧이어 에릭이 풍덩 하고 빠지는 소리가 들렸다. 다시 물 밖으로 나왔을 땐, 둘 다 더 요란하게 웃어대고 있었다.

브리짓은 씩씩거리며 기침을 한 뒤 코로 들어간 물을 뱉어냈다. "이제 정말로 우리가 뭔가를 하는 것처럼 보이겠다."

수업이 시작되기 전 레나는 애닉 선생님에게 갔다. 레스토랑에서 바로 와서 땀으로 온몸이 끈적한데다 발이 퉁퉁 붓고 셔츠도 더러웠다. 그런데도 레나는 스스로가 자못 대견했다. "RISD 학자금 지원 부서에서 8월 15일까지 포트폴리오를 제출해보래요. 아직 장학금을 받을 수 있는 기회가 있다고요."

선생님은 활짝 웃어 보였다. "잘됐구나."

"아빠가 입학금을 환불받으려고 할 수도 있다고 말씀드리고, 어떻게든 등록은 하게 해달라고 부탁해놨어요. 학교 측에서는 이달 말까지 입학금을 마련해야 한다고 했지만요."

"마련할 수 있을 것 같아?"

"그래서 지금 레스토랑 일을 세 타임이나 더 뛰고 있는걸요. 정말 하기 싫지만 돈이 되니까."

애닉이 레나의 등을 두드려주었다. 휠체어를 타고 다니면 팔 근육이 발달하나보다고 레나는 생각했다.

"내가 싸우라고 말한 게 바로 이런 거야." 애닉이 감탄했다는 듯 말했다.

"그래도 기회가 있는 것과 진짜로 장학금을 받는 것은 다르잖아요." 레나가 말을 이었다. "전액 장학금은 딱 한 자리 남았는데, 들어온 포트폴리오가 벌써 칠십 장이 넘는대요."

애닉은 천장을 올려다보았다. "음. 그럼 네가 더 잘하면 되지 뭐."

수업이 끝난 뒤, 선생님이 걸레질을 하는 레나를 기다리다가 이렇게 물었다. "한 시간 정도 시간 되니?"

레나는 집에 전화를 걸어 핑계를 댈 생각을 했다. "그럼요." 필요하다면 에피에게 잘 둘러대달라고 부탁할 수도 있다.

"오랫동안 정밀묘사를 할 땐 어떻게 그리는지 좀 보고 싶구나. 내가 모델로 앉아 있을게. 서 있을 수는 없으니까." 선생님은 자신을 소재로 한 농담을 즐기는 것처럼 보였다.

레나는 소심하게 웃으며 확인했다. "정말 해주시게요?"

"나야 좋지. 저쪽에서 준비하마." 선생님은 휠체어를 굴려 창문 쪽으로 갔다. "제대로 된 빛은 한 시간 정도밖에 안 남은 것 같네."

이젤 앞에 앉자 자꾸 신경이 쓰였다. 선생님을 똑바로 쳐다보는 것이 이상했다. 하지만 일단 작업에 빠져들자 곧 몰두할 수 있었다. 삼십 분 동안 레나는 쉬지 않고 작업을 계속했다. 선생님이 잠시 목 스트레칭을 한 뒤에도 삼십 분 정도를 더 그렸다. 이제껏 한 포즈를 이십 분 이상 그려본 적이 없었는데, 이번 작업은 꽤나 흥미로웠다.

선생님이 그림을 확인할 순간이 되자 레나의 신경이 다시 곤두섰다. 애닉은 휠체어를 앞뒤로 움직이며 그림을 면밀히 감상했고, 레나는 새끼손톱을 물어뜯으며 기다렸다.

"레나?"

"네?" 긴장한 탓에 이상한 소리가 났다.

"나쁘지 않구나."

"감사합니다." 무슨 말이 더 이어질 거라는 예감이 들었다.

"그런데 휠체어를 그리지 않았네."

순간 레나는 당황했다. "무슨 말씀이세요?"

"내 어깨까지만 그렸다고. 분명 그 각도에선 휠체어가 잘 보였을 텐데 아예 배제했잖아. 어째서 그런 거지?"

뺨이 달아오르는 게 느껴졌다. 레나는 잘 들리지 않을 정도로 작게 대답했다. "잘 모르겠어요."

"나는 지금 너를 혼내려는 게 아니야." 애닉이 말을 이었다. "휠체어는 나라는 사람을 이루는 여러 부분 중 아주 큰 부분이야. 무슨 말인지 알지? 나는 휠체어에 대해 정말이지 복잡다단하고 깊은 감정을 가지고 있어. 물론 억울한 마음도 있지. 그래도 휠체어는 내 일부고, 나 스스로도 휠체어 없는 내 모습을 상상해본 적이 없단다. 그런데 네가 그걸 빼고 그렸다니 좀 놀랍구나."

레나는 마음이 불편해졌다. 휠체어를 함께 그리면 혹여 비하하는 것처럼 보일 것 같았다. 그래서 어찌해야 할지 확신이 서지 않아, 깊이 생각하지 않고 피해버린 것이었다.

"네 그림은 정말 훌륭해, 레나. 오랜 시간 관찰력이 필요한 초상화에 소질이 보여. 자세와 표정에 얼마나 깊이 반응하는지도 알겠어. 열심히만 하면 아주 좋아질 거야." 선생님의 말은 진심 같았다. "그런데 레나?"

"네?"

"넌 휠체어를 그려야 했단다."

로레타가 해고되기 전까지, 티비는 그녀를 좋아해본 적이 한 번도 없었다.

가장 큰 이유는 티비가 로레타의 영향권에 있기에는 나이가 많은데도 마치 티비의 베이비시터인 양 행동한다는 점이었다.

티비가 가장 좋아하는 캐시미어 스웨터를 건조기에 넣고 돌려 캐서린도 입지 못할 만큼 작게 만들어버린 사건도 있었다. 사소한 실수라는 걸 알지만, 티비는 그 일에 대해 오랫동안 원한을 품고 있었다.

그런데 이 모든 사연에도 불구하고, 막상 부모님이 로레타를 해고하자 티비는 간담이 서늘해졌다. 공포와 죄책감이 밀려왔다.

티비는 로레타를 대신해 부모님께 해명했다. "그건 로레타 잘못이 아니었어요. 누군가에게 잘못이 있다면 창문을 열어두고 나간 내 잘못이지."

하지만 부모님의 결심은 확고했고 티비는 로레타에 대한 끔찍한 미안함을 간직한 채 지낼 수밖에 없었다. 티비는 아주 오랫동안 쓰레기장 같은 자기 방에 파묻혀(창문을 안전하게 꽁꽁 닫고) 로레타를 생각하고 그리워했다.

로레타가 얼마나 긍정적인 사람인지 예전엔 미처 몰랐다. 로레타는 어떤 일에도 화내는 법이 없었다. 심지어 까탈스러운 롤린스 가족 사이에 일어나는 문제들을 유머와 민첩함으로 진정시키곤 했다. 니키나 캐서린이 짜증을 낼 때면 주의를 돌리거나 어르는 데 선수였다. 바로 그 능력이 지금 티비가 간절히 원하는 것이었다. 엄마가 날마다 니키와 충돌하고 불화를 빚다가, 결국 니키가 발작적으로 시끄럽게 반항하는 소리가 들려오기 때문이다. 지난 몇 년간 로레타라는 현명한 예를 봐왔으면서도 엄마가 어쩌면 저렇게 배운 것이 없는지 궁금해졌다.

하루는 밤늦게까지 깨어 있는데 너무나 슬퍼졌다. 로레타가 더이상 돈을 벌 수 없다는 사실과 그 이유가 자기 잘못이라는 사실, 그리고 한 번도 그녀에게 고맙다는 말을 하지 못했다는 사실에 통한의 눈물을 훔쳤다.

다음날 아침, 티비는 엄마의 수첩에서 로레타의 주소를 찾아냈다. 이 년 전 로레타에게 크리스마스 선물로 받은 머리끈으로 머리를 묶었다. 그리고 가장 발랄해 보이는 노란색 티셔츠를 꺼내입고 머나먼 프린스 조지스 카운티로 차를 몰았다. 티비를 이끄는 것이라고는 커다란 워싱턴 D.C. 지도와 사무치는 죄책감뿐이었다.

찾아가는 데 두 시간 반이나 걸렸지만(사실 그중 한 시간 반은 길을 헤매는 데 허비했다), 반가워하는 로레타의 표정을 보니 그럴 가치가 있었다는 생각이 들었다. 설사 돌아가는 길에 또 길을 잃고 스물네 시간 동안 헤매게 된다 해도 말이다.

"티비! 미 히하(우리 딸)! 코모 에스타스(잘 지냈어)? 디오스 벤디하(하느님, 감사합니다)! 아이 미라 케 에르모사(오, 정말 예쁘구나)! 케 수에르테 베르테(이렇게 널 만나다니 운이 좋네)! 쿠엔타메, 코모 테 바(어떻게 지냈는지 말해줄래)?" 로레타의 입에서 스페인어가 터져나왔다.

로레타는 티비에게 전혀 억울한 마음이 없는 것 같았다. 오히려 오래전에 잃어버린 딸을 찾은 사람처럼 티비를 와락 끌어안았다. 티비의 얼굴에 여러 번 키스를 퍼붓는 동안 로레타의 눈엔 눈물이 고였다.

로레타가 티비를 집안으로 끌고 들어가 자신의 대가족에게 티비를 이미 그들이 잘 아는 사람인 것처럼 소개하는 동안 정작 티비 본인은 눈만 껌뻑이고 있었다. 로레타가 목욕가운 차림으로 소파에 앉아 있는 창백한 여자를 가리켰다. "못 일어나. 병이 (로레타는 가슴을 두드리는 시늉을 해 보였다) 있거든."

로레타의 여동생이라는 걸 알 수 있었다. 그 모습을 보니 마음이 더 안 좋아졌다.

로레타는 티비를 식탁에 앉히고, 줄곧 티비의 손을 토닥이며 캐서린의 상태가 정확히 어떤지 물었다.

"정말 빨리 회복하고 있어요. 괜찮아요. 그리고 아줌마를 엄청 보고 싶어하는 거 있죠." 티비는 재빨리 덧붙여 말했다. 하키 헬멧을 쓰고 신난 캐서린의 사진을 보여주자 로레타는 즉시 사진에 키스를 퍼부었다. 니키에 대해서도 계속 물었다. 심지어 냉장고에 남은 음식들이 썩어나가고 있진 않은지까지 물었다. 로레타는 슬픔과 기쁨 두 가지 감정에 겨워 하염없이 눈물을 흘리며 계속 티비가 알아듣지 못하는 스페인어로 말했다.

티비가 알아들은 유일한 말은 로레타가 캐서린을 진심으로 사랑한다는 것이었다. 그리고 니키도. 또한 신만이 이유를 알겠지만, 티비까지 사랑한다고 했다. 도대체 엄마 아빠는 자기 아이들을 이토록 아껴주는 사람을 어떻게 해고할 수 있었던 걸까? 이건 잘못된 일이었다.

로레타가 하도 저녁을 먹고 가라고 해서 티비는 그러기로 했다. 로레타와 조카딸, 그리고 또다른 동생이 저녁식사를 준비하느라 한 시간도 넘게 부엌에서 투닥거렸다. 그동안 티비는 몸이 불편한 로레타의 여동생과 텔레비전을 보았다. 로레타가 티비에게 오렌지맛 소다 한 잔을 가져다주면서 부엌에는 절대 출입 금지라고 엄포를 놓았던 것이다.

스페인어로 연기하는 배우가 자동차를 타고 달아나는 프로그램을 보면서 티비의 마음은 다른 데 가 있었다. 좋지 않게 끝났는데도 자기를 사랑해주는 로레타의 능력에 무척 감동했다. 로레타는 자신에게 일어난 일이 불공평하다거나 티비 부모님이 앙심을 품고 자신을 비난한다는 생각은 전혀 하지 않는 것처럼 보였다.

어떤 사람들은 평생을 원한과 분노에 사로잡혀 살지만, 로레타 같은 사람들은 불운이 지나가길 기다릴 줄 안다.

식탁에 차린 저녁식사를 보고 티비가 엄청 흥분하며 감탄하자 로레타는 정말로 뿌듯해했다. 황송하게도 로레타와 조카딸과 동생은 티비를 위해 스테이크를 준비했다.

먹는 내내 티비는 놀랍다는 표정을 지으려고 애썼고, 로레타는 그런 티비를 보고 감동했다. 이 집은 매일 저녁 스테이크를 먹을 수 있는 형편이 아닐 것이다. 그래서 아홉 살부터 줄곧 채식주의자의 삶을 살아온 티비는 자신이 할 수 있는 한 가장 기쁜 마음으로 그 음식을 아주 맛있게 먹었다.

들리는 선율보다 들리지 않는

선율이 더 아름다운 법.

그러니 그대여, 그 감미로운

피리를 계속 불어주오.

_존 키츠

"그 아이를…… 천사표 카르멘이라고 부르자." 카르멘이 말했다.

토요일 아침 내내 농산물시장을 구경하고 온 참이었다. 레나와 티비는 티비네 집 뒷베란다에 턱을 괴고 엎드려 카르멘의 말에 고개를 끄덕였다.

"병원에서 일하는 그 남자는 아주 우연하게 그 천사표 카르멘과 마주쳤단 말이지." 카르멘은 안락의자에 책상다리를 하고 앉았다. 레나가 바른 선크림에서 파인애플 향이 풍겼다. "천사표 카르멘은 발리아 할머니를 아주 극진히 보살피고 있어. 참을성이 많고 이타적이야. 게다가 캐서린도 챙겨주고 있어. 진심에서 우러나온 행동으로 말이야. 문제는 그 남자가 나와 천사표 카르멘을 같은 사람으로 생각한다는 거야."

"잘생겼어?" 티비가 물었다.

카르멘은 티비를 쩨려보았다. "티비, 지금 내가 하는 이야기 듣고 있긴 한 거야?"

"다 들었어. 다만 약간의 정황 설명이 필요할 뿐이라고. 이름은 뭐야? 어떤 사람인데? 그리고 넌 그 사람 마음이 얼마나 신경 쓰이는 거고?"

카르멘은 곰곰이 생각해보았다. "글쎄, 으음." 그를 떠올리는 것만으로도 기분이 좋아지긴 했다. 그에 대해 말하는 것은 더 기뻤다. "잘생겼냐고 물었지? 라이언 헤네시만큼은 아니라고 대답할게. 물론―"

"물론 아니겠지." 티비가 쏘아붙였다. "그 남자는 실존인물이잖아. 일반인."

"그렇지, 실존인물이지. 그러니 잘된 일이지. 맞아, 잘생겼어." 카르멘은 만면에 퍼지는 미소를 감출 수 없었다.

"완전 잘생겼나봐." 레나가 말했다. "확실하네, 네 반응을 보니."

"이름은 뭐야?" 티비가 물었다.

"윈." 카르멘은 이렇게 말해놓고 윈이 그랬던 것처럼 이어질 반응에 대비했다. 카르멘은 이미 그 남자 편이었다.

"윈이라고?" 둘이 동시에 물었다.

"응, 윈스럽의 준말이라나. 자기가 어쩔 수 있었겠어? 직접 지은 이름도 아닌걸."

"난 좋은데." 레나가 말했다.

티비는 오랫동안 카르멘을 관찰했다. "세상에, 카르멘. 너 그 사람 좋아하는구나. 그렇지?"

카르멘은 볼을 붉혔다.

"이거 놀라운 일인데. 전에 없던 일이야." 티비가 말을 이었다. "진짜 좋아하나보네."

"그런데 그 사람은 나를 좋아하지 않아. 바로 그게 문제야. 좋은 사람이야. 의대생이고, 병원에서 하루종일 자원봉사를 하고, 천사표 카르멘을 좋아하지."

"그럼 왜 털어놓고 분명히 말하지 않는 건데?" 레나가 물었다.

"그러면 그 사람이 더이상 나를 좋아하지 않게 될 테니까."

"그래도 해보지그래?"

"너무 무서워. 그냥 그 사람을 위해 환상을 깨지 말아야 할 것 같기도 하고. 정체를 드러내느니 이상적인 카르멘의 이미지를 간직하도록 내버려두는 게 나을 것 같아. 나는 그가 계속 나를 그런 식으로, 천사표 카르멘으로 생각하면 좋겠어."

레나가 선글라스를 집어들었다. 그리고 확고한 투로 말했다. "카르멘, 그건 너무 슬프다. 너는 너다워야지. 진짜 네 모습을 좋아할 수 없다면 그렇게 대단한 사람도 아닌 거야."

"할렐루야." 티비가 한탄했다.

카르멘은 두 친구를 의심스러운 표정으로 쳐다보았다. "대체 나더러 어쩌라는 거야?"

브리짓은 클립보드를 무릎에 올려놓은 채 축구장 한쪽에 앉아 풀을 뜯고 있었다. 요새는 축구화 끈조차 매지 않고 맨발로 돌아다녔다. 경기도 맨발로 뛰었다. 튀는 행동이라는 걸 자신도 알았지만, 누가 신경이나 쓰겠는가?

에릭은 몇 미터 떨어진 곳에서 자기 팀의 드리블 연습을 지켜보며 왔다갔다했다. 이젠 그를 보고 있어도 몸속의 세포 하나하나가 아우성치는 느낌이 들지 않았다. 점점 적응해가고 있었다.

"블리는 공격하고." 브리짓이 말했다. 딱히 누군가에게 한 말은 아니었다. 스웨덴에서 온 룬드그렌에게는 수비를 맡겼다. 룬드그렌은 꽤나 다재다능했다. 유럽 출신 학생들은 항상 최고의 기본기를 갖추고 있었다. 특별히 아끼는 노턴에겐 골키퍼를 맡겼다. 조직력이라고는 눈곱만큼도 없는 녀석이지만 놀랍게도 공에 대한 집중력이 있었다. 지금 점점 강도를 높여가며 단거리 달리기를 시키는 중인데, 아이들이 돌아오기 전에 선수 명단을 다 정할 생각이었다.

갑자기 클립보드 위로 그림자가 졌다. "가라. 힐끔거리지 말고." 브리짓은 올려다보지도 않고 말했다.

에릭이 한 발짝 물러서서 말했다. "노턴에게 골키퍼를 시키다니, 미쳤군."

"뭘 시켜도 미친 짓이지. 스파이 짓은 안 돼. 훔쳐보기도 안 돼."

"친절한 충고인걸."

"우리한테 호되게 당할 테니, 그때까지 마음대로 해봐."

"어우, 무서워라."

브리짓은 고개를 들어 에릭을 쳐다보았다. 에릭이 브리짓의
발을 밟는 척했다. 브리짓은 눈살이 찌푸려지는 햇살을 손으로
가렸다. 그러고는 에릭을 향해 미소를 지어 보이며 아주 괜찮은
생각을 떠올렸다. 우린 이제 진짜 친구가 된 거야.

지난 이틀 동안 에릭은 다이애나와 브리짓과 함께 저녁식사를
했다. 처음엔 다이애나도 불안해했지만 곧 익숙해졌다. 사람은
무슨 일에든 적응하기 마련이다. 그들은 식당에 무려 세 시간 동
안 죽치고 앉아 각 팀의 상대적 강점에 대해 이야기를 나누었다.
마치 축구에 미친 세 얼간이 같았다.

브리짓과 에릭은 더이상 붙어 있을 필요가 없는 시간에도 늘
붙어다녔다. 에릭이 브리짓의 저녁 조깅에 종종 동참하기도 했
고, 축구장에서 함께 점심을 먹으며 작전을 짜기도 했다(식당에
서 학생들을 인솔하는 시늉이라도 해야 하는 월요일만 빼고). 이
제는 별로 대수로운 일도 아니었다.

브리짓은 해냈다. 결국 해낸 것이다. 사실 그리 어려운 일도
아니었다. 브리짓은 에릭을 사랑했지만, 아마도 그랬겠지만, 그

와 함께 있다는 사실 자체도 사랑했다. 그것만으로 충분했다. 그 이상은 필요하지 않았다.

둘의 만남에서 감돌던 어색한 기운이 비로소 사라져갔다. 그들의 새로운 관계는 예전의 관계를 완전히 덮어버리고도 남았다. 이제 브리짓은 에릭과 함께 있는 자신을 믿을 수 있었다.

브리짓은 자기 팀 아이들이 운동장을 가로질러 뛰어오는 모습을 바라보았다. 엄마처럼 뿌듯해하는 마음으로. 브리짓 앞에 제일 먼저 와서 선 아이는 노턴이었다. 그렇게 빠른 녀석이 아닌데 일등으로 들어온 걸 보니 코너를 돌 때 한두 번 반칙을 한 게 아닌지 의심스러웠다. "야, 노턴, 괜찮아?"

"괜찮아요." 노턴이 숨을 고르며 대답했다.

"다들 물 좀 마셔." 브리짓이 아이들에게 말했다. "다시 훈련이다."

다른 아이들이 물을 마시러 간 동안에도 노턴은 성치 않은 무릎 때문에 비틀거리면서 브리짓 곁을 맴돌았다. 노턴은 항상 브리짓에게 뭔가를 물어보았다. 자신이 브리짓의 집중공략 대상이라는 걸 알고 있었다. 그가 물었다. "오늘밤에 조깅하러 가요?"

"아마도. 그냥 잠깐 뛰러."

"같이 가도 돼요?"

이건 새로운 종류의 질문이다. "어…… 그래. 하루종일 연습하고 나서도 그럴 힘이 있을지 보자고."

노턴은 의욕을 불태웠다. "잘할 거예요. 걱정 마요."

이 대화로 인해 브리짓은 이 년 전 일을 떠올리게 되었다. 멕시코에서 에릭이 달리기를 지도할 때 에릭에게 은근슬쩍 안겼던 일. 브리짓은 대놓고 에릭을 괴롭히기도 하고 잘해주기도 하면서 눈에 띄게 유혹했었다. 세상에, 내가 정말 그랬나?

두 시간 뒤 에릭과 함께 점심식사를 하러 식당으로 가면서도 브리짓은 계속 이 생각에 사로잡혀 있었다.

에릭은 그녀가 말이 없다는 걸 눈치챘지만 뭐라고 괴롭히진 않았다.

조 워쇼가 문 앞에서 사이에 끼어들었다. "둘이 이리 좀 와봐요." 그는 한쪽으로 앞장서면서 브리짓에게 한쪽 눈을 찡긋했다. '거봐, 파트너로 나쁘지 않지?'라는 의미 같았다.

브리짓은 자기 발만 내려다보았다.

조가 설명을 시작했다. "이번 주말에 래프팅 여행을 하기로 결정했어요. 스컬킬 강을 따라서 밤새 내려가보려고요. 쉬운 직선 코스고 딱 한 번 뭍으로 올라가서 걸어가면 돼요. 벌써 여덟 명이 신청했고. 원래 담당자는 에스머 코치였는데, 이번 주말에 나가봐야 한다고 하니까 두 사람이 맡아줘요. 문제없죠?"

"문제 있으면요?" 에릭이 물었다. 조가 하는 일이야 뻔했다.

조가 웃으며 대답했다. "안 되지, 사실."

에릭이 말했다. "음, 그럼 주방에서 일하는 사람들한테 짐이랑 텐트를 챙겨서 차에 실어놓으라고 할게요. 그럼 편하겠죠?"

에릭과 조가 세부계획을 짜는 동안, 브리짓의 머릿속은 바쁘게 돌아갔다. 에릭과 함께 1박 2일 캠핑을 간다. 오, 세상에. 그녀는 에릭과 함께 식사하고 호수에서 일하는 내내 이제 그와 실없는 농담을 친근하게 주고받을 수 있다고 굳게 믿어왔다. 그 교묘한 기술을 다 마스터했다고 생각했다. 하지만 별빛 아래 슬리핑백에 들어가 그와 가까이 누워 있는 상황이라면? 브리짓도 그런 상황에 대해서는 장담할 수 없었다.

(엽서)

안녕, 친구들.

사십일 일 남았다!!! 다들 비키니는 챙겨뒀겠지?

브리짓

꿈에서 계시를 받았다. 정말로.

레나는 할머니와 엄마, 에피가 나오는 괴상하기 짝이 없는 꿈을 꾸는 중이었다. 꿈속에서 부엌으로 들어갔다. 조금 달라 보이긴 했지만 분명 부엌이었다. 의자에는 가족들 대신 그들의 초상화가 있었다. 큰 종이에 목탄으로 그린 그림들이 의자에 떡하니 버티고 있었다. 꿈속에서도 레나는 그 그림들이 마음에 들었다. 그것이 자신이 그린 그림이라는 것도 알았다.

그리고 잠에서 깼을 때, 포트폴리오 주제를 무엇으로 정해야 할지 깨달았다. 가족들의 초상화를 그려서 모으는 것은 레나가 원했던 것은 아니지만 실로 안성맞춤인 주제였다.

레나는 모든 일의 원동력이 된 엄마부터 그리기로 마음먹었다. 엄마라면 이 일을 말리지도 않을 것이다. 저녁식사 후 레나는 포즈를 잡기에 적당한 곳을 물색했다.

"거기에 앉아봐." 레나가 거실에 있는 초록색 벨벳 소파를 가리켰다. 쿠션들이 정성스럽게 정리되어 있었다. 레나는 엄마를 유심히 바라보았다. 이게 아니다. 엄마가 거실에서 쉬는 경우는 거의 없었다.

"부엌에 가서 하자." 레나의 말에 엄마는 부엌으로 따라왔다. 레나는 엄마를 식탁에 앉혔다. 이게 더 나았다. 하지만 엄마는 영 편하게 앉지 못했다.

"서 있어도 괜찮지?" 레나가 말했다. 레나는 엄마가 평소처럼 조리대 쪽에 자연스럽게 서 있도록 내버려두었다. 이해되는 일이었다. 엄마는 무심하게 화강암 조리대에 턱을 괴고 레나가 괜찮다고 할 때까지 기다렸다.

"움직이지 마." 레나가 말했다. "좋아요." 엄마 건너편에 있던 스툴을 가져와서 앉고 화판을 무릎에 올려놓았다. 그림을 그리기 전에 오랫동안 관찰하려고 노력했다. 이곳에 실재하는 모든 것을 보고 싶었다. 도망치고 싶지 않았다.

레나는 작업을 시작했다. 번쩍이는 화강암 조리대와 대비되는 엄마의 부드러운 살결과 자세가 좋았다. 엄마는 늘 좀더 강하게 보이고 싶어했지만, 실제 엄마의 이미지는 부드러웠다.

레나는 결혼반지의 견고한 영속성에 짓눌려 야위고 피부가 살짝 늘어진 엄마의 손마디를 그리고 싶었다. 그 손마디가 엄마의 뺨을 받치고 있었다. 결혼 이십 주년 기념으로 아빠가 선물한, 심하게 번쩍이는 다이아몬드 귀걸이가 야들야들한 귓불에 달려 있는 것도 보였다.

그림을 그린다는 것은 수동적인 일이 아니라고 애닉 선생님은 늘 말했다. 그림 그리는 사람은 정보를 발견해야 하고, 그 정보를 따라 자신이 그리는 대상 안으로 들어가야 한다고.

레나는 엄마의 머뭇거리는 시선과 입가에 팬 주름을 관찰하는 데 몰두하며, 엄마가 담고 있는 것들을 아주 조심스럽고 신중하게 표현해냈다.

애리는 어떤 방식으로든 딸을 도와주고 싶었다. 그래서 식구들이 모두 잠들 때까지 기다렸다가 모델로 나선 것이다. 하지만 남편과 뜻을 같이해야 할 필요도 있었다. 아무래도 올해는 지키지 못할 약속을 너무 많이 한 것 같았다. 그녀는 둥글둥글하게 살길 원하는 사람이지만, 지금 이 순간만은 자신을 책임지고 있었다.

레나는 엄마가 느끼는 그런 심적 갈등을 얼굴이라는 사분면을 통해 보고 있었다. 실수로 선을 조금만 잘못 그어도 엄마가 가진 감정이 왜곡될 것이다. 부드러운 머릿결과 잘 정돈된 눈썹, 베이지색으로 통일된 옷까지, 엄마는 어떤 면에선 상당히 차분해 보였다. 하지만 또다른 면에선 내적으로 전쟁을 치르고 있는 것이 보였다.

레나는 자신이 엄마 미간의 적개심을 통제하는 육군참모총장이라고 생각했다. 그다음에는 광대뼈와 턱의 곡선과 굴곡을 측량하는 지도 제작자라고 생각했다. 장님이 그러듯 엄마의 목과 쇄골뼈를 느끼고, 진드기 크기로 변신해 어깨에 나 있는 움푹한 협곡을 기어다녔다.

다음날 레나가 그림을 보여주자, 몹시 흥분한 애닉 선생님은 아무 말도 하지 않았다.

레나가 소심하게 물었다. "이젠 휠체어를 그린 걸까요?"

애닉은 레나를 끌어안았다. 레나의 다리가 휠체어에 부딪혔다. 애닉이 말했다. "진짜 그림을 그려냈구나."

여기 오느니, 그냥 집에서

생각만 하는 편이 나을 뻔했나?

_엘리자베스 비숍

"어이, 노턴."

정확히 몇시에 나갈 거라고 말해준 적 없건만 노턴은 여지없이 나타났다. 브리짓은 노턴이 언덕 밑에서 자신을 얼마나 오래 기다렸을지 궁금했다. 오늘 저녁 에릭은 나오지 않았다.

한참을 아무 말 없이 달렸다. 습도가 높아 마치 물속에서 헤엄치는 것 같았다. 꼭대기까지 올라가려니 꽤나 버거웠다. 브리짓은 마구잡이로 달리는 것에 맛이 들렸다. 노턴은 칭찬할 만했다. 죽을 것 같아 보이면서도 뒤처지지 않고 브리짓을 잘 따라왔다.

노턴은 열네 살이었다. 분명 브리짓보다 어렸지만, 브리짓은 왠지 자신과 에릭의 나이차보다 노턴과 자신의 나이차가 더 작게 느껴졌다.

노턴의 시선이 계속 브리짓 쪽을 향했다. 그는 긴장하고 있었다.

브리짓은 꼭대기에서 경치를 즐기며 잠시 휴식을 취했다. 으레 그러곤 했다. 고요함 가운데 노턴의 헐떡거림만이 간간이 방점을 찍었다. 어찌나 거칠게 숨을 내쉬는지, 저러다 허파가 튀어나오는 게 아닐까 걱정됐다.

산을 내려갈 때까지 브리짓은 아무 말도 꺼내지 않았다. 마침내 브리짓이 물었다. "캠프 생활은 어때?"

"조, 좋아요." 노턴은 말 한마디 뱉는 것도 힘들어했다.

6킬로미터가 넘는 코스를 뛴 뒤, 심장에 오는 무리를 덜려고 걷기 시작한 뒤에야 노턴이 말문을 열었다. "음, 브리짓?"

"응?"

"브리짓이라고 부르는 게 좋아요, 비가 좋아요?"

"아무거나 상관없어. 둘 다 괜찮아."

"좋아요. 그럼, 비?"

"응?"

"하고 싶은 말이 있어요."

"해봐."

침묵.

"어…… 아니에요." 땀 때문에 얼굴이 번들거렸다.

"그래."

노턴은 다시 용기를 냈다. "나는, 어, 비가…… 너무 멋진 것 같아요."

"나도 네가 좋아, 노턴."

노턴이 목청을 가다듬었다. "저기, 나는 좀 다른 차원으로 좋아한다고 한 건데."

"여자친구한테 하는 말처럼?" 브리짓이 바로 본론으로 들어갔다. 가만히 두면 밤을 새울 수도 있을 것 같았다.

노턴은 당황했다. "네."

"난 네 코치야, 노턴. 내가 네 여자친구가 될 수 없다는 사실은 알고 있을 텐데." 바하에서의 일을 되돌아보면, 당시 브리짓은 이런 말들이 납득되지 않았다. 그렇지 않은가? 그런데 왜 노턴은 납득할 거라고 생각하는 걸까?

"남자친구 있어요?" 노턴이 물었다.

이 상황을 쉽게 빠져나가게 해주는 질문이었지만, 브리짓은 거짓말을 하고 싶지 않았다. "아니, 사실은 없어."

"그럼 캠프 끝난 뒤에는요?" 노턴이 말했다. "난 기다릴 수 있어요."

노턴은 예전의 브리짓보다 훨씬 더 귀엽고 이성적인 방법을 택하고 있었다. 저런 희망을 꺾어버릴 필요는 없지 않을까? "아마 언젠가는 그럴 수도 있겠지. 앞일을 누가 알겠어?"

몇 시간 뒤, 브리짓은 에릭과 선착장에 앉아 있었다. 해가 나무 뒤로 넘어가는 동안 브리짓은 생각에 잠겼다.

"나 사과할 거 있는데, 해도 되나?" 브리짓은 따뜻한 공기 속에서 맨발을 앞뒤로 차며 에릭에게 질문을 던졌다.

"뭔데?" 그가 느긋하게 되물었다. 호숫물에 젖었다 말라서 머리가 엉망이었다. 수염이 까슬까슬 돋은 얼굴이 편안해 보였다. 브리짓과 처음 만난 여름이라면 있을 수 없는 일이었다.

"이 년 전 여름 말이야."

에릭은 살짝 흠칫하는 것 같았지만 브리짓이 말을 이을 수 있도록 가만히 있었다.

"우리 팀에 잭 노턴이라는 꼬맹이가 나랑 사귀고 싶어해. 귀엽긴 했는데, 그걸 보니까 내가 한 일이 생각났어. 내가 어떤 짓을 했는지 떠올리니까, 좀 창피하더라고." 브리짓은 선착장의 목판을 조금 뜯어내 물속으로 던졌다. 그리고 숨을 내쉬었다. "그랬던 거 미안해. 뭐 이런 애가 다 있나 했을 거야."

에릭은 고통스러운 표정을 지었다. 그러고는 오랫동안 아무 말도 하지 않았다.

브리짓은 선착장 위로 다리를 들어올려 무릎을 껴안았다. 에릭을 쳐다보기가 두려워 한쪽 무릎에 턱을 괴었다. 묶지 않고 풀어둔 머리카락이 등에서 말라갔다.

전에 해본 적 없는 얘기였다. 많은 시간을 함께 보내면서도 그들은 예전 일을 입 밖에 내지 않았던 것이다. 서로를 알고 지냈다는 것보다 더 못한 상황이었다. 한 번도 '우리'에 대해 말해본 적이 없었다. '우리'는 존재하지 않는 말이었다.

하지만 지금 브리짓은 '우리'라는 유령을 불러냈다. 그렇지 않은가? 브리짓은 그때 일을 절대 떠올리지 않기로 스스로 다짐했었다. 그래도 그건 아니었던 것 같다. 그녀의 머릿속에 유명한 연극 「율리우스 카이사르」의 대사가 웃긴 버전으로 떠올랐다. 나는 우리의 장례식에 왔지, 우리를 칭송하러 온 것이 아니다.*

에릭이 손으로 머리를 빗어넘겼다. 그리고 다소 방어적인 태도로 마침내 입을 열었다. "나는 단 한 번도 널 그런 식으로 생각해본 적 없어. 그보다 좀더 복잡했지."

"그래도 다 내 잘못이잖아. 나도 알아."

에릭은 극도로 피곤해 보였다. 한쪽 입꼬리는 올라가 있고, 다른 쪽은 내려가 있었다. 에릭이 이 주제에 대해 더이상 말하고 싶어하지 않는다는 걸 알 수 있었다.

"이 얘기 다신 꺼내지 않을게." 브리짓이 나지막하게 말했다. 눈물 때문에 눈이 따끔거렸지만 에릭에게 그런 모습을 보이고 싶진 않았다. "정말이야. 없던 일로 치고 잊어버리자."

에릭이 브리짓에게 들리지도 않을 만큼 작은 목소리로 다시 입을 열었다. "너는 내가 그 일을 잊을 수 있다고 생각하니?" 에

---

* 셰익스피어의 희곡 「율리우스 카이사르」에 나오는 안토니우스의 대사 중 한 구절 '나는 카이사르의 장례식에 왔지, 그를 칭송하러 온 것이 아니다(I have come here to bury Caesar, not to praise him)'를 상황에 맞게 변용한 것.

릭은 손으로 눈을 훔쳤다. "그게 너하고만 관련있는 일이라고 생각하는 거야? 나는 전혀 관련없고?"

브라이언이 오는 바람에 티비는 자기 방에 틀어박혀 있었다. 브라이언은 거의 매일 캐서린을 보러 왔다. 그리고 깁스한 캐서린의 팔에 매직펜으로 대작을 그리기 시작했다. 성이 나서 발광하는 용의 모습이 브라이언이 올 때마다 조금씩 제 꼴을 갖춰갔다.

브라이언이 자기를 보러 오는 게 아닐까란 의심이 들었지만 티비는 그를 만나기 싫었다. 먹을 것을 찾아 부엌으로 잠입하면 냉큼 붙잡고 아련한 눈망울로 왜 자신을 피하느냐고 물을 것이 뻔했다. 그 질문에 대한 답이 없어서 그냥 브라이언을 피하고만 있는 것이다.

티비는 브라이언의 말소리는 들리되 모습은 보이지 않을 정도로만 방문을 빠끔히 열어둔 채 침대에 누워 있었다. 바로 그때 카르멘이 나타났다. 브라이언은 티비를 가만히 내버려둘 만큼 사려 깊은 아이지만, 카르멘에게 그런 걸 기대할 수는 없었다. 카르멘이 방으로 들어와 문을 닫았다.

"너 뭐하냐?"

"무슨 말이야?"

"왜 브라이언을 안 만나줘? 불쌍하다. 저러다 죽겠어."

"쟤는 캐서린 보러 온 거야." 티비가 변명했다.

카르멘은 딱히 인내심 있는 아이가 아니었다. "시끄러워. 브라이언이 캐서린을 아낀다는 건 나도 알아. 하지만 걔가 보고 싶어하는 건 너라고."

"나는 혼자 있고 싶을 때 그럴 권리도 없어? 왜?" 티비가 막돼먹은 말을 해댔다.

카르멘은 한숨을 쉬었다. 카르멘 역시 혹독한 사랑의 고통을 맛보는 중이었다. "왜냐하면 브라이언이 너를 사랑하니까. 그리고 너도 마찬가지일 거야. 도대체 뭐하는 짓이니? 좋건 싫건 이제 한 달 반만 있으면 뉴욕으로 가야 하는데, 그냥 이렇게 헤어질 순 없잖아."

티비는 듣는 것만으로도 짜증이 났다. 불과 스물네 시간 전에 엄마도 방에 들어와 카르멘과 똑같은 얘기를 읊어댔었다. "왜 다들 나랑 브라이언을 엮지 못해 안달인데? 왜 꼭 걔랑 사귀어야하는 거지? 남자친구가 없으면 인간도 아냐? 왜 모든 사람이 누군가와 사랑에 빠져야 하는 거냐고?"

"아무하고나 사랑에 빠질 필요는 없지." 카르멘이 대답했다. "하지만 지금 너는 사랑에 빠진 상태잖아. 게다가 브라이언은 너한테 남자친구 이상의 의미 아니야?" 카르멘은 뜨악한 표정으로 티비의 쓰레기 더미 같은 방을 둘러보았다. "혹시 캐서린 때문에 이러는 거야?" 카르멘이 물었다. "캐서린은 점점 나아가는데, 오히려 네가 다친 사람처럼 행동하고 있어."

"캐서린과는 상관없어." 티비는 카르멘의 성화를 멈추겠다는 일념 하나로 대답했다. "다른 이유는 없어. 그리고 아마 네 생각은 틀린 것 같아. 아무래도 난 브라이언을 그런 쪽으로 좋아해본 적이 없는 것 같으니까."

카르멘은 티비를 유심히 살펴보며 물었다. "너 정말 브라이언을 그런 쪽으로 좋아하는 게 아니라고 솔직하게 말할 수 있어?"

거짓말 말고는 아무 말도 할 수 없어서, 티비는 대답 대신 침묵을 선택했다.

"여보세요. 아빠, 저예요."

"우리 궁디! 목소리 들으니까 참 좋다. 무슨 일 있니?"

아빠와는 주로 일요일 저녁에 통화하는데, 난데없이 화요일 밤에 전화했으니 '무슨 일 있니?'라는 말이 튀어나올 만도 했다.

약간 병적이지만, 자신이 그토록 바라온 윌리엄스 대학 진학을 포기하겠다고 엄마에게 선언할 생각을 할 때는 신이 났었다. 하지만 아빠에게 그런 말을 하려니 그리 신나지만은 않았다. 이미 수백 번을 미룬 통화였다.

"나…… 음…… 리디아 아줌마는 어때?"

"잘 지내." 아빠는 카르멘이 시간을 끌고 있다는 걸 틀림없이 눈치챘을 것이다.

"크리스타는?"

"괜찮을걸." 아빠는 이 질문엔 항상 신중하게 대답했다. 카르멘은 일요일에 한 번씩 통화하는 딸이고, 크리스타는 같은 집에 사는 딸이라는 인상을 주고 싶지 않았던 것이다. 하지만 이런 노력에도 불구하고 그건 엄연한 사실이었다.

"크리스타한테 안부 전해줘. 알았지?"

"물론이지. 크리스타가 좋아하겠다. 그럼 이쯤에서 실토하렴. 너 괜찮은 거야? 아르바이트는 어떻게 돼가?"

"음…… 괜찮아. 아빠, 내가 전화한 건…… 그게……" 말해야만 한다. "올가을에 어떻게 할지 많이 생각해봤는데."

"그래……"

"아직은 집을 떠날 준비가 안 된 것 같아." 카르멘은 긴 단어하나를 말할 시간에 문장 전부를 잽싸게 말해버렸다.

"딸. 무슨 뜻인지 설명 좀 해다오."

"엄마와 데이비드 아저씨, 곧 태어나는 아기랑 이런저런 일들도 있고 하니. 지금 당장 떠나는 걸 상상하기 힘들어."

"그래……"

"그래서 올가을엔 그냥 여기 있을까 하고. 아니면 메릴랜드 주립대에 가도 되고. 입학 허가도 받아놨어. 말하자면 만약을 대비해서."

"아, 그건 몰랐네."

"최근에 받았어."

"그러니까 올해는 집에 남겠다고?"

"아마도 그럴 것 같아." 카르멘은 못해도 일 분 동안은 참고 있던 숨을 내쉬었다.

"그럼 윌리엄스에는 안 가는 거고."

"아마 그렇겠지."

"아마 그렇다니?"

"아마도 안 간다고."

"아마도 안 간다라."

"응. 그런데 윌리엄스에 전화해서 말해야겠지? 입학할 마음이 없는데 괜히 정원수 채우고 있으면 안 되지 않아?"

"그렇지. 그 말은 맞는 말 같다." 아빠는 화가 난 것 같지는 않았다. 무척 차분했다.

"그럼 내가 바로 전화해야겠다. 그치?"

아빠가 수화기를 다른 쪽 귀에 바꿔 대는 소리가 들렸다. "딸. 그런 일은 내가 하는 게 어때? 내가 벌써 입학 보증금을 내줬잖아. 그걸 환불받으려면 나도 그 사람들이랑 통화해야 할 것 같은데."

"아, 말도 안 돼. 설마……?" 다른 것도 아니라 아빠가 내준 수천 달러의 돈을 떼먹힐 걸 생각하니 카르멘은 참을 수 없었다.

"그렇게 하는 게 괜찮겠다. 그럼 내가 처리하는 거다, 응?" 아빠가 침착하게 말했다.

혹시 엄마가 벌써 아빠에게 작업을 해둔 건 아니겠지? 부모님이 짠 듯한 작전의 냄새가 미묘하게 느껴졌다. 걱정거리가 생기면 이혼한 부부도 이렇게 뭉치게 돼 있다.

"고마워, 아빠." 잠깐 말을 쉬는 사이 다시 눈물이 터져나올 것만 같았다. "실망한 거 아니지?" 목소리가 제멋대로 나오다가 결국 마지막 음절이 갈라지고 말았다.

아빠가 한숨을 내쉬었다. "네가 윌리엄스에 가고 싶어하니까 나도 그러길 바란 거야. 하지만 네가 메릴랜드에 가고 싶다면, 나도 그게 더 좋아. 딸, 난 네가 행복하기만 하면 돼."

어떻게 하면 이렇게 좋은 부모를 만난 거지? 딸이 가져온 엄청난 재앙에 어떤 부모가 이렇게 훌륭하게 대처할까?

그러나 아빠는 그렇게까지 훌륭하진 못했다. "사랑한다, 카르멘. 난 네가 옳은 결정을 내렸을 거라고 믿어."

희한하게도 그 말을 듣자 가슴에 쇳덩이가 들어앉은 느낌이 들었다. 종종 믿음이 지상 최악의 선물로 느껴질 때도 있는 법이니까.

뻔한 얘기지.

남자가 여자를 만나면 꼭 헤어지게 돼 있어.

여자가 남자를 다시 찾아왔을 땐,

남자가 여자를 기억하지 못하고 말이야.

그리고 남자가 기억을 되찾게 되면,

여자는 오렌지볼이 열리는 1월 1일

비행기 사고로 안타깝게 죽는 거야.

_영화 〈총알 탄 사나이〉에서

래프팅은 순조롭게 진행되었다. 이번엔 벌떼가 달려들지 않았다. 물을 뒤집어쓰거나 배가 기울지도, 어딘가에 부딪혀 물속으로 빠지지도 않았다. 브리짓과 에릭은 자신들의 역할을 확실하게 보여주고 있었다.

반면 여덟 명의 대원들은 물을 먹는가 하면, 서로 부딪치고 노로 때리고 난리도 아니었다. 브리짓과 에릭에게는 업무의 일환이지만 대원들에겐 신나는 경험이었던 것이다.

물줄기를 따라 때론 격렬하게, 때론 침착하게 래프팅을 하며 내려오는 동안, 브리짓은 에릭과 나눈 마지막 대화를 오랫동안 반성했다. 그 대화로 인해 둘 사이가 변해버렸다. 당연한 일이었다. 편안함은 사라졌다. 갑자기 서로를 배려하고 존중하는 사이가 되어버린 것이다. 브리짓은 그것이 너무도 싫었다.

사사건건 긴장감이 생겼다. 비키니 위에 입은 티셔츠를 더워서 벗을 때도 주변 눈치를 살폈다. 다들 수영복만 걸치고 있는데도. 이미 수백 번도 넘게 훔쳐본 에릭의 가슴을 쳐다볼 수 없었다. 심지어 머리를 묶으면서도 에릭이 뭘 보고 있는지 둘러보고는, 시선이 마주치면 바로 눈을 피했다.

콩과 쌀로 만든 캠핑 스타일의 조촐한 저녁식사를 마친 뒤 비가 쏟아지자 두 사람은 살짝 당황했다. 텐트는 세 개뿐이었다. 대원들을 위한 4인용 텐트 두 개와 코치들을 위한 2인용 텐트 하나. 심지어 막상 쳐보니 2인용 텐트가 너무 작았다.

브리짓은 에릭이 밖에서 자겠다고 나설 거라 생각했다. 브리짓도 같은 심정이었으니까. 그렇게 에릭은 저쪽에서, 브리짓은 반대쪽에서 자기로 하면 이 난국을 피해갈 수 있을 것이다. 하지만 사태를 극단으로 몰아가려는 것처럼 바람이 더 세게 불고 빗방울은 더 굵어졌다. 모두 텐트 안에서 자야 할 형국이었다.

평소의 브리짓은 이런 긴장감을 날려버리는 데 능했다. 그건 브리짓이 가진 특별한 재주 중 하나였다. 대담하게 걸어가 그 긴장감을 짓밟아버리고 신경도 쓰지 않았을 것이다. 그런데 지금은 상황이 까다로웠다. 긴장감이 슬며시 접근해 브리짓의 발목을 휘감고는 놓아주질 않았다.

어디서 수영복을 갈아입어야 할지 알 수 없었다. 칫솔질하는 모습이나 머리 빗는 꼴을 에릭에게 보이고 싶진 않았다. 수풀 어딘가에서 볼일 보는 것을 들키고 싶지 않은 마음도 당연했다. 사각 팬티만 입었거나 아니면 허술한 차림새인 에릭에게 다가가고 싶지도 않았다. 잠옷을 입고 슬리핑백으로 기어들어가는 자기 모습을 에릭이 본다고 생각만 해도 불안해졌다.

이 년 전 여름 그를 향해 무모하게 덤벼들었던 일을 떠올리고 브리짓은 다시 한번 움찔했다. 어떻게 그런 짓을 할 수 있었지? 심지어 그때는 그를 잘 안다고 할 수도 없었다.

그래서 그럴 수 있었던 건지도 모르지만.

에릭은 브리짓이 혼자 텐트를 쓸 수 있는 시간을 충분히 준 뒤, 들어가도 되느냐고 정중히 물었다. 너무 정중했던 나머지 온몸이 흠뻑 젖어 있었다.

슬리핑백에 들어간 브리짓은 머리를 묶어 목 밑에 받친 채 불과 70센티미터 떨어진 슬리핑백에 그가 들어가는 걸 모른 척했다. 이 상황을 에릭과 함께 웃어넘기고 싶었지만, 그럴 수 없었다.

둘은 그렇게 비좁은 오렌지색 텐트에 나란히 누웠다. 비가 계속 내렸다. 에릭의 샴푸 향기와 비에 젖은 체취가 느껴졌다. 황홀하면서도 불편한 향기였다.

마음 가는 대로 행동할 경우 그들 앞에 펼쳐질 수 있는 짜릿한 기회를 상상하기에 브리짓은 너무 얼어 있었다. 사실 브리짓이 가장 원하는 것은 에릭을 안심시키는 것이었다. 브리짓은 그에게 위협이 될 만한 행동은 조금도 취하지 않았다. 정말이다. 자신도 그런 마음이라는 걸 에릭에게 증명하고 싶었다.

브리짓은 바닥에 등을 대고 위를 바라보고 누웠다. 에릭도 똑같이 했다.

브리짓이 목소리를 가다듬고 입을 열었다. "카야 얘기 좀 해봐. 어떤 사람이야?"

에릭은 바로 대답하지 않았다.

"분명 엄청 예쁘겠지."

에릭은 긴 한숨을 내쉬었다. "응. 그래." 꽤 신중한 대답이었다. 에릭은 이런 방면에는 신중한 사람이니까.

"머리카락 색은 밝아, 어두워?"

"어둡지. 멕시칸 혼혈이야."

"멋진데." 브리짓은 자기도 멕시칸 혼혈이 되고 싶어졌다. "카야도 컬럼비아 대학 학생이야?"

"이번에 졸업했어."

멕시칸 혼혈에 컬럼비아 대학을 갓 졸업했다는 말이 브리짓 귀에는 성숙하고 세련되고 모든 면에서 승리했다는 얘기로 들렸다. 멕시칸 혼혈도 아니고 아직 성인이 되지도 않은 채 움츠린 자세로 슬리핑백 속에 멍청히 드러누워 있으려니 열등감이 폭발하는 것 같았다. 너무나 멋진 여자친구와 비교해 자신이 멍청하고 유치해 보일 수 있다는 두려움에 더는 한 마디도 꺼내고 싶지 않았다.

왜 이 좁은 텐트에 에릭의 여자친구를 불러낸 걸까?

에릭이 돌아누워 브리짓을 마주보며 팔을 괴었다. 이런 화제로나마 말문을 튼 것이 도움이 되었다. "저기, 난 너의 친구들 얘기를 듣고 싶은데."

브리짓이 거부할 수 없는 미끼였다. 그래서 그녀는 거기 응해 실없이 수다를 떨고 시끄럽게 떠들면서 자신의 불안감을 해소해버렸다. 할 수 있는 한 멍청하고 유치하게.

레나의 다음 관문은 좀 높았다. 바로 할머니였다. 지난 몇 달간 레나는 할머니와 마주치기를 아주 교묘하게 피해왔다. 할머니를 똑바로 보는 것만으로도 겁이 날 지경이었다.

사실 할머니가 거절하길 바라는 마음이 반이었지만, 할머니는 레나의 부탁을 받아들였다. 서재 책상 뒤에 앉아 레나를 똑바로 응시했다.

"컴퓨터 하고 싶으면 하셔도 돼요. 그 모습을 그려도 되니까요." 레나가 제안했다.

할머니는 어깨를 으쓱했다. "오늘 컴퓨터로 할 건 다 했어."

시간을 계산해보니 그리스는 이미 늦은 밤이었다. 아마 그래서 하지 않는다는 거겠지만.

"텔레비전 보는 게 편하면, 그러셔도 되고요."

"아니다. 그냥 여기 앉아 있을래." 할머니가 대답했다.

레나가 등을 곧추세웠다. 레나는 시선을 피하고 있고, 할머니는 그녀를 똑바로 보고 있었다. 레나는 용기를 내보려고 애썼다.

처음에는 너무 힘들었다. 레나는 그동안 할머니의 명명백백한 슬픔과 그 주변의 문제들을 외면해왔다. 하지만 할머니의 얼굴을 들여다보면서 그 고통을 그냥 넘기기란 쉽지 않았다. 할머니를 그린다는 것은 그 슬픔을 직시할 뿐 아니라, 그 슬픔 속으로 들어간다는 뜻이었다. 유일한 방법은 단계별로 접근하는 것이었다.

도대체 일 년 동안 얼마나 늙어버린 걸까. 피부에 주름이 너무 많이 생겨서 곧 뼈에서 떨어져나갈 것처럼 보였다. 한때 까맣던 눈동자는 희미하게 흐려졌다. 눈동자 주변도 파래졌다. 두 개의 동굴 안에 있는 듯한 눈동자가 접힌 눈꺼풀 사이로 내다보았다.

할아버지는 할머니를 사랑했다. 레나는 비록 나이들었지만 젊고 아름다웠던 모습으로 할머니를 봐주던 할아버지를 떠올렸다. 이제 할머니를 그렇게 바라봐주는 사람은 아무도 없었다. 그 결과 할머니는 쪼글쪼글해지고 말았다.

순간 레나는 어떤 도전을 해야 하는지 깨달았다. 할 수 있다면 할머니를 할아버지의 발리아로 바라보고 싶었다. 얼굴에 가득찬 슬픔만 찾지는 않을 것이다. 고고학자가 되어 예전의 할머니라는 존재를 발굴해낼 작정이었다. 황폐해진 할머니 속에서 할머니를 다시 찾아내리라.

레나는 할머니를 똑바로 바라보았다. 할머니는 바르게 앉아 레나를 쳐다보았다. 모델의 눈을 직시하며 그리는 건 레나도 처음이었다. 승자 없는 눈싸움을 하는 느낌이었다.

고고학자 레나는 할머니의 눈썹 모양에서 실마리를 찾아냈다. 사람들이 할머니를 닮았다고 하는 에피의 눈썹에서 힌트를 얻었다. 할머니의 입과 뺨에서는 아빠가 보였다. 보이는 대로 그리면서도, 자신이 해석한 과거 모습이 드러나도록 내버려두었다. 그것이 가능하다면 말이지만. 노력한다면 그 아름다움을 찾아낼 수 있을 것이다.

할머니가 노상 짓고 있던 공격적인 표정이 슬슬 흐려지기 시작했다. 얼굴의 부분이 좀더 새롭고 자연스럽게 자리잡아갔다. 할머니가 자신의 시선을 즐기고 있는 것이 느껴졌다. 그리고 그것은 아무도 할머니를 바라봐주지 않는다는 슬픈 사실을 상기시켰다. 모두 할머니를 무서워했다. 모두 할머니와 눈을 맞추려 들지 않았다. 아무도 일상을 비극으로 만들려 하지 않는다. 할머니의 불평이 잠잠해지도록 적당히 무시하고 받아주면 될 일이었다. 모두 발리아가 떠나길 바랐을 것이다. 적어도 그 분노와 고통, 외로움과 역정 그리고 그녀가 늘어놓는 모든 불평불만들이 사라지길 바랐을 것이다. 나머지 부분은 견딜 만했으니까.

생각해보면 할머니가 화를 잘 내는 것은 놀라운 일이 아니었다. 아들에게 억지로 끌려왔는데, 이젠 없어졌으면 하고 계속 눈치를 주었다. 게다가 할머니가 정말로 돌아가고 싶어한다는 부분이 문제였다. 다들 그녀가 돌아가길 바라고 있었다. 할머니 자신도 돌아가길 바라고 있었다. 이게 무슨 모순이란 말인가.

레나는 계속 그려나갔다. 할머니는 훌륭한 모델이었다. 수업에서 본 시급 15달러 받는 프로 모델들보다 나았다. 칠십 분이라는 긴 시간 동안 똑바로 앉아 미동조차 하지 않고 한숨 한번, 신음소리 한번 내지 않았다.

눈에 눈물이 고이는 것이 느껴졌지만, 그것 때문에 작업을 멈추진 않았다. 그동안 얼마나 외로우셨을까. 누가 바라봐주는 걸 이렇게도 좋아하는데. 할머니를 이토록 굶주리게 한 건 모두에게 비극적인 일이었다.

작업을 마치고 일어나 할머니의 머리에 입을 맞추었다. 몇 달간 서로 만지지도 않은 두 사람이었다. 할머니도 동요하는 것 같았다.

레나는 할머니에게 수줍게 그림을 내밀었다. 내가 할머니를 이해했어요. 마침내 이해하게 된 것 같아요. 레나는 조용히 말했다.

할머니는 아주 오랫동안 그림을 들여다보았다. 그녀는 아무말도 하지 않았다. 그저 무뚝뚝하게 고개를 끄덕이기만 했다. 하지만 레나는 오늘 토요일 오후 바로 이곳에서 할머니와 서로를 이해하게 되었다고 믿었다.

다음날 아침식사 때, 할머니는 평소처럼 심술궂은 모습으로 돌아왔다.

"이 커피 누가 내렸냐?" 할머니는 심술을 부리며 식탁에 뱉어 내는 시늉까지 해 보였다.

"제가 내렸어요." 레나가 대답했다. "이상해요?"

"최악이다." 할머니가 진심을 담아 말했다.

레나는 할머니의 눈을 똑바로 바라보며 지지 않고 대꾸했다. "그럼 드시지 말든가요."

식구들 모두 깜짝 놀라 레나를 쩨려보았다. 하지만 레나는 그런 자신이 꽤나 기특했다.

"여보세요, 카르멘? 이 번호가 맞으면 좋겠는데. 카르멘 번호라면, 나 윈이에요. 혹시 아니면…… 저는 윈이라고 하는데 귀찮게 해드려서 죄송합니다. 카르멘이 맞더라도 혹시 내가 귀찮게 하는 거라면 미안해요. 그쪽 번호를 얻었는데…… 아, 그건 신경 쓰지 마요. 난 스토커가 아니니까. 그건 하늘에 대고 맹세할 수 있어요. 누구한테 이렇게 난데없이 전화 거는 건 처음이에요. 그런데 계속 그쪽 생각만 드는 것도 사실이에요……" 삐이이이이이.

한밤중에 브리짓은 머리카락이 팔을 간질이는 걸 느꼈다. 다른 부분은 꼼짝도 하지 않은 채 눈만 슬며시 떴다. 잠결에 에릭이 브리짓 쪽으로 굴러와 있었다. 그의 머리가 어깨에 스칠 만큼 가까웠다. 브리짓은 숨을 쉴 수가 없었다. 둘은 같은 방향을 보고 누워 있고 브리짓이 에릭의 등을 조금 뒤에서 감싸는 모양새였다. 슬리핑백 끝자락이 거의 맞닿아 있었다.

그날 밤 브리짓은 계속 꿈을 꾸며 선잠만 들었다. 에릭과 이렇게 가까이 누워서 깊이 잠들기란 불가능했다. 두 사람이 얼마나 가까이 붙어 있는지, 숨결이 어떻게 섞이고 있는지 에릭은 알까. 아니면 아무 의도 없이, 깊은 잠에 빠져 있는 걸까?

브리짓은 천천히 조심조심 발을 움직였다. 그리고 슬리핑백 안에서 에릭의 뒤꿈치에 엄지발가락이 슬쩍 닿을 때까지 숨을 참았다. 에릭이 알아채거나 움직이지 않길 기도했다. 다행히 그러지 않았다. 그는 자고 있는 것이다.

미안한 마음에 브리짓은 발을 빼냈다.

에릭이 다시 자신을 원하기만 한다면 브리짓은 무슨 짓이든 할 수 있었다. 그보다 더한 일도 할 수 있을 것 같았다. 에릭이 자신을 믿어주기만 한다면 말이다.

지금은 나한테 아무것도

묻지 말아줄래?

내가 좀 싸가지가 없어서 말이야.

너를 보고 비웃어버릴지도 모르고.

_ 에피 칼리가리스

티비는 영화관 앞에서 한시 상영 영화가 끝나길 기다리고 있었다. 영화 보는 건 때려치운 지 오래였다. 요즘엔 창가에 서서 밖을 바라보는 것이 더 좋았다. 하루는 매표소에서 일하는 부인이 아파서 대신 일한 적이 있었는데, 작은 매표소 안은 생각보다 더 재미있고 안전한 공간이었다. 게다가 친절할 필요도 없다.

자기가 진로를 제대로 선택한 것인지 다시 한번 생각해보았다. 뉴욕대에서 돈 때문에 아무나 받아준 건 아닌지 의심이 들었다. 아니면 장차 매표소 직원이 될 사람들을 위한 교육 프로그램을 제공하는 것일 수도 있겠다. 계산원이라든가. 손님들이 방탄 유리 창문에 난 구멍을 통해 물건값을 치르는 구린 동네의 주류판매점에서 즐겁게 일하는 자신의 모습을 상상해보았다. 크게 틀린 상상은 아니었다.

길 건너편에 있는 한 무리의 사람들이 눈에 띄었다. 그 순간 티비는 아는 사람을 보면서도 아직 아는 사람이라고 깨닫지 못하는 객관적 찰나를 경험했다. 유독 키가 큰 그 사람은 물론 브라이언이었다. 티비는 지금 브라이언의 모습에 완전히 익숙해지진 못했다. 브라이언이 최악의 찌질이였던 시절엔 덥수룩하고 빗지도 않은, 보기만 해도 잘라주고 싶어지는 헝클어진 머리가 찌질한 외모의 악순환에 절대적 역할을 했다. 하지만 지금은 적당하게 헝클어져 오히려 쿨해 보였다. 티비가 일 년에 한두 번 올드네이비에서 사준 옷 덕분에 옷차림도 후지지 않았다. 이제 자진해서 샤워를 즐길 줄도 알게 되었다. 그 점도 한몫했겠지.

크고 헐렁한 하키 헬멧을 쓴 작은 형체는 물론 캐서린이었다. 그 헬멧을 볼 때마다 티비는 위장이 쪼그라드는 듯한 느낌이 들었다. 얼굴을 찡그리지 않으려고 노력해도 우거지상이 나왔다. 화가 나고 울고 싶어졌다.

캐서린의 다른 쪽 손은 니키가 잡고 있었다. 니키는 요즘 들어 캐서린의 보호자처럼 굴었다.

세 사람은 길을 건너 영화관 정문을 향해 걸어왔다. 캐서린이 통유리 너머 티비를 발견했다. 하도 열심히 손을 흔들어서 헬멧이 반쯤 벗겨지고, 목끈 때문에 귀가 반으로 접혔다. 티비는 마중나가 문을 열어주었다.

"우리 언니네 영화관에 영화 보러 왔어!" 캐서린이 소리쳤다.

티비가 헬멧을 꽉 매주었다. 늘 그러듯이.

"언니, 이거 봐." 캐서린이 자기 머리를 가리켰다.

"뭘?" 티비가 물었다.

"스티커!" 캐서린은 의기양양했다. "니키 오빠가 도와줬어."

캐서린의 하키 헬멧은 싸구려 캐릭터 상품의 역사에 등장했던 온갖 슈퍼히어로와 만화 캐릭터들로 도배되어 있었다.

"와, 멋진걸." 티비가 맞장구쳤다.

"이젠 절대 안 벗을 테야." 캐서린이 자랑스럽게 선언했다.

티비는 숨이 멎는 것 같았다. 자신도 설명할 수 없었지만, 캐서린이 이런 말을 할 때마다 고문당하는 느낌이었다. 착하기도 하지. 어떻게 캐서린은 이럴 수 있을까? 나랑 어쩜 이렇게 다르지? 캐서린이 정말 괜찮다는데 나는 왜 가슴이 아픈 걸까? 창문에서 떨어진 사람은 티비가 아니다. 캐서린에 대해 걱정할 필요도 없다. 걱정할 필요가 없는 아이니까. 그럼 나는 누구를 걱정하고 있는 걸까?

티비는 무슨 일이 있었는지 잠시 잊어버리고 본능적으로 브라이언을 바라보았다. 브라이언은 조심스레 티비의 손을 잡고 격려의 눈빛으로 그녀를 감싸주었다. 그건 브라이언이 티비에게 키스를 하고 싶어하느냐 하는 것과는 별개의 문제였다.

카르멘은 한 시간 동안 무려 열네 번이나 윈의 메시지를 되풀이해 들었다. 그런데 왜 선글라스와 모자를 쓰고 책으로 얼굴을 가린 채 병원, 즉 그의 일터를 돌아다니고 있는 걸까? 발리아 할머니의 정기 물리치료가 있는 수요일 오후였다. 카르멘은 어디로 가면 윈을 볼 수 있을지 알고 있었다. 윈이 벌써부터 자기를 찾고 있는지도 모른다.

그러나 카르멘은 자기가 아는 한 가장 멀고 인적이 뜸한 곳인 분만실 쪽 복도로 갔다. 얼마간 조용히 있을 수 있는 최적의 장소였다. 하지만 곧 출산을 앞둔 여자들 무리가 카르멘 쪽으로 뒤뚱거리며 다가왔다. 고개를 숙인 채 책을 몇 장 더 읽어보려고 노력했지만 집중할 수가 없었다. 너무 외로웠다. 여기에도 도망칠 곳은 없었다.

방으로 들어가는 임신부와 그 배우자들이 점점 늘어났다. 카르멘은 그것이 무엇을 뜻하는지 생각해보았다. 여기서 임신부들을 위한 광란의 파티라도 열리는 건가? 그때 뭔가가 분명해졌다. 카르멘은 시계를 내려다보았다.

제일 먼저 떠오른 건 자신이 진통, 출산, 임신, 혹은 아이라는 단어와 관련해 엄마가 하는 얘기를 깡그리 무시해왔다는 사실이었다. 하지만 엄마와 데이비드가 바로 이 병원으로 출산 준비 수업을 들으러 온다는 얘기를 들은 것이 어렴풋하게나마 기억났다.

설마? 진짜?

오, 이런.

카르멘은 다시 책에 열중해보려고 했지만 헛수고였다. 몇 장을 넘겨도 제인 오스틴의 고상한 농담은 눈으로 읽히기만 하고 머리에 입력되지는 않았다. 카르멘은 호기심이 일었다. 그리고 카르멘은 한번 생긴 궁금증을 해소하지 않고는 못 배기는 타입이었다. 그녀는 책을 가방에 집어넣고 복도를 따라 걸어갔다. 그리고 임신부들이 들어간 방 앞에 멈춰 섰다. 반투명 유리창이어서 기웃거려도 문제없었다. 카르멘은 마룻바닥에 앉은 커플들을 바라보았다. 남편들이 다리를 벌려 퉁퉁한 부인들을 그 사이에 앉히고 있었다. 솔직히 말해 꽤나 요상한 장면이었다. 강사는 앞쪽 테이블 뒤에 서 있었다.

엄마가 이 요상한 수업을 듣지 않는다는 결론에 도달할 무렵, 저멀리 교실 뒤쪽에 익숙한 검은색 머리가 눈에 띄었다. 배가 유달리 많이 나왔음에도 불구하고 엄마는 쉽게 눈에 띄지 않았다. 혼자 벽 쪽에 찌그러져 있었기 때문이다.

전부 다 쌍쌍이 왔는데 엄마만 혼자였다. 왜? 다음 동작은 남편이 부인 어깨를 주물러주는 차례인데, 엄마는 그냥 가만히 앉아 있었다.

데이비드는 어디 있지? 엄마가 팔을 뻗어 자기 어깨를 스스로 주무르는 꼴을 보기 전까지, 카르멘은 어리둥절하게 바라보고만 있었다. 이 정도면 됐다. 놀랍게도 가슴에서 찌릿하는 뭔가를 느낀 카르멘은 문을 열고 방안으로 직행했다.

"무슨 일이시죠?" 강사가 물었다.

"잠시만요." 카르멘은 양해를 구한 뒤 엄마 쪽으로 걸어갔다. "뭐야? 데이비드 아저씨는 어디 있어?"

크리스티나의 눈이 벌게졌다. "이번에 맡은 소송에 비상이 걸려서 세인트루이스에 갔어." 엄마가 속삭였다. 아쉬워하는 말투지만 데이비드를 탓하지는 않았다. "그런데 딸, 넌 여기서 뭐하는 거니?"

"발리아 할머니 물리치료 때문에 왔어." 카르멘이 설명했다.

크리스티나는 고개를 끄덕였다.

강사가 둘 앞으로 와서 카르멘에게 물었다. "이 수업에 등록하신 건가요……?" 따지는 투는 아니었지만, 확실한 대답을 원하는 것 같았다.

카르멘은 강사를 쳐다보다가 엄마를 보고는 다시 고개를 돌렸다. 그런 다음 엄마를 가리키며 말했다. "이분 파트너인데요."

강사는 놀란 눈치였다. 그러나 공평한 견지에서 이 수업을 모든 종류의 커플에게 개방해야 하는 것이 그녀의 의무였다. "좋아요, 앉아요. 이제 진통이 올 때 하는 마사지 기술 몇 가지를 배워볼 거예요. 그냥 다른 사람들 하는 걸 보고 따라 하시면 돼요."

카르멘은 다리를 벌려 엄마를 앞쪽에 앉히고 딱딱한 어깨를 주물러주기 시작했다. 카르멘은 손힘이 좋았다. 스스로도 마사지에 소질이 있는 것 같다고 생각했다. 엄마가 숨을 확 몰아쉬는 것이 느껴졌다. 엄마는 울고 있었다.

하지만 그 눈물이 행복의 눈물이라는 걸 카르멘도 알았다. 그 덕에 카르멘 역시 아주 오랫동안 느껴보지 못한 행복을 맛보았다.

(엽서)

안녕, 예쁜이들!

방금 아빠한테서 브라운 대학 입학 관련 서류들을 잔뜩 받았어.

근데 룸메이트 이름이 에이샤 레녹스다. 좀 쿨한 거 같지 않니?

앞으론 걔랑 살게 되겠지. 우리 모두 에이샤에 대해 알게 될 거고. 좀 이상한 기분이지?

브리짓

레나는 에피를 그리는 것이 쉬울 거라 생각했다. 별로 걱정하지 않았다. 준비도 많이 안 했다. 그냥 가벼운 마음으로 시작했다. 레나는 어정쩡하게 행동하는 법이 없었다. 합당한 이유가 있어야 결정을 내렸다. 결국 자신의 결정을 후회하더라도.

"어디 앉을래?" 레나가 물었다. "네 방? 침대? 아니면 다른 데?"

"음." 에피는 발가락에 매니큐어를 바르는 중이었다. "그냥 여기서 하면 안 될까?" 에피는 서재 텔레비전 앞에 앉아 있었다.

텔레비전에서는 요란한 리얼리티 프로그램이 나오고 있었다. 에피는 무릎에 턱을 괴고 온 정신을 발가락에만 집중하고 있었다. 자기에겐 이게 더 시급한 문제라는 태도였다.

레나가 말했다. "텔레비전 좀 꺼도 될까?"

"그냥 켜놔. 안 볼게."

레나는 두 번 묻지 않았다. 모델에게 이래라저래라 하는 건 긴장을 푸는 데 쥐약이다. 설사 모델이 정말 멍청한 짓을 하더라도.

레나는 윤곽선부터 그리기 시작했다. 굽힌 무릎과 아래를 내려다보는 얼굴, 그리고 힘이 들어간 발가락을 스케치했다.

에피는 할머니 같지 않았다. 레나의 작업을 위해 모델을 해주는 건 자기 볼일이 아니라는 듯 여기저기 옮겨다녔다.

"쯧, 에피. 좀 가만히 있으면 안 되니?"

에피는 레나 쪽을 힐끗 보더니 다시 매니큐어를 칠하기 시작했다.

레나는 애를 쓰고 있었다. 정말 그랬다. 움직이는 손을 그리는 건 쉬운 일이 아니었다. 그냥 대충 그리고 넘어갔다. 고개를 돌리고 있는 사람의 특징을 묘사하는 것 또한 어려운 일이다. 레나는 뭔가 거부하는 듯한 느낌을 에피의 포즈에서 잡아내려고 노력했다. 진짜로 느껴지는 건 그것뿐이었다.

그러다가 스스로에게 물었다. 에피는 왜 이렇게 거부하는 걸까? 여름 내내 서로에 대해 관심을 끄고 지내긴 했다. 둘 다 이른 아침부터 아르바이트를 나갔다. 그리고 둘 다 최대한 많은 시간을 집밖에서 보내려고 노력하는 중이기도 했다. 에피는 할머니와 관계가 어긋나며 생긴 또다른 희생자일까?

둘 사이가 레나가 아는 것보다 훨씬 더 나빠져버린 게 아닐까?

"에피?"

"뭐?" 에피는 쳐다보지도 않고 쏘아붙이듯 말했다.

손에 든 목탄보다 입이 더 나은 방법 같았다. 레나가 입을 열었다. "에피, 너 이거 하기 싫은 것 같아. 나한테 화도 난 것 같고."

에피는 눈알을 굴렸다. 그러고는 엄지발톱에 바른 반짝거리는 핑크색 매니큐어를 말리려고 바람을 후후 불었다. "왜 그렇게 생각하는데?"

"날 쳐다보지도 않잖아. 가만있지도 않고."

만약 에피가 레나고 레나가 에피였다면 이런 일을 푸는 데 하루종일이 걸렸을지도 모른다. 하지만 다행히도 에피는 에피였다. 마침내 에피가 고개를 돌리자, 감정이 가득 드러난 얼굴이 보였다.

"나도 언니가 미대 가는 게 싫어."

레나는 그림을 내려놓았다. "왜 싫은데?" 충격을 감출 수 없었다. 에피가 잘못해도 늘 에피 편을 들어준 자신처럼, 에피 역시 부모님과 문제가 생길 경우 자기편에 서줄 거라고 막연히 생각해왔던 것이다. 하지만 이번에는 에피도 부모님과 같은 생각인 걸까? 그러지 않아도 저기압인 집안 공기에 레나가 한술 더 보태는 게 마음에 들지 않는 걸까?

에피의 눈엔 눈물이 그렁그렁했다. 매니큐어 뚜껑을 닫고 옆에 내려놓았다. "왜 그렇게 생각하는데?" 레나가 추궁했다.

눈이 커지는 게 느껴졌다. "에피, 난 정말 모르겠어. 말 좀 해봐."

에피는 손으로 얼굴을 가렸다. "언니가 안 가면 좋겠어. 나 혼자 여기 남겨두고 가버리는 게 싫단 말이야……"

레나는 무릎걸음으로 동생에게 다가갔다. 그리고 에피를 감싸안았다. "내가 정말 미안해." 레나는 진심으로 사과했다. "나도 널 여기 두고 가고 싶지 않아." 에피의 눈물이 레나의 어깨를 적셔왔다. 레나는 동생을 더 꼭 끌어안았다. "널 떠난다고 생각하는 것조차 싫어."

잘못된 지점을 말해주는 누군가가 옆에 있다는 사실이 아름다울 수 있는 건 그들에게 좀더 잘하겠다는 약속을 할 수 있기 때문인지도 모른다. 레나는 이런 기회를 좀더 자주 가져야겠다고 다짐했다.

로비에서 엄마를 껴안아주고 헤어지려는데 윈이 보였다. 그는 카르멘이 도망치기 전에 붙잡으려는 것처럼 활짝 웃으며 두 배는 더 빠르게 걸어왔다.

"카르멘!"

"안녕, 윈." 카르멘이 인사했다. 그를 보자 웃음을 참을 수 없었다. 너무 사랑스러웠다. 윈과 엄마는 서로 쳐다보기만 했다. 윈은 아마 카르멘이 지인의 먼 친척쯤 되는 사람을 데리고 병원에 온 것으로 여기고 있을 것이다.

"이쪽은 우리 엄마 크리스티나." 카르멘이 소개했다. "엄마, 이쪽은 윈."

"만나서 반가워요, 윈." 크리스티나가 인사했다.

카르멘은 엄마의 눈으로 윈을 바라보았다. 그리고 그의 넘치는 매력에 다시 한번 충격을 받았다. 잘생긴 사람들은 대개 사람들을 주눅들게 하지만 윈은 달랐다. 그는 콧대 높거나 사람을 긴장시키는 스타일이 아니었다. 겸손한 미소에 느릿한 걸음걸이를 갖고 있었다. '나 멋있지'라고 잘난 체하는 인간들과는 완전히 다른 특징이다.

"저도 만나서 영광입니다." 그가 진지하게 인사를 건넸다. "친척이나 가까운 분일 거라고 생각했어요. 카르멘만큼이나 아름다우셔서."

다른 누가 자기에게 대놓고 이런 칭찬을 했다면, 카르멘은 끙 소리를 내고 눈을 부라린 뒤 그 남자를 차버렸을 것이다. 하지만 그의 얼굴을 보며 듣자니 평생 들어본 것 중 가장 정직하고 진솔한 칭찬으로 들렸다. 엄마 얼굴을 보니 분명 같은 생각인 것 같았다.

엄마는 좋아서 얼굴이 빨개졌다. "고마워요. 나도 카르멘과 닮았다는 말 좋아해요."

주위에 충만한 선량함 때문에 카르멘은 불안정하고 힘들어졌다. 딱히 할말이 떠오르지 않았다.

"카르멘이 오늘 날 구해줬어요." 크리스티나가 먼저 윈에게 말했다. 목소리에 들뜬 감정이 드러났다. "오늘 남편이 출산 준비 수업에 같이 못 왔는데 카르멘이 나타나서 날 구해준 거 있죠. 파트너 역할을 해주고 이끌어줬어요. 믿어져요?" 엄마는 웃고 있었지만 눈에 눈물이 가득 고여 있었다. 임신하면 감정기복이 심하다지만, 이런, 이건 좀 오버다.

윈은 완전히 넋이 나가 크리스티나를 바라보았다. 그리고 다시 카르멘을 보았다. 윈 같은 남자가 자길 그런 눈으로 봐주길 여러 번 기대했다. 하지만 지금은 아니었다. 엄마가 늘어놓은 말이 상황을 더 안 좋게 만들고 있었다.

카르멘은 무슨 말이라도 하려고 입을 열었다. 그런데 그 순간 깨달았다. "이런, 세상에! 발리아 할머니한테 가야 하는데! 늦겠다." 벌써부터 8층에서 뼈가 갈라지는 듯한 비명이 들려오는 것 같았다.

"나도 같이 가." 엄마가 카르멘을 따라 엘리베이터로 뛰어들며 말했다.

"안녕, 윈." 카르멘은 어깨 너머로 인사했다.

닫히는 엘리베이터 문 사이로 손을 흔드는 그의 모습이 조금은 슬퍼 보였다. 문이 닫히자마자 크리스티나가 큰 소리로 물었다. "딸, 저 사람 누구야?" 엄마는 완전 신이 나 있었다. "어쩜…… 어쩜…… 너무 멋지다! 널 보는 눈빛 말이야."

카르멘의 얼굴이 달아올랐다. "괜찮아…… 보이지. 응." 배실배실 웃는 모습을 엄마에게 보여주고 싶지 않았다. 그래서 평소의 입모양을 유지하려고 무던히 애를 썼다.

"괜찮지! 아니, 괜찮은 것 이상이지! 어떻게 알게 된 거야?"

카르멘은 어깨를 으쓱했다. "사실은 잘 몰라. 나는 저 사람을 안다고 할 수 있겠지만." 카르멘은 입술 안쪽을 잘근잘근 씹었다. "저 사람은 나를 몰라."

망치만 든 공구함을

가진 사람에게는

모든 문제가 못으로만 보인다.

_에이브러햄 매슬로

티비가 마거릿보다 빨리 쓰레기봉투를 정리해 바깥 통로로 들고 나오는 데 성공하기까지는 나흘이라는 시간이 걸렸다. 파빌리온 영화관에서 이십 년 넘게 일해온 마거릿은 매우 숙련된 방식으로 재빨리 일을 처리했다. 그래서 티비가 그녀를 위해 작은 배려 하나를 베푸는 것도 거의 불가능에 가까웠다.

"티비, 고맙다!" 마거릿은 빈 쓰레기통을 확인하고 환하게 인사했다. "정말 착하다니까."

"저번에 도와주신 것도 있고 해서요." 티비가 대답했다.

티비는 마거릿이 매일 저녁 그러듯 직원 사물함에서 스웨터를 꺼내 입고 가방을 정리하는 모습을 지켜보고 있었다. 이제 위스콘신 애비뉴로 가서 북쪽 어딘가에 있는 집으로 가는 버스를 탈 것이다. 마거릿이 일하지 않는 시간을 어떻게 보내는지 알 길은 없었지만, 거의 대부분 혼자 보내는 것 같았다.

갑자기 뭔가가 티비의 머릿속에 떠올랐다. "저기, 마거릿?"

마거릿이 뒤를 돌아보았다. 가방이 팔꿈치에 가지런히 걸려 있었다.

"같이 저녁식사 할래요?"

마거릿은 무척 얼떨떨해하는 것 같았다.

"괜찮으면 뭐 좀 간단히 먹으러 가요. 모퉁이를 돌면 이탈리안 레스토랑 있잖아요."

이 진지하고 외로운 사람이랑 시간 좀 같이 보내준다고 해서 무슨 문제가 있겠어? 티비는 은근히 스스로를 치켜세웠다. 가치 있는 일 아니야? 좋은 사람들이 할 만한 일이지.

마거릿은 혹시 티비가 다른 사람에게 말하고 있는 건 아닌지 확인하기 위해 주위를 둘러봤다. 입 주변 근육이 약간 씰룩거렸다. 마거릿은 목소리를 가다듬고 물었다. "뭐라고?"

"저녁 같이 먹자고요."

마거릿은 꽤나 놀란 것 같았다. "너랑 나랑?"

"네." 자기가 주제넘은 짓을 한 게 아닌지 걱정되기 시작했다.

"그러자. 어, 좋아. 그러지 뭐."

"좋아요."

티비가 앞서서 모퉁이를 돌았다. 영화관 밖에서 마거릿과 있는 건 처음이었다. 기분이 좀 이상했다. 집에 오갈 때를 제외하고 마거릿이 몇 번이나 영화관 밖을 돌아다녀봤을지 궁금했다. 옅은 분홍색 카디건에 금색 버클이 달린 흰색 비닐가방을 든 마거릿은 시간여행을 하다 불시착해버린 무고한 희생양처럼 당황스러워 보였다.

"여기 괜찮아요?" 티비가 레스토랑 문을 열면서 물었다.

"좋아." 대답하는 마거릿의 목소리가 살짝 떨렸다.

티비는 전에도 이 레스토랑에 와본 적이 있었다. 그때는 이곳이 지극히 평범해 보였다. 하지만 지금 이렇게 마거릿과 함께 들어와보니, 시끌벅적하고 어두운데다 악몽을 꾸는 것처럼 시끄러운 것이 완전히 이상한 곳 같았다.

종업원이 두 사람을 자리로 안내했다. 마거릿은 신경쓸 일이 하나라도 더 생기면 박차고 나갈 기세로 허리를 꼿꼿이 세우고 의자 앞쪽에 걸터앉았다.

"여기 피자가 맛있어요." 티비가 소심하게 말했다.

마거릿이 피자를 먹나? 뭘 먹기는 할까? 마거릿은 어린아이처럼 작고 마른 체형이었다. 이것저것 보면 나이를 짐작할 수 있었다. 늘어진 목주름과 하나로 묶은 금발의 머릿결 상태가 나이를 말해주었다. 티비는 그녀가 사십대 중반이라고 확신했다. 하지만 다른 면에서 볼 때, 마거릿은 사춘기 소녀처럼 수줍어했다.

무슨 일이 있었길래 이렇게 됐을까? 티비는 궁금해졌다. 무슨 비극을 겪었을까? 뭔가 잃었나? 열네 살쯤 인생의 컨베이어벨트에서 뛰어내릴 만한 나쁜 일을 겪은 건 아닐까?

아니면 여러 사건들을 겪으면서 서서히 조심조심 사는 방법을 터득하게 된 것일까? 인생의 선택지가 하나만 남을 때까지 다른 가능성들을 배제하면서 천천히 살아온 걸까?

사랑을 두려워하는 걸까? 그게 문제일까? 그래서 다른 사람들이 누군가를 만나는 시간에 항상 혼자 영화관에서 나온 걸까?

티비는 애원하듯 마거릿을 바라보았다. 마거릿이 좀 편안해지도록 무슨 말이나 행동을 해보고 싶었지만, 지금껏 그녀가 살아온 삶이 어땠을지 가늠하기가 힘들었다.

"파스타 좋아해요?" 티비가 물었다. "여기 파스타도 잘한다고 들었거든요."

마거릿은 정말 어렵고 헷갈리는 시험을 치는 것처럼 메뉴를 들여다보았다. 그러고는 얼버무리듯 말했다. "잘 모르겠네."

"그냥 샐러드만 드셔도 돼요." 티비가 제안했다. "아니면 이런 음식 싫어한다고 말해도 전 괜찮아요."

마거릿이 고개를 끄덕였다. "그냥 샐러드로……"

마거릿 역시 티비를 기쁘게 해주려고 노력중이라는 걸 알 수 있었기에 왠지 가슴이 아팠다. 그녀는 지금 극도로 불편하지만, 티비를 실망시켜선 안 된다고 생각하는 것이다.

도대체 지금 누가 누구를 즐겁게 해주려고 애쓰는 거지?

열의에 불타오르던 마음이 조금씩 흘러나가자, 티비는 자신이 얼마나 바보 같았는지 깨달았다. 가여운 마거릿을 그녀만의 안전지대에서 멀찌감치 끌어내고는 큰 자선이라도 베푼 것처럼 스스로를 치하하고 있었던 것이다. 티비는 이 외로운 여인에게 아무런 위안이 되지 못했다. 사실상 마거릿을 고문하는 셈이었다. 도대체 나는 무슨 생각이었을까?

"저도 오늘은 이탈리아 음식이 당기지 않네요." 티비는 이 말이 마거릿에게 마지막 구원의 손길이 되길 바라며 밝게 말했다. "그냥 영화관으로 가서 아이스크림이나 먹을까요? 그런 다음에 정류장까지 같이 가요."

마거릿은 엄청 안심한 것 같았다. 그 모습에 티비는 조금이나마 행복해졌다. "좋아."

걸어가는 동안 티비는 가족들 생일 때마다 프레드 삼촌이 하던 말을 떠올렸다. 아이들이 자라는 게 걱정된다며 불평하는 부모님에게 삼촌은 이렇게 말했다. "커봤자 쓸모없다니까. 그래도 자라지 않는 것보단 낫지."

자라지 못한 사람이 있다는 사실을 티비는 처음 알았다. 그런 사람이 바로 곁에서 티비와 함께 걸어가고 있었다. 오렌지맛 크림시클을 핥는 그녀의 모습에 가슴이 아팠다.

"그 사람한테 또 걸렸어." 카르멘이 레나에게 말했다. 코네티

컷 애비뉴의 스타벅스에서 빵빵한 에어컨 바람을 맞으며 아이스 카푸치노를 홀짝이던 중이었다.

"무슨 말이야?" 레나가 물었다.

"어쩌다보니 병원에서 또 친절한 행동을 했는데 윈한테 걸렸다고."

레나가 웃었다. "딱 걸렸네."

"진짜 가게에서 좀도둑질하는 느낌이야. 나에 대해 뭐라고 설명해줘야 할지 모르겠다니까."

"그냥 우연일 뿐이라고 얘기했어? 의도한 게 아니라고. 살아 있는 한 네가 다시 할 일들이 아니라고 말이야. 맹세코 그렇지?"

카르멘도 같이 웃었다. "천사표 카르멘이 또 튀어나온 거지. 도대체 그애를 어쩌면 좋니?"

"욕실에 가둬버리자."

"좋은 생각이네."

레나는 눈을 가늘게 뜨고 생각에 잠겼다. "어쩌면 네가 정말로 천사표 카르멘일지도 몰라. 그런 생각은 안 해봤어?"

카르멘은 어젯밤 엄마가 그토록 먹고 싶어하던 마지막 남은 아이스크림을 일부러 먹어치워버린 일을 떠올렸다. "말도 안 돼."

카르멘은 레나가 손도 안 댄 쿠키를 반으로 쪼개 먹었다. "내일 우리집 소파에서 누가 자는지 알아?" 카르멘이 물었다.

"누군데?"

"폴 로드먼. 지금 사우스캐롤라이나에서 올라오고 있는데, 분명 여기 들를 거야. 만난 지 몇 달이나 됐거든."

레나가 똑바른 자세로 고쳐앉았다.

"네 안부를 묻더라."

레나는 그냥 고개만 끄덕였다.

"항상 그래. 연락을 하면 꼭 네 안부를 물어."

레나는 코르크 샌들을 신은 커다란 자기 발을 내려다보았다. 그리고 물었다. "폴 아버지는 괜찮으시대?"

카르멘이 먹던 걸 멈췄다. 그녀는 폴과 이메일로 연락을 주고받고 있었다. 그래야 폴에게서 더 많은 이야기를 끌어낼 수 있다. "안 좋으신가봐. 매주 몇 시간씩 운전해서 보러 가더라. 안됐어, 정말."

레나가 고개를 끄덕이는데 카르멘의 휴대전화가 울렸다. 카르멘은 휴대전화를 찾으려고 가방 바닥을 이리저리 훑었다.

"여보세요?"

"여보세요. 카르멘, 나 데이비드야."

"어쩐 일이에요?" 목소리에 남아 있던 따스함이 날아갔다.

"고맙다는 말을 하고 싶어서. 어제 엄마 돌봐준 것 말이야. 그게 네 엄마에게 어떤 의미인지 모를 거야. 고마운 건 나도 마찬가지고. 나도 정말 가고 싶었어. 너한테 어떻게 고마움을 전해야—"

"괜찮아요." 카르멘이 말을 잘랐다. "별것도 아닌데요, 뭘."

"정말이야, 카르멘. 정말로—"

"괜찮다니까요." 데이비드에게서 더이상 그 얘기를 듣고 싶지 않았다. "아직 세인트루이스에 계신 거예요?"

"아니, 집에 왔어." 데이비드가 침울하게 대답했다.

왜 데이비드에게 짜증이 난 걸까? 개처럼 일하는 것이 데이비드 잘못은 아닌데 말이다. 그에게는 부양해야 할 가족이 있다. 그리고 그는 그 책임을 진지하게 받아들이고 있다. 기타 등등.

"그럼 나중에 봐요." 카르멘이 말했다.

"아, 카르멘—하나만 더 물어도 될까?"

"네?"

"내가 휴대전화 충전기를 세인트루이스의 호텔에 두고 와서 그런데, 네 것 좀 빌릴 수 있을까?" 카르멘과 데이비드가 똑같은 휴대전화를 쓴다는 건 누구나 다 아는 사실이었다. 어떤 때 보면 둘 사이에 할말은 그것밖에 없다는 생각까지 들었다. 데이비드는 폴카 같은 음악을 벨소리로 해놓았다. 그 음악이 듣기 좋다고 생각하는 것 같았다.

"그럼요. 제 방 책상 옆에 있는 콘센트에 꽂혀 있을 거예요." 카르멘이 알려줬다.

"호텔에서 곧 충전기를 보내주겠대. 내가 필요하다고 했거든."

왜 둘 사이의 대화는 항상 이렇게 어색하게 끝나는 걸까? 카르멘이 말했다. "네, 필요하죠. 그럼 끊어요."

"안녕."

카르멘은 전화를 끊었다. 그런데 전화기를 가방에 넣는 순간, 둘둘 말린 충전기가 그 안에 들어 있다는 사실을 깨달았다. 아, 이런.

레나는 실눈을 뜨고 카르멘이 누구와 통화했는지 알아맞혔다. "데이비드?"

"응."

"그다지 좋아하는 편은 아닌 것 같더라니."

"그럭저럭 좋아하는 편이야." 카르멘은 이렇게 말하면서도 목소리에 아니꼬워하는 기운이 살짝 묻어난다는 걸 느꼈다. 카르멘이 한숨을 쉬며 말했다. "내가 더 잘해야 되는 거 맞지?"

"나는 대답 안 할래."

카르멘의 얼굴에 짓궂은 미소가 떠올랐다. "이제 뭘 해야 할지 알겠어. 엄마랑 데이비드랑 식사하는 자리에 윈을 초대하는 거야." 카르멘이 웃었다. "그러면 윈의 생각을 바로잡아줄 수 있겠지."

티비

물놀이 용품 + 음악

말했던 대로 허접한 테크노 금지.

260

브리짓과 나

음식. 아주 많이 준비할 것. 트랜스 지방이 들어간 초고칼로리 간식들 위주로(나 이런 거 좋아. 근데 이런 간식으로 뭐가 있냐?).

레나

기타 가정용 필수품(화장실용 휴지뿐 아니라 크리넥스도, 아가씨).

그리고 대학 입학 전 꿈의 주말을 위한 레호보트 기금에 여러분의 기부(현찰로 60달러씩)가 필요합니다. 다른 말로는 카르멘의 지갑이라고도 하지요.

당장 내놓으란 말이다, 제길!

폴이 이 동네에서 하룻밤 머문다는 말을 들은 이후로 레나는 온통 그 생각뿐이었다. 그리고 결국 용기를 내어 카르멘에게 전화를 걸어서 집으로 와달라고 부탁했다. 폴은 분명히 가족은 아니지만, 갑자기 그를 그려야 한다는 강박관념이 들었다.

더는 폴을 피하고 싶지 않았다.

그날 오후, 레나는 목탄을 손에 쥔 채 현관에서 그를 맞았다. 둘은 어색하게 포옹했다. 폴의 모습을 보니 심장이 튀어나올 것 같았다. 더 성숙해지고 더 슬퍼 보이지만 훨씬 잘생겨진 모습이었다.

폴은 다소 조용하게 레나를 따라 부엌으로 들어갔다.

너희 둘은 너무 닮았어. 카르멘은 레나와 폴, 그리고 둘의 비루한 대화 능력에 대해 이렇게 말했다. 그애는 다시 한번 둘에게 희망을 걸고 있었다.

"마실 것 좀 줄까?" 레나가 물었다.

폴은 긴장한 듯 보였다. "아니야, 됐어."

레나는 식탁 맞은편에 앉으라는 시늉을 했다. 그리고 손가락으로 머리카락을 빗었다. 이럴까봐 미리 빗어두었다. 레나가 운을 뗐다. "너한테 좀 이상한 부탁을 하려고 해."

폴은 바짝 긴장했다. 하지만 꺼리는 것 같지는 않았다. "괜찮아."

"네 초상화를 좀 그려도 될까? 아마 한 시간에서 한 시간 반 정도 걸릴 거야. 그냥 이 위쪽으로만 스케치하는 거야." 레나는 폴이 겁에 질려 집에서 뛰쳐나갈까봐 쇄골 위쪽을 가리키며 설명했다. "알겠지만, 내가 사람들 초상화로 포트폴리오를 만들고 있거든. 꼭 RISD에서 장학금을 받아야 해서. 장학금을 못 받으면 그 학교에 갈 수가 없어. 진심으로 부탁하는데, 너를 그려도 될까?" 폴에게 이렇게 많은 말을 한꺼번에 한 건 이번이 처음이었다.

폴은 고개를 끄덕이며 수락했다. "좋아."

문득 아이디어가 하나 떠올랐다. "밖으로 나가자."

폴은 레나를 따라 뒤뜰로 나갔다. 수영장가에 놓인 안락의자 같은 데 앉히고 싶진 않아서, 레나는 어떻게 해야 할지 주위를 쭉 둘러보았다. 멀리 울타리 근처 모퉁이에 나무 그루터기가 보였다. 커다랗고 아름다운 떡갈나무였는데 병에 걸리는 바람에, 부모님이 집 쪽으로 쓰러지면 안 된다며 싹둑 베어버렸다. 튼튼하고 견고한 것이 폴에게 어울릴 것 같았다. 레나는 폴에게 그쪽으로 가라고 하고는 앉을 의자와 화판을 가지고 왔다.

"준비됐어?" 레나가 물었다.

폴은 정면을 보고 앉았다. 그루터기 높이는 폴이 앉기에 안성맞춤이었다. 레나가 앉았다면 발이 동동 떴겠지만, 폴은 발을 단단히 땅에 댄 채 앉아 있었다. 그가 손을 무릎에 모았다. 다른 사람이 그랬다면 뻣뻣해 보였을 텐데 폴이 하니 괜찮아 보였다. 왼쪽 새끼손가락에 금으로 된 큼지막한 졸업반지가 보였다. 거슬리는 건 그것뿐이었다.

레나는 뒤로 조금 물러났다. 좀더 전체적인 모습을 그리고 싶었다. "옆모습을 그려도 될까?"

"괜찮아." 폴이 대답했다.

레나는 화판에 종이를 끼웠다. 폴은 레나를 조심스럽게 바라보고 있었다. 레나는 괜히 손가락 관절로 뚜둑 소리를 냈다가 너무 세게 꺾는 바람에 잠시 손가락을 빨았다. 머리카락은 한데 정리해 뒤로 묶었다. 그리고 목탄을 종이에 침착하게 갖다댔다.

"널 보고 있어야 하는 거야?" 폴이 물었다.

"아, 응." 레나가 대답했다. 폴은 항상 사람을 티낼 정도로 똑바로 쳐다보기 때문에 그게 오히려 자연스러울 것 같았다. 한편으로는 오랫동안 눈을 마주치고 있는 게 부담스럽기도 했다. 폴은 다른 사람들과 조금 다르게 느껴졌다.

폴의 얼굴선은 곧고 각진 느낌이었다. 강해 보이는 각진 턱. 네모난 이마. 네모난 광대뼈. 하지만 더 오래, 열심히 지켜볼수록, 기대하지 않았던 곡선들이 보이기 시작했다. 예를 들면 눈. 폴의 눈은 크고 둥글며 순진해 보이고, 어린아이 같았다. 눈꼬리 쪽에 희미한 부채꼴 모양 주름이 있었다. 레나는 그것이 웃어서 생긴 주름이 아니라고 생각했다. 코와 만나는 눈머리 부분은 피부가 얇아 살짝 멍이 든 것처럼 보였다.

입술은 놀랄 만큼 통통했고 입꼬리가 올라가 있었다. 사랑스러운 입술이었다. 레나는 뺨과 입술을 구분짓는 입가에 세로로 난 잔주름들을 보고 넋을 잃었다. 크고 강한 사람이 이렇게 섬세한 입술을 갖고 있으리라고는 아무도 예상하지 못할 것이다. 레나는 살짝 들떠서 그 입술을 대놓고 오랫동안 바라보았다. 그러다가 그림 작업을 이런 식으로 이용한다는 사실에 약간의 죄책감을 느꼈다.

어깨와 팔은 크고 느슨하게 그리고, 손은 좀더 세밀하게 그렸다. 반지를 보자 레나의 손이 멈칫했다. 레나가 입을 열었다. "반지를 어떻게 할 수 없을까?"

반지는 반대쪽 손에 가려져 있었다. 폴은 고개를 숙여 손을 내려다보았다. 거의 사십 분이 되어가도록 잠깐이나마 움직인 건 이번이 처음이었다. "미안." 폴이 그제야 깨닫고 말했다.

"괜찮아. 걱정 마." 레나는 재빨리 대답했다. 갑자기 그를 배려하고 싶어졌다. "잠깐 쉬어도 돼. 잘했어."

"아니야, 계속해도 돼." 이번엔 고개를 숙이며 대답했다. 목의 곡선이 우아하고 슬퍼 보였다. 기울어진 목이 감정을 너무도 뚜렷이 드러내고 있어서, 레나의 손가락은 다른 그림을 그리고 싶어 근질근질했다.

마음먹고 열심히 들여다보면 사람의 아주 작은 행동 하나에서도 이렇게 많은 것을 볼 수 있다는 것이 기적 같았다. 온갖 감정과 미처 하지 못했던 말들이 줄줄이 빛나고 있었다. 받아들이려고만 하면 수천 가지의 이미지와 기억, 생각들을 만날 수 있었다. 인류 역사의 총체는 작은 부분 어딘가에 깃들어 있고, 가장 보편적인 것은 가장 구체적인 것에 들어 있었다. 우리가 그걸 볼 수만 있다면 말이다. 마치 시 같았다. 솔직히 말하면 레나는 시에서 아름다움을 느껴본 적이 없었다. 하지만 시를 이해하고 사랑하는 사람에게 시가 어떤 의미를 가지는지는 상상할 수 있었다.

이건 시와 같거나, 정말로 취한 것 같다고 해야 할 듯했다.

폴이 반지를 빼서 손바닥 안에 감추었다. 그리고 다시 레나를 바라보았다. "아빠 반지야. 아빠도 펜실베이니아 대학에 다녔는데, 나더러 갖고 있으라고 하셨어."

레나는 그를 진지하게 바라보았다. 폴에 대해 부풀어오르는 연민이 눈에서 빠져나갈 길을 찾을 수 있을지 자신이 없었다. "아프시다며. 카르멘한테 들었어."

폴은 고개를 끄덕였다.

"유감이야, 정말."

폴은 연신 고개를 끄덕이다가 떨구었다. "힘드네. 이런 기분 알아?"

"알 것 같아." 레나가 감정을 담아 말했다. "사실 모르기도 해. 알 것 같기도 하고 모르는 것 같기도 해. 그게 어떤 건지 정확히 알진 못하지만, 알 것 같기도 하니까. 바피—우리 할아버지도 작년 여름에 돌아가셨거든." 순간 레나는 자기가 뱉은 말이 갑자기 무서워졌다. "아니야, 그렇지 않을 거야!" 레나는 거의 소리지르다시피 했다. "그런 일은 벌어지지 않을 거야." 종종 레나는 자신이 원망스러웠다.

폴은 과분할 정도로 상냥한 표정을 지어 보였다. 기분좋은 용서 그 자체였다. 그리고 심지어 고마워하는 표정까지 지어 보였다. "알아, 레나. 네가 날 이해할 수 있다는 걸."

둘은 서로를 그냥 바라보기만 했다. 하지만 처음으로 그 사이의 침묵이 창피하거나 부족하다고 느껴지지 않았다. 그냥 괜찮왔다.

"잠깐 쉴까?" 레나가 다시 물었다.

"그래."

그루터기는 두 명이 앉기에도 충분했다. 레나는 폴 옆에 책상다리를 하고 앉았다. 살짝 기대도 폴은 가만히 있었다. 햇살이 둘을 따뜻하게 비추고 있었다.

바람이 불자 잔디 위에 놓아둔 그림 귀퉁이가 부드럽게 펄럭였다.

레나는 작업을 마치고 싶었지만, 당장 서두르지는 않았다. 자신이 폴에게 미안하다는 말을 하고 싶어서 그림을 그리려 했다는 걸 깨달았다.

조금만 흔들어도

네 마음이 열릴 텐데.

_핑키 앤드 더 브레인

오늘도 다른 날과 다름없는 하루였다.

발리아 할머니는 자신이 가진 에너지의 대부분을 고향에 있는 친구들과 메신저로 대화하는 데 쓰고 있었다. 하루 중 그 시간에만 살아 있는 사람 같았다. 두 사람은 어두운 서재에 앉아 있었다. 카르멘은 텔레비전 채널을 두고 벌어질 소모적인 전쟁을 또 한번 준비하고 있었다.

카르멘은 며칠 동안이나 자신의 라이언 헤네시를 보지 못했다. 그를 떠올려보려고 노력했지만 무슨 이유에선지 도통 얼굴이 떠오르지 않았다. 카르멘은 일어섰다. "할머니, 우리 썩어버릴 것 같아요. 밖으로 나가요."

"그런가?"

"그래요. 날씨가 좋잖아요. 좀 걸을 필요도 있고."

발리아는 졸리기도 하고 짜증도 난 것 같았다. "나 지금 텔레비전 보고 있잖아. 그리고 산책하기도 싫어."

"제발요." 순간 카르멘은 너무 절박해진 나머지, 서로 뚱해서 서먹한 상태라는 걸 잊고 말았다. 이번 판은 할머니가 이기게 해주자. "제가 다 할게요. 할머니는 그냥 휠체어에 앉아만 계세요."

발리아는 한참을 고민했다. 그녀는 누가 자기한테 애걸복걸하는 걸 즐겼다. 그리고 자기가 카르멘보다 한 수 위라는 사실을 확인하는 걸 좋아했다. 발리아는 어깨를 으쓱했다. "너무 더워."

"오늘은 그렇게 안 더워요. 네?"

바로 그러자고 대답해 카르멘을 기쁘게 해주지는 않을 작정 같았지만, 발리아는 체념한 듯 휠체어를 바라보았다.

기회는 이때다 싶었다. 카르멘은 발리아의 앙상한 몸을 들어 조심스레 휠체어에 내려놓았다. "좋아요." 그런 다음 열쇠와 돈을 챙긴 뒤, 휠체어를 밀고 밖으로 나왔다.

하늘은 완연한 푸른빛이었다. 8월이지만 한여름의 습한 공기가 잠시나마 걷혀 외출하기 좋은 날이었다. 카르멘은 이 생각 저 생각을 하며 정처 없이 걸었다. 에게 해의 섬에서 한평생을 보낸 할머니 눈에 미국 교외의 풍경이 어떻게 보일지 상상하면서 그녀의 눈으로 세상을 보려고 해보았다. 분명 그리 좋은 모습을 아닐 것 같았다. 하지만 고개를 들어 하늘을 보았을 땐 그곳과 똑같은 하늘이라는 걸 알 수 있었다. 카르멘은 발리아가 이 아름다운 푸른 하늘을 보았는지, 그것이 고향의 하늘과 같은 하늘이라는 걸 알고 있는지 궁금해졌다.

왠지 모르지만 엄마와 몇 번 가본 레스토랑이 떠올랐다. 이름은 기억나지 않지만 위치는 정확히 알고 있었다. 카르멘은 그쪽으로 걸어갔다. 갑자기 허기가 느껴지는 것 같았다.

레스토랑 바깥에 그때처럼 커다란 흰색 파라솔과 테이블이 놓여 있는 것을 보고 카르멘은 기분이 좋아졌다. 조그만 테라스의 흰 벽을 따라 놓여 있는 나무상자에는 빨간 제라늄이 피어 있었다. 카르멘은 그리스에 가본 적이 한 번도 없었지만, 벽에 걸린 천 장식이나 하늘과 대비되는 하얀 파라솔이 그리스와 조금은 비슷할 수 있겠다고 생각했다.

카르멘은 발리아를 테이블에 앉혔다. 다른 손님들은 없었다.

"여긴 왜 온 거냐?" 발리아가 따지고 들었다.

"잠깐 쉬려고요. 배도 고프고요. 싫으세요?"

발리아는 짜증이 나지만 양보하는 척했다. "내가 싫다고 해도 뾰족한 수가 있겠니?"

"금방 올게요." 카르멘이 약속했다.

이 레스토랑은 야외 테이블엔 서빙을 하지 않아서, 주문을 하려면 안에 있는 카운터로 가야만 했다. 점심시간은 지났고 저녁시간은 아직 멀어서인지 레스토랑 안은 휑했다. 메뉴를 유심히 살펴보던 카르멘은 약간 잘못됐다고 느꼈다. 음식들은 지중해풍이긴 했지만, 엄밀히 말하면 그리스 음식이 아니었다. 레나네 집에서 먹었던 음식들이 눈에 띄었다. 물론 지금은 그런 음식을 만들어 먹지 않는다는 것도 알고 있었다. 레나 아빠가 할머니 향수병 원인이 다름아닌 그 음식들이라고 생각한다는 것이다. 그래서 레나 아빠는 고향을 생각나게 할 만한 물건은 전부 치워버렸다. 심지어 발리아 할머니가 요리하는 것도 싫어했다. 할머니가 평생 해온 일인데도 말이다.

카르멘은 속을 채운 포도잎과 스파나코피타와 제법 비슷해 보이는 따뜻한 음식을 시켰다. 그리고 가지 요리와 그리스식 샐러드, 네모난 바클라바 몇 조각, 레모네이드 큰 사이즈 두 잔을 주문했다. 계산을 마치고 음식을 테이블로 가져와 늘어놓았다. "간식 좀 시켰어요. 맛이 괜찮아야 할 텐데."

발리아는 그 음식들을 경멸하는 눈초리로 바라보았다.

카르멘은 작은 종이접시 위에 따뜻한 시금치 파이를 담아 포크와 함께 발리아에게 건넸다. "이것 좀 드셔보세요."

발리아는 접시를 받아들고 냄새를 맡아보더니, 꼼짝도 않고 가만히 있었다.

지금껏 충동적으로 저지른 일들이 거의 모두 후회로 마무리되었던 것처럼, 카르멘은 즉시 자신의 충동을 후회했다.

발리아는 이곳에 온 걸 좋아하지 않았다. 원조가 아닌 그리스

음식들도 싫어할 것이다. 카르멘의 귀에 벌써부터 할머니의 장황한 불평 소리가 들리는 것 같았다.

이걸 음식이라고 가져온 거냐?

이 허접한 초록색 요리는 뭐지? 이건 시금치도 아니야.

시간이 흐를수록 카르멘의 기분도 나빠졌다. 도대체 왜 이런 멍청한 생각을 한 걸까? 그걸로 모자라 실행에 옮기기까지 하다니.

발리아는 접시를 얼굴에 바짝 갖다댔다. 한입 먹을 것처럼 보였지만 멈춰버렸다. 카르멘은 그녀가 접시를 내려놓고 고개를 떨구는 모습을 놀라서 지켜보았다.

발리아는 그렇게 아주 오랫동안 고개를 떨구고 가만히 앉아 있었다. 그리고 얼마 뒤, 카르멘은 그녀의 눈물을 보았다. 몇 줄기의 눈물이 할머니의 주름진 얼굴을 타고 흘러내렸다. 목구멍이 옥죄는 느낌이 들었다. 카르멘은 할머니가 순수한 슬픔으로 천천히 무너져내리는 모습을 지켜보았다.

카르멘은 의자를 박차고 일어나 생각해보지도 않고 발리아에게 다가가 감싸안았다.

카르멘의 팔에 안긴 발리아는 뻣뻣해졌다. 카르멘은 할머니가 꼭 상대가 자기라서가 아니라, 누군가에게 위로받고 싶은 내색을 하기 싫어서 밀어낼 거라고 생각했다.

하지만 발리아는 카르멘의 목 깊이 얼굴을 파묻었다. 부드럽고 늘어진 발리아의 살갗이 쇄골에 느껴졌다. 카르멘은 할머니를 더 꼭 끌어안았다. 할머니의 눈물이 목을 축축하게 적시는 것이 느껴졌다. 그리고 할머니가 자기 손목을 향해 손을 뻗고 있는 것을 깨달았다.

카르멘은 생각해보았다. 너무 슬프고 고통스러워서 누군가의 사랑을 간절히 필요로 하면서도 못되게 굴 수밖에 없다는 건 얼마나 슬픈 일인가. 정말로 필요한 사람들이 자신을 피하고 도망다닌다는 것은 얼마나 비극적인 일인가. 카르멘은 그런 잔인한 상황을 이 세상 누구보다도 잘 알고 있었다. 모두에게 못되게 굴다가 결국 자기 자신을 싫어하게 됐을 때 얼마나 쓸쓸한 기분이 드는지도.

지금의 할머니가 항상 못되게 굴던 평소 모습과 다르다는 사실에 다시 한번 놀라면서, 카르멘은 그녀의 머리를 부드럽게 쓰다듬어주었다. 카르멘은 누군가를 필요로 하는 존재가 아니라 누군가에게 필요한 존재가 되어 있었다.

카르멘은 레나 아빠가 제 어머니를 보호하려고 취하는 행동들에 대해 고민해보았다. 그렇다, 그리스 음식 냄새는 할머니를 슬프게 만들었다. 그 부분은 아저씨 생각이 맞다. 그런데 다른 사람에게 의존할 수밖에 없다는 사실 역시 할머니를 슬프게 하고 있었다. 하지만 카르멘은 사람에겐 그냥 슬퍼할 시간도 가끔은 필요하다고 생각했다.

"집에 가고 싶구나." 발리아가 카르멘의 귀에 대고 꺽꺽거리며 말했다.

"알아요." 카르멘은 속삭여 대답했다. 할머니가 말하는 집이 메릴랜드 베세즈다 하이랜드 가 1303번지가 아니라는 사실을 그녀는 알고 있었다.

"마이클이랑 재미있게 놀다 와." 브리짓은 뭔가를 암시하듯 눈썹을 찡긋거렸다. "너무 재미있게 놀지는 말고."

다이애나가 차에 짐 싣는 걸 도와주는 동안, 브리짓은 눈 뒤쪽에 규칙적으로 이상한 느낌이 드는 것을 감지했다. 머리가 아프고 피곤했다. 다이애나가 필라델피아에 돌아가 남자친구와 주말을 보내는 건 반가운 일이었지만, 혼자 남을 것을 생각하니 우울해졌다.

식당 앞에 멈춰 선 브리짓은 마음을 고쳐먹었다. 금요일 저녁에는 브리짓이 늘 두세 번 가져다 먹을 정도로 좋아하는 아이스크림선디가 나온다. 그러나 오늘은 배가 고프지 않았다. "잠이나 자러 가야겠다." 브리짓은 이렇게 중얼거리고는, 주차장과 장비 보관소를 지나 터덜터덜 걸어갔다.

이상하게도 캠프가 텅 비어버린 느낌이 들었다. 일정의 절반이 지나간 주말이라 캠프 참가자들 대부분이 집에 갔다. 반의 반 정도의 스태프들만 남아 캠프를 관리했다.

옷을 벗고 이불 속으로 들어가면서, 브리짓은 숙소가 잠시나

마 조용한 것에 감사했다. 이불로 최대한 몸을 꽁꽁 싸맸다. 밖의 기온은 못해도 27도는 되었다. 그런데 왜 이렇게 추운 거지? 꽁꽁 싸맬수록 점점 더 추워졌다. 브리짓은 몸을 부들부들 떨었다. 이가 딱딱 맞부딪혔다. 정신을 차리고 멈추려 할수록 더 심하게 떨렸다. 양볼이 불타고 있었다.

브리짓은 열이 나고 있다고 결론을 내렸다. 뭔가 조치를 취해야 했다. 아마도 케이티에게서 애드빌을 두 알 정도 훔쳐야 할 것 같았다. 하지만 실제로는 꼼짝도 못한 채, 그래야 한다고 생각만 했다. 자는 것도 아니고 깨어 있는 것도 아닌 어중간한 상태에 점점 빠져들었다. 브리짓은 이불을 한 겹 더 덮는 것을 상상했다. 물 마시는 것을 상상했다. 이젠 자신이 그 행동을 하고 있는지 아닌지조차 구별하기 힘들었다. 혼란스러워진 브리짓은 무엇이 현실이고 무엇이 현실이 아닌지 구별하려 애쓰며 머리를 쥐어짰다. 그런 상태로 오랜 시간이 지난 것 같았다. 누군가 옆에 나타나는 바람에 깜짝 놀랐을 때는 주위가 벌써 어두워져 있었으니까.

"브리짓?"

브리짓은 상황을 파악하려 애썼다. 에릭의 얼굴이 그녀 앞에서 둥둥 떠다니고 있었다.

"안녕." 브리짓은 나지막이 인사했다. 이불을 턱 쪽으로 끌어내리고 싶지 않았다. 바람이 몸에 닿는다는 생각만으로도 끔찍했다.

"괜찮은 거야?"

"괜찮아." 브리짓이 대답했다. 이가 다시 딱딱 맞부딪히기 시작했다.

에릭은 걱정스러운 표정을 지었다. 그가 손으로 브리짓의 이마를 짚어보았다. "세상에, 열이 나잖아."

이 상황에 대해 농담을 하며 웃고 싶었지만 그럴 수가 없었다. 그러기엔 너무 지쳐 있었다. "아무래도 독감인 것 같아."

"병이 난 건 틀림없네." 에릭은 브리짓의 이마에 늘어진 머리카락을 거의 무의식적으로 부드럽게 쓸어넘겼다. 그런 행동이 너무 사랑스러웠다. 열이 나는 와중에도 이상하게 편안하고 행복했다.

에릭은 손을 들어 열이 나는 브리짓의 볼에 가져다댔다. 소스라칠 정도로 손이 차가웠다. "뭐 좀 먹을래? 간호사가 있는지 보고 올까?" 에릭은 근심에 찬 눈을 브리짓에게서 떼지 못했다.

"걱정 마, 별일 아니야." 피곤해서 그런지 말이 무척 느릿하게 나왔다. "난 원래 열이 잘 나. 엄마가 늘 그렇게 말했어." 브리짓은 기운을 차리기 위해 말하는 도중 잠시 쉬어야 했다. "약한 감기에 걸려도 열이 41도까지 올라갔대." 비극적으로 들리라고 한 말은 아니었지만, 에릭이 속상해하는 걸 보니 분명 그렇게 들린 것 같았다. 에릭은 브리짓의 엄마에 대해 알고 있었다. 거의 처음 만났을 때 브리짓이 그에게 털어놓았던 것이다.

"간호사가 있는지는 모르겠지만, 어쨌든 가서 뭐라도 좀 가져와야 할 것 같다. 타이레놀이나 모트린 같은 거 먹니?"

"아무거나 상관없어." 브리짓이 대답했다.

"금방 올게. 아무데도 가지 마, 알았지? 약속이다?"

브리짓은 희미한 웃음을 토해냈다. "그건 약속할 수 있지."

"할머니를 그리스로 보내드려야 해요." 카르멘이 레나 엄마 애리를 따라 부엌으로 들어가며 말했다.

일단 레나의 동의를 구해야 했다. 그리고 혼자 있는 애리에게 말할 기회를 잡기까지 이틀이 걸렸다. 그 정도로 끈질기지 않으면 카르멘이 아니다.

애리는 부엌 조리대에 편지를 내려놓고는 깜짝 놀라 카르멘을 돌아봤다. "지금 뭐라고 했니?" 애리의 눈은 레나처럼 크고 예뻤다. 하지만 레나의 눈이 섬세하고 옅은 초록색이라면, 애리의 눈은 어둡고 뭔가 정의할 수 없는 느낌이었다.

"제가 상관할 문제가 아니라는 건 알아요." 카르멘이 한발 물러섰다. "그리고 아마도 애리나 칼리가리스 아저씨는 제 의견을 듣고 싶지 않겠죠." 카르멘은 항상 레나 엄마를 애리라고 불렀고, 레나 아빠는 칼리가리스 아저씨라고 불렀다. 언제부터 그렇게 구분해 불렀는지는 기억나지 않았다.

애리는 일단 의견을 들어보겠다는 듯이 고개를 끄덕였다.

"전 애리랑 아저씨가 할머니를 그리스로 보내드려야 한다고 생각해요." 눈에 눈물이 고이고 이미 만들어놓은 감정에 짜증이 가세했다. "할머닌 여기서 죽어가고 있어요."

애리는 긴 한숨을 내쉬며 손등으로 눈을 문질렀다. 적어도 애리에게 이 문제는 새로운 사안이 아니었다. "거기서 할머니 혼자 어떻게 지내겠니? 요즘은 무릎도 안 좋은데. 우리 말고 누가 할머니를 돌봐드려?" 자신의 의견을 말한다기보다는 다른 누군가의 의견을 대신 늘어놓는 투였다.

"친구분들이 있잖아요? 할머니한텐 가족 같은 친구들이 있어요. 저는 이해할 수 있어요. 할머니는 친구인 리나 할머니랑 메신저를 할 때 말고는 행복할 때가 없어요." 카르멘은 손을 주무르며, 자신이 한 명의 성인으로 레나 엄마와 대적하고 있다는 사실에 놀랐다. "물 한 잔 드시지 못할 정도로 우울해도, 고향 친구들이랑 연락할 수만 있다면 컴퓨터를 직접 만들기라도 하실걸요."

애리는 카르멘을 바라보았다. 고통스럽고 피곤한 눈빛이지만 동시에 애정이 담겨 있었다.

애리의 눈에는 고생하는 사람이 발리아 할머니 한 명만이 아니라는 것이 보이지 않는 걸까? 애리가 이토록 바짝 긴장해 있는 모습을 카르멘은 본 적이 없었다. 칼리가리스 아저씨가 요즘처럼 자주 화를 내고 엄하게 구는 것도 처음이었다. 애리에게는 그녀뿐 아니라 딸들까지도 피해를 받고 있는 지금 상황이 보이지 않는 걸까?

만약 칼리가리스 아저씨가 이 자리에 있었다면 이런 대화를 꺼내지도 못했으리라는 걸 카르멘은 알고 있었다. 그러나 카르멘은 애리가 자기를 사랑한다고 믿었다. 결국 자신의 좋은 의도를 알아주고 현실을 읽어낼 거라고 믿었다.

"얘야, 난 지금 네 의견이 틀렸다고 말하는 게 아니야. 네 관심에 대해서도 감사하는 마음이란다. 하지만 이건 복잡한 문제야. 정말로 할머니가 할아버지와 오십칠 년 동안 함께 살던 집으로 돌아갈 수 있다고 생각하니? 할아버지 없이 그곳에서 고통을 견딜 수 있을까? 가끔은 변화를 선택할 필요가 있어."

카르멘은 뚱한 표정을 감출 수 없었다. 그녀는 변화를 그다지 좋아하지 않았다. "저도 알아요. 섬으로 돌아가 그 집에서 지내면 슬퍼지리라는 걸요. 물론 슬퍼하시겠죠. 하지만 거기가 할머니 집이잖아요. 할머니 인생이잖아요. 할머니는 슬픔을 견딜 줄 아는 사람이에요. 제가 알아요. 할머니가 견디지 못하는 건, 여기서 보내는 시간이라고요."

인생에는 법칙이 있는 법.

너무나 공평하고 너무나 잔인하게도

우리는 성장하거나

아니면 그 이상의 것을

성장하지 않은 대가로 치러야 한다.

_노먼 메일러

티비는 잠을 이루지 못했다. 침대맡에 앉아 창밖의 위험한 사과나무를 바라보았다. 사과는 이제 통통하고 빨갛게 익어가고 있었다. 어떻게 단 한 번도 먹어보지 않았을까?

그 사과들은 그냥 익어서 떨어지는 게 당연하다고 생각했었다. 철이 지나도록 따지 않은 사과들이 떨어져서 익어가다가 결국 썩어서 발효되는 냄새가 본능적으로 떠올랐다. 애벌레와 딱정벌레들이 득시글한 모습도 역겨웠다. 티비는 땅에 떨어져 상해버린 사과에 질색했지만, 그렇다고 나무에서 사과를 따봐야겠다는 생각을 한 적은 없었다.

나무가 티비를 보는 눈도 별반 다르지 않았다. 티비는 나무가 자신을 질책하는 걸 느낄 수 있었다. 티비가 창문을 열어둔 것을 질책하는 것이 아니다. 그건 티비의 잘못이라고 할 수 없었다. 티비의 잘못은 그보다 더 깊고 컸다. 티비는 캐서린이 받아 마땅한 사랑을 줄 수 있을 만큼 큰 사람이 되지 못했다. 브라이언이 받아 마땅한 사랑을 줄 수 있을 만큼 용감하지도 못했다. 자신이 사랑하는 존재들(베일리, 미미)을 살아 있게 할 만큼 강하지도 못했을뿐더러, 그들 죽음의 의미를 가슴에 새길 만큼 현명하지도 못했다.

티비가 잘하는 건 숨는 것뿐이었다. 그것이 유일한 능력이었다. 자신을 조그만 상자 안에 가두고 모든 것이 끝날 때까지 봉인해두는 것. 하지만 그러고서 무엇을 기다렸던 걸까? 티비가 기다린 것은 무엇이었을까?

티비는 캐서린이 창문에서 떨어진 사건을 통해 교훈을 얻었다고 생각했다. 열지 말 것, 오르지 말 것, 손을 뻗지 말 것, 그러면 떨어지지도 않을 거라는 교훈이었다. 하지만 이건 잘못된 교훈이었다! 티비는 잘못된 교훈을 되새기고 있었다.

세 살배기 캐서린의 몸이 알려준 진짜 교훈은 그것과 정반대였다. 시도할 것, 손을 뻗을 것, 원할 것, 혹여 떨어질 수도 있지만, 떨어지더라도 괜찮다는 것.

이불 안에서 발가락에 힘을 주다가 티비는 이 교훈의 귀결을 되새겨보았다. 시도하지 않으면 아무것도 얻을 수 없다. 시도하지 않는 삶은 죽은 것이나 마찬가지이기 때문이다.

시간이 과거와 미래를 오락가락하며 요상하게 흘러갔다. 케이티와 앨리슨이 방으로 들어오는 것이 어렴풋하게 느껴졌다. 브리짓이 자는 줄 알면서도 그들은 불을 켰다 껐다 하고 시끄럽게 돌아다니며 음악을 틀어댔다. 남아 있는 스태프들과 파티를 하고 왔구나 싶었다. 그냥 그런 냄새가 났다.

얼마쯤 지나자 에릭이 돌아왔다. 그리고 케이티와 앨리슨을 보고는 몹시 화를 내며 말했다. "브리짓 아픈 거 안 보여요? 왜 이렇게 시끄럽게 구는 거예요? 대체 왜요?"

정신이 몽롱한 가운데서도 에릭의 이런 모습은 처음이라는 생각이 들었다.

"이봐요, 그만하시죠." 케이티가 말을 가로챘다. "왜 남의 방에 불쑥 들어와서 우리한테 이래라저래라 하는 거예요?" 케이티는 너무 취한 나머지 브리짓이 아프든 말든 물러서지 않을 기세였다.

에릭이 브리짓 옆에 무릎을 꿇고 앉았다. 그리고 다시 손으로 이마를 짚어본 후 브리짓의 귀에 대고 말했다. "너를 저 둘과 함께 이 방에 두고 싶지 않아. 나랑 같이 갈래? 우리 방은 이번 주말 내내 비어 있으니까 계속 자도 될 거야."

브리짓은 고맙다는 듯 고개를 끄덕였다. 그저 어떻게 하면 얼어죽지 않고 이 방에서 그 방으로 갈 수 있을지 그 생각만 했다.

브리짓은 속옷만 입은 채 이불을 덮고 있었던 것이다.

에릭은 이 문제에 대해서도 생각이 있었다. 그는 브리짓의 몸 밑으로 손을 넣어 그대로 들어올렸다. 브리짓은 여전히 이불에 단단히 싸여 있었다. 그는 놀라움과 분노에 휩싸인 케이티와 앨리슨을 뒤로한 채, 방을 나와 어둠 속으로 걸어들어갔다.

그의 팔에 안겨 있으니 몸이 가벼워진 것 같았다. 브리짓은 불타버릴 것 같은 얼굴을 에릭의 목에 기댔다. 몸이 또다시 떨려왔다. 에릭은 이불로 브리짓을 더 꽁꽁 싸매주고 뺨을 그녀의 머리 위에 갖다댔다.

브리짓은 에릭의 행동 하나하나를 기억하고 머릿속에 영원히 새겨넣기 위해 무진장 노력했다. 이 순간은 헤아릴 수 없을 정도로 달콤한 것이었으니까. 아마도 브리짓에게 일어난 일들 중에서, 아니면 앞으로 일어날 일들 중에서도 가장 달콤한 일이 아닐까. 브리짓은 이것이 이불을 덮는 상상이나 물을 마시는 상상과 달리 진짜이길 바랐다. 제발 이것이 현실이게 해주세요. 그녀는 아쉬워하며 생각했다. 설사 그렇지 않더라도, 그냥 이대로 있게 해주세요.

에릭은 등으로 방문을 열고 들어가 브리짓을 침대 위에 살포시 내려놓았다. 그녀는 그 침대가 에릭의 침대이길 바랐다. 에릭의 향기를 맡고 싶었다. 에릭은 브리짓이 아늑하게 있을 수 있도록 조심스레 이불을 꼭꼭 덮어주었다. 브리짓은 바들거리지 않으려고 애썼다.

"이불을 더 덮어주고 싶은데, 그러면 열이 더 오르니까 안 되는 거 알지?"

브리짓은 고개를 끄덕였다. 에릭이 곧 필요한 물건들을 가지고 왔다. "여기." 그가 애드빌과 아스피린 병, 물, 오렌지주스, 체온계, 종이컵 등을 꺼냈다. "일요일까지는 간호사가 없대. 그래도 뭐 더 필요한 게 생기면 내가 양호실에 가서 가져올게."

브리짓은 에릭의 엄숙한 얼굴에 초점을 맞춰보려고 눈을 깜빡였다. "문은 열려 있어?"

에릭이 어깨를 으쓱거렸다. "이제는."

그는 컵에 물 한 잔을 따른 뒤 알약 두 개를 손바닥 위에 덜어냈다. "지금 먹을까?" 그리고 브리짓이 침대에서 일어나 앉는 것을 도와주었다.

브리짓은 어떻게 하면 찬 기운이 이불 속으로 들어오지 않게 손을 내밀지 궁리했다. 이불로 온몸을 꽁꽁 싸맨 채 목 아래로 손을 삐죽 내밀었다. 그리고 티라노사우르스의 조그만 앞발 같은 손으로 물을 마시고, 이내 또 한 잔을, 그리고 또 한 잔을 연거푸 마셨다.

"불쌍해라, 목이 말랐었나보네." 그가 말했다.

브리짓은 삼킨 알약이 내려가는 동안 몸을 움찔거렸다. 목이 부은 것 같았다.

브리짓은 몸을 누이며 말했다. "고마워." 자신을 향한 에릭의 친절이 너무나 과분해서 눈물이 차올랐다.

그는 차가운 손을 다시 그녀의 뺨에 얹고는 "네가 걱정이지"라고 속삭였다. 그의 얼굴을 다시 마주한 순간, 브리짓은 그와 진정 친구가 된 것이 맞는지 자신이 없어졌다.

에릭이 체온계를 꺼내며 말했다. "입 벌려봐."

"재보려고?" 브리짓이 물었다. 어차피 열이 난다는 건 알고 있는데.

에릭이 고개를 끄덕이고, 그녀는 입을 벌렸다. 그는 눈금이 멈출 때까지 기다렸다. 그리 오래 걸리진 않았다. 에릭이 미간을 찌푸리며 체온계를 들여다보았다. "세상에. 40도가 넘어. 괜찮은 거야?"

"예전에도 그런 적 있어." 브리짓은 기어들어가는 목소리로 말했다. 왜 모든 일을 이렇게 극적인 방식으로 겪어야 하는 걸까?

"의사 부를까?" 에릭이 물었다.

"아니, 괜찮을 것 같아." 브리짓은 솔직하게 말했다. "무섭거나 한 건 아니야."

그는 반대쪽 침대로 가서 옆으로 누워 브리짓을 유심히 바라보았다.

그가 다시 일어나며 말했다. "네 아버지한테 전화드려야겠다." 그러고는 서랍장 맨 위 칸에서 휴대전화를 꺼냈다.

"아빠한텐 전화하지 말아줘." 브리짓이 조용히 말했다. "아빠…… 안 계실 거야."

"지금 한밤중이잖아. 어디 계신데?"

"아니, 내 말은." 브리짓은 잠시 머뭇거렸다. "전화를 안 받으실 거라고. 늘 그런 식이거든." 더 설명하고 싶었지만 너무 피곤했다.

에릭은 입꼬리를 내린 채 브리짓을 바라보았다. 브리짓이 한 말이 심히 걱정스러운 듯했다.

그는 다시 브리짓 맞은편에 누웠다.

브리짓은 몸을 떨지 않으려 했지만 그럴수록 더 떨렸다. 에릭에게 걱정을 끼치고 싶진 않았다.

에릭은 그런 브리짓을 그냥 두고 보지 못했다. 그가 침대에서 일어나 그녀에게 다가왔다. 그리고 이불 뭉치에서 브리짓을 꺼내 자기가 누웠던 침대에 눕혔다. 에릭이 옆에 눕자 브리짓은 너무 놀라기도 하고 기쁘기도 했다. 그는 팔로 브리짓을 감싸고 그녀의 얼굴을 자기 턱 밑으로 가져갔다. 그러지 않아도 열에 들뜬 브리짓의 심장이 터져버릴 것만 같았다.

그는 브리짓의 열병과 아픔, 그리고 의지할 엄마 아빠도 없는 그녀의 슬픔을 모조리 흡수하려는 듯 브리짓을 끌어안았다. 머리를 다독이며 그녀 곁에 몇 시간이나 누워 있었다.

잠시 후, 그가 정말로 모든 고통을 흡수해버린 것처럼 브리짓은 마침내 그의 품에서 잠들 수 있었다.

　새벽 네시쯤 되자 동이 터오기 시작했다. 티비는 아직 뭔가를 깨닫지도 못했는데 해가 뜨는 것이 싫었다.
　몇 시간이 지나자 티비는 그 사과나무를 새롭게 바라보게 되었고, 나무 역시 자신을 보는 눈이 달라진 것 같다고 느꼈다. 이제 그 나무는 그저 평범한 한 그루 나무가 아니었다. 나무는 티비에게 도전해야 할 하나의 대상이었다.
　새벽 두시쯤 됐을 때, 티비는 마법의 바지가 자기 손에 있다는 사실을 자각했다. 요 며칠 내내 바지는 침대 밑에 있었다. 티비는 그 바지로부터 숨어 있었던 것이다. 그리고 새벽 세시에야 마법의 바지를 입었다.
　티비는 창문 새시를 들어올리고 창턱에 팔꿈치를 올리고 턱을 괴고 앉았다. 나무가 흔들렸다. 캐서린은 창문에서 팔을 뻗으면 나무에 닿을 수 있다고 생각했지만, 사실은 불가능했다. 티비는 실제로는 닿을 수 있지만 닿을 수 없다고 생각했다. 엄마의 난소는 나이가 들수록 더 원기왕성한 난자를 생산한 모양이었다.
　한쪽 다리를 창문 밖으로 걸친 뒤 다른 쪽 다리도 내밀었다. 그렇게 창턱에 앉아 밑을 내려다보았다. 높았다. 만약 이러다 떨어진다면 무지막지하게 멍청한 짓일 것이다. 아마도 캐서린과 어울리는 한 쌍의 하키 헬멧을 쓸 수도 있을 것이다. 티비는 저도 모르게 미소를 지었다. 캐서린에겐 얼마나 대단한 사건일까.
또 니키는 얼마나 신이 나서 스티커를 붙여댈까.

티비는 튼튼한 나뭇가지를 두 손으로 단단히 부여잡았다. 발
을 어디에 둬야 하는지 정확히 알고 있었다. 어떻게 해야 몸무게
를 지탱할 수 있을지 생각해보았다. 바로 그것이 핵심이었다.

창문에서 몸을 들어올리려면, 발이 닿기 전 일이 초 동안은 나
무를 잡은 손에 몸무게를 온전히 의존해야 할 것이다. 그러는 수
밖에 없었다.

좋아.

그래.

바로 지금이야.

티비는 땅을 내려다보았다. 벌레먹은 사과 두 개가 어두운 풀
숲 사이에서 문드러져가는 모습이 보였다. 땅을 보자 불안해져
서 하늘로 시선을 옮겼다.

몸을 들어올렸다. 휘청. 순간 비명이 터졌다. 하지만 비명이
입 밖으로 나오기도 전에 티비의 발은 낮은 쪽 가지 하나에 안착
했다. 균형을 잡았다. 안전했다.

티비는 가지를 하나씩 붙잡고 천천히 내려왔다. 꼭 원숭이처럼
낮은 가지에 두 손으로 매달려 땅 위로 스치듯 두 발을 대롱거렸
다. 그리고 뛰어내렸다.

떨어지는 건 잠깐이지만 엄청난 일이었다. 두 손이 미친듯이

지끈거렸다. 온몸이 흥분과 기쁨으로 떨리고 있었다. 가슴이 벅차올라 숨을 쉴 수조차 없었다. 다른 누군가의 인생을 사는 기분이 들었다.

현관으로 들어가려고 집으로 살금살금 돌아갔다. 하지만 문고리를 돌리기도 전에 문이 잠겨 있다는 것을 깨달았다. 옆문도 마찬가지였다. 집밖에 갇힌 것이다.

티비는 이런 상황이 너무나 우스워 눈물이 날 때까지 잔디 위를 구르며 웃어댔다.

아침이 될 무렵, 브리짓의 열이 내렸다. 열은 극적으로 오른만큼 극적으로 내렸다. 주변 온도가 급격히 떨어져 뼛속까지 시리도록 춥다가 땀투성이가 되도록 뜨거워질 때도 브리짓은 무슨 일이 일어나고 있는 건지 깨닫지 못했다. 온몸에서 땀이 줄줄 솟았다. 깜짝 놀라서 일어나보니 자면서 이불을 모두 차내버린 것을 알 수 있었다. 더욱 경악스러운 것은 속옷만 입은 채, 잠든 에릭의 품에 안겨 있다는 사실이었다. 이젠 움직이기조차 두려웠다. 몸이 아팠든 어쨌든, 카야에게 보여주기 좋은 꼴은 아니었다. 에릭이 깨어나 지금 모습을 보지 않길 바랐다.

에릭이 깨어나기 전에 침대 발치에 있는 시트를 조심스럽게 끌어올려 덮으면 되지 않을까. 왼발 엄지발가락과 검지발가락으로 시트 끄트머리를 집어올리자 의식이 극도로 또렷해졌다. 브리짓은 최대한 조심스럽게 천천히 움직이면서 발을 자기 몸 쪽으로 끌어당겼다.

이 주도 안 되는 기간 동안 에릭과 두 번이나 동침을 하다니, 얼마나 웃기고 이상한 일인가. 원했던 일은 아니었다. 같이 자고 싶어한 적은 결단코 없었다(음, 아마도 그랬을 수도 있지만, 더 이상 에릭에게 폐를 끼치고 싶지 않았다).

어떤 면에서는 비극적이고 쓸모없는 일이지만, 깊이 생각해보면 브리짓이 경험한 것 중 가장 로맨틱한 일이었다. 이 년 전엔 비유적 의미에서 같이 잔 것이지만, 이번 여름엔 말 그대로 함께 잔 것이다. 전자가 브리짓을 둘로 쪼개놓았다면 후자는 그녀를 온전하게 만들어주었다. 첫번째 여름에는 버려진 느낌이 들었지만, 이번 여름엔 사랑받는 느낌이 들었다.

섹스는 축복받은 교감이다. 하지만 때론 무기가 되기도 하고, 종종 평화를 유지하기 위해 그것을 피해야 할 때도 있다.

에릭이 뒤척이는 바람에 브리짓은 발을 멈췄다. 그가 잠결에 그녀를 더 가까이 끌어당겼고, 브리짓의 몸은 그의 몸에 완전히 밀착되었다. 그의 팔과 가슴이 맨살에 닿았다. 에릭은 숨을 내쉬었다. 아마도 그는 브리짓이 카야라고 생각하며 꿈을 꾸고 있을 것이다. 브리짓 역시 자신이 에릭의 진정한 사랑인 카야가 될 수 있길 꿈꿨다.

브리짓은 이 순간을 즐기고 싶었지만 그럴 수 없었다. 그토록 친절하게 그녀를 보살펴준 에릭이 잠에서 깨어나 당황하며 상황을 수습하려 들 걸 생각하니 참을 수 없었다. 그런 일만은 어떻게든 막고 싶었다.

에릭의 숨결이 다시 잦아들 때까지 기다렸다가, 브리짓은 다시 이불을 끌어올리기 시작했다. 이젠 완전히 날이 밝아서 창을 통해 들어오는 햇살이 겹쳐진 두 사람의 몸을 비췄다. 아직 깨어나면 안 돼. 브리짓은 속으로 부탁했다.

에릭이 잠에서 깨어났을 때, 브리짓은 이불을 허벅지까지 끌어올린 참이었다. 이런.

잠을 깨는 순간 그는 브리짓을 더 꼭 끌어안았다. 그다음 순간 그는 자기 팔 위에 금발이 흩어져 있다는 사실과, 그 금발이 누구의 머리카락인지 깨달은 것 같았다. 혼란스러워하며 그녀를 바라보더니 곧 시선을 피했다.

"미안해." 그가 팔을 빼내며 웅얼거렸다.

이 얼마나 그리웠던 시트인가. 브리짓은 끌어올린 시트로 몸을 냉큼 감쌌다. 브리짓 아래 깔려 있던 부분은 땀으로 젖어 있었다. "그렇게 말하지 말아줘." 브리짓이 부탁했다.

밤이 낮보다 더 위험하다고 믿어왔는데, 지난 열두 시간 사이 브리짓의 생각은 정반대로 바뀌었다. 밤은 우리를 보호해주지만 낮은 우리를 발가벗긴다.

"내 말은 그게 아니라……" 그는 허둥지둥했다.

"알아." 브리짓이 급하게 수습했다.

에릭은 브리짓을 똑바로 보지도 못했다. "몸은 좀 어때⋯⋯?"

"훨씬 나아졌어." 브리짓이 대답했다.

에릭은 브리짓에게서 떨어져 침대 밖으로 나갔다. "나⋯⋯ 어, 입을 걸 줘야겠네. 내 옷 중에 아무거나 입어. 티셔츠든 뭐든." 그도 팬티 위에 반바지를 걸쳤다.

그에게 할말이 너무 많았다. 감사를 표현하는 수많은 말. 사랑이 담긴 염려에 보답하는 수많은 말. 비록 그런 종류의 사랑은 아니지만, 어떤 종류의 사랑이든 간에.

그에게 이런 말들을 하고 싶었고, 자신이 어떤 느낌인지 전하고 싶었고, 또한 그들 사이에 일어난 이상하고 미묘한 일들(브리짓은 그렇다는 것을 알고 있었다. 정말로 알고 있었다!)에도 불구하고 그가 안전하다는 걸 알려주고 싶었다.

하지만 너무 늦었다. 그는 이미 사라지고 없었다.

이 '전화'라는 것은 단점투성이의 물건으로,

의사소통 수단으로서 진정한 기능을

하기엔 역부족인 물건이다.

이 도구는 본질적으로 우리에게

아무짝에도 쓸모가 없다.

_웨스턴 유니언, 1876년 내부 문건

"엄마?" 카르멘은 엄마 방에 들어가 닫혀 있는 욕실 문 쪽으로 향했다. "엄마, 괜찮은 거지?"

오늘 엄마가 몸이 안 좋다며 회사도 나가지 않았기 때문에 이런 말을 꺼내는 것 자체가 불안했다. 카르멘이 아침으로 만든 스크램블드에그마저 엄마는 깨작거리기만 했다.

크리스티나는 욕실에 한참을 들어가 있었다. 그러다가 끙하는 소리가 들리더니, 이내 아무 소리도 들리지 않았다.

"엄마?" 카르멘은 욕실 문을 노크했다. "괜찮아?" 심장이 벌렁거렸다. 잠시 후 문이 열렸을 때, 크리스티나의 얼굴은 하얗게 질려 있었다.

"엄마! 무슨 일이야?"

심지어 입술까지 하얬다. "아무래도…… 확실하진 않지만……"
크리스티나는 쓰러지지 않으려고 손으로 문틀을 짚었다. "양수
가 터진 것 같아."

"그…… 그래?" 카르멘은 마치 옛날 영화에 나오는, 이제 막
산통을 시작한 아내 옆에서 갈팡질팡하는 남편이 된 기분이었다.

"그런 것 같아."

"그러니까 그 말은……?"

크리스티나가 둥그런 배를 두 손으로 감쌌다. "잘 모르겠어.
진통이 시작된 것 같지는 않은데."

"아직 나올 때가 안 됐잖아!" 카르멘은 아기에게 말하듯 엄마
배에다 대고 소리를 질렀다. "나오려면 아직 사 주나 남았다고!"

"딸, 알고 있어, 나도."

"병원에 전화해야 하나?"

"내가 조산사한테 연락할게." 크리스티나는 그렇게 말하면서
전화기 쪽으로 천천히 걸어갔다.

"괜찮은…… 거야?" 수화기를 드는 크리스티나를 보며 카르
멘이 물었다.

"오줌 나오는…… 느낌이야." 크리스티나는 전화기 다이얼을
돌리고 기다렸다. 안내원이 조산사에게 연락하는 동안 좀더 기
다렸다.

엄마가 통화하는 동안 카르멘은 초조하게 서성거렸다. 이윽고

전화를 끊은 크리스티나의 겁에 질린 듯한 표정을 보자 카르멘의 심장은 걷다가 달리는 것처럼 거세게 뛰었다. "뭐래?"

크리스티나의 눈에 눈물이 고였다. "아무래도 병원에 가서 확인해야 할 것 같아. 정말 양수가 터진 거면 자연적으로는 열두 시간 내에 진통이 시작될 거고, 그러면 유도분만을 해야 한대. 조산하는 것보다 혹여 감염될까봐 더 걱정이야."

"그럼 아기가 나오는……"

"그렇지, 이제." 엄마는 기절할 듯한 얼굴이었다.

"데이비드는 어디 있는데?" 카르멘이 물었다. 엄마 역시 그 생각을 하고 있을 것이다.

"데이비드는, 음…… 그이는……" 엄마는 두 손으로 얼굴을 감쌌다. 울지 않으려고 안간힘을 쓰는 엄마 모습에 카르멘의 기분이 더 나빠졌다. "생각해보니…… 멀리 출장 갔어. 뉴저지 트렌턴으로 간댔는데. 지금은 아마 필라델피아에 있을 거야. 확실하진 않지만."

"찾아내야지!" 카르멘이 버럭 소리지르는 바람에 둘 다 놀랐다. "전화 걸어봐!"

"일단 병원에 연락부터 하자, 응? 조산사가 그쪽으로 바로 오겠다고 했거든."

카르멘은 손에 땀이 배는 걸 느끼며 쓸데없이 왔다갔다했다. "가방 챙겼어? 내가 운전할게."

운전중에도 카르멘은 또 엄마를 멍하니 바라보았다.

"딸, 아가, 앞을 보고 운전해야지. 난 괜찮대도."

"그러니까 지금······" 올여름 내내 이 사태를 회피하느라 바빴던 카르멘은 이 상황을 전문용어로 정확히 뭐라고 하는지도 모르고 있었다. "진통이 시작된 거야?"

크리스티나는 모스 부호로 입력된 메시지를 해독하듯이 멍한 눈빛으로 양손을 배에 올리고 있었다. "아니, 진통은 아닌 것 같아."

"아파?"

"많이 아프진 않아. 등에 쥐가 난 느낌인데, 그냥 불편하기만 하고. 고통스럽진 않아."

병원에 도착한 카르멘은 레지던트와 함께 엄마를 분만실로 데려가 진료를 받게 한 뒤, 분만실 통로로 나와 데이비드의 휴대전화로 전화했다. 하지만 신호조차 가지 않고 바로 음성사서함으로 연결됐다. 좋지 않은 징조였다. 카르멘은 메시지를 남기고 끊었다. 최대한 침착하고 성숙하게 무슨 일이 일어났는지 설명해보려 했지만, 끊고 나니 자신의 목소리가 반쯤 미친 사람처럼 들렸겠다는 걸 깨달았다.

대기실 입구에서 엄마 얼굴을 보자 카르멘은 또 울컥했다.

"뭐래?" 최대한 나긋나긋하게 말했지만, 속으로는 침착해야 한다고 외치고 있었다.

"양수 터진 거 맞아." 크리스티나가 대답했다. 엄마는 어쩔 줄 몰라 하고 있었다. 조용히 말하고 있지만 분명 겁먹은 목소리였다.

"알았어."

"그런데 아직 진통이 시작되진 않았대."

"다행인 거지?"

"응."

"그럼 이제 뭘 해야 돼? 집에 가야 되는 거야?"

크리스티나가 대답했다. "난 여기 있어야지. 저녁 여덟시 정도까지 경과를 볼 거래. 그러고 나서 유도분만을 한다고."

"유도분만이면……"

"약물을 투입해서 일부러 진통을 시작하게 하는 거야."

카르멘은 진지하게 고개를 끄덕였다.

"하지만 내가 말해뒀어. 아직 애 안 낳을 거라고…… 낳을 수 없다고……" 카르멘은 엄마의 눈에 눈물이 차오르는 모습을 고통스럽게 바라보았다. "데이비드가 오기 전까진 낳을 수 없어." 급기야 눈물이 넘쳐흐르자, 카르멘은 엄마를 끌어당겨 안아주었다. 엄마가 진짜로 울고 있었다. 카르멘은 지금껏 살면서 엄마가 이런 적이 있는지 생각해보았다.

크리스티나는 엄마로서 카르멘을 보살피는 일에 항상 진지한 태도로 임해왔기 때문에, 딸 앞에서 두려워하는 모습을 보이거나 울지 않았다. 카르멘은 두려웠지만 한편으론 이제 자신이 다

컸다는 생각이 들기도 했다. 이번에는 자신이 엄마를 보살펴준다는 사실이 자랑스러웠다.

엄마를 안은 채, 카르멘은 이번에야말로 정말로 용감해지고 싶다고 생각했다.

"내가 가서 데려올게." 카르멘이 엄마에게 약속했다. "내가 아저씨를 찾아서 집으로 데려오면 되잖아. 그러면 다같이 있을 때 아기를 낳을 수 있어, 안 그래?"

카르멘은 병원 로비에 앉아 열심히 머리를 굴렸다. 모든 면에서 타이밍이 좋지 않았다. 카르멘의 외할머니, 즉 크리스티나의 엄마는 아직 외숙모와 함께 푸에르토리코에 있었다. 데이비드를 포함한 모든 사람들이 평소와 다르게, 하필 아기가 나오는 오늘 일이 생겨 자리를 비웠다. 하지만 아기는 절대 다른 이의 사정을 봐주지 않았다. 카르멘은 동생한테 자기와 비슷한 점이 꽤 있나 보다란 생각이 들었다.

데이비드를 찾으러 간 동안 엄마를 혼자 둘 수는 없었다. 시간이 오래 걸릴 수도 있었다. 지금 당장 진통을 하진 않는다지만, 누가 사랑하는 사람 없이 병원에 혼자 누워 있고 싶겠는가?

지금 해야 할 일은 카르멘이 세상에서 가장 신뢰할 수 있는 사람들에게 전화하는 것이었다. 그 세 명 중 브리짓은 여기 없었고, 병원 사람이나 티비에게 맡기기는 불안했다. 우선 레나에게 전화를 걸었지만 집전화도 휴대전화도 불통이었다. 놀랄 일도 아닌 것이, 레나는 종종 휴대전화를 집에 두고 다녔다. 또다시 미친 사람처럼 메시지를 남기고 싶진 않았다. 그녀는 티비에게 전화했다. 운명의 장난일까, 신호가 한 번 가자마자 티비가 바로 전화를 받았다.

"병원으로 좀 와줄래?" 카르멘은 눈물이 뚝뚝 떨어질 것 같은 목소리로 부탁했다. "엄마 양수가 터졌어. 근데 데이비드 아저씨가 없어. 의사가 유도분만 주사를 놓기 전에 아저씨를 찾아와야 해. 내가 돌아올 때까지만 엄마 곁에 있어줄래?"

티비는 바로 대답했다. "그래. 지금 바로 갈게."

"휴대전화 가져와, 알았지? 또 전화할게."

"알았어."

둘은 전화를 끊었다.

티비는 일어난 지 얼마 안 돼 카르멘의 전화를 받았다. 긴 밤이었다. 새벽까지 나무를 바라보다가 그 나무를 타고 내려가 문이 잠긴 집밖에서 몇 시간을 헤매며 아침 일곱시까지 밤을 새운다는 건 아주 피곤한 일이었다. 정말 그랬다. 아무나 붙잡고 물어보시라.

게다가 병원 분만실에서 태아감시장치의 기계음을 들으며 카르멘 엄마 곁에 앉아 있는 것은 정말 비현실적인 일이었다. 세

시간 반밖에 못 잔 뒤라 더 그렇게 느껴졌다.

티비는 산처럼 부른 크리스티나의 배를 보고 놀랐다. 티비는 엄마가 니키와 캐서린을 임신했을 때를 꽤 자세히 기억하고 있었다. 니키를 낳을 땐 열세 살이었고, 캐서린을 낳을 땐 열다섯 정도였다. 당시에는 그 모든 일들이 전혀 신기하지 않았다.

그러나 두려워 말라. 티비는 이 말을 떠올렸다. 그리고 크리스티나에게도 다시 한번 조용히 되뇌어주었다. 저희 티비 주식회사에서는 아기들과 어린 동생들을 위한 새로운 정책을 추진, 시행하고 있습니다. 저희는 그들을 사랑하고, 그들이 안전하길 바랍니다. 심지어 그들에 대한 저희의 사랑을 인정하고 있습니다. 물론 필요한 경우에 한합니다만.

"좀 어때요?" 티비가 물었다. 크리스티나가 걱정되기는 했지만 자신이 이 일에 적합한 사람이 아니라는 생각이 들었다.

"괜찮아." 크리스티나가 긴장한 투로 말했다. 눈은 초점이 맞지 않았다.

"정말 괜찮아요?" 크리스티나가 갑자기 몸을 구부리는 바람에 티비는 놀라서 물었다.

"그런 것 같아." 그녀는 어금니를 꽉 깨물며 투지를 불태웠다.

티비는 일어선 채 불안한 듯 안절부절못했다. "제가…… 조산사를 불러야 할까요?"

"아, 아니야……"

크리스티나는 말을 잇지 못했다. 티비 귀에는 그게 꼭 조산사를 부르라는 말처럼 들렸다.

로런이라는 조산사는 간호창구에서 필요한 서류를 작성하는 중이었다. "저기, 로런? 크리스티나 아주머니한테 문제가 좀 있는 것 같은데요."

로런이 고개를 들었다. "무슨 문제지?"

티비는 손바닥을 위로 들어올렸다. 티비는 의사가 아니었다. 간호사도 아니었다. 엄마도, 누구의 남편도 아니었다. 심지어 아직 투표할 수 있는 나이도 되지 않았다. "저야 모르죠."

로런은 티비를 따라 크리스티나의 병실로 와서 물었다. "진통이 오나요?"

크리스티나가 배를 움켜쥐며 일어나 앉았다. "잘 모르겠어요."

로런은 태아감시장치에서 나온 용지를 확인했다. "세상에, 진통이 오고 있잖아요."

"느껴지진 않는데요." 크리스티나가 반은 묻는 것처럼, 반은 대답하는 것처럼 말했다.

"내가 보기엔 진통이 온 것 같아요."

"하지만 너무 일러요." 크리스티나는 이미 눈의 초점이 풀려 있었다. "아마 오늘밤엔—"

"만약 자연적으로 진통이 오지 않으면 유도분만을 시도할 거예요. 아마 자연스럽게 올 것 같지만요."

"하지만 데이비드와……" 크리스티나는 눈을 감고 고개를 떨구었다.

"따님 말씀이시죠?" 로런이 말했다. "이제 진통이 점점 규칙적으로 오고 있어요. 칠 분에 한 번꼴로요. 자궁경부 좀 확인할게요, 괜찮죠? 누워서 다리 좀 벌려보세요."

티비는 이런 소리가 듣기 싫었다. 슬그머니 문 쪽으로 자리를 옮겼다.

로런은 태연한 말투와 얼굴로 당황스러운 말과 행동을 매우 자주, 심드렁하게 해대는 사람이었다. 대명사를 모르는 건가 의심될 정도로 가슴이니 항문이니 하는 단어를 자주 언급하던 8학년 때 생물 선생님 같았다.

티비는 로런이 문에 나타날 때까지 복도에서 어정거렸다. "3센티미터까지 왔어." 로런이 알려주었다.

"전 그게 무슨 뜻인지 몰라요." 티비가 대답했다.

"자궁경부가 열리고 있다는 말이야. 진통이 올 때 같이 열리거든. 다 열리면 10센티미터 정도 되는데, 그러면 아기 낳을 준비가 된 거야."

묻고 싶은 게 하나 더 있었지만, 로런도 그 질문에는 제대로 대답해주지 못할 것이다. 제가 어쩌다 여기 오게 됐을까요?

"그렇게 되는 데 얼마나 걸리는데요?" 티비가 물었다.

"확실하게 말하긴 어렵지만, 아직 초반인 건 확실해. 최소한 몇 시간은 걸릴 거야."

티비는 그때까지 카르멘과 데이비드가 돌아오길 간절히, 진심
으로 빌었다.

로런은 심각한 얼굴로 티비를 바라보았다. 갈색 눈이 꽤 예쁜
편이었다. 그러나 일말의 빈틈이라곤 찾아볼 수 없는 외모는 눈
꺼풀의 짙은 보라색 아이라이너와 어울리지 않았다.

"티비, 안에 들어가서 크리스티나 씨와 함께 있어줘야지. 조금
흥분했어. 도움이 필요할 거야." 로런은 그렇게 말하고 돌아섰다.

티비는 공손히 로런을 다시 불렀다. "음, 하지만 저는, 음, 그냥
크리스티나 씨 딸의 친구인데요. 제 말이 무슨 뜻인지 아시죠?"

로런은 어깨를 으쓱했다. "그래. 그렇지만 지금 크리스티나 씨
곁에 있는 사람은 너잖아."

카르멘은 병원 앞의 인도를 오르락내리락하며 데이비드의 휴
대전화로 미친듯이 전화를 걸어댔지만 계속 음성메시지로 넘어
갔다. 데이비드의 비서 아이린에게도 전화해봤지만 그것도 음성
메시지로 넘어갔다. 도대체 왜 중요한 일들은 죄다 점심시간에
일어나는 거야? 카르멘은 레나네 집으로 전화를 걸어 오늘은 발
리아를 돌보러 갈 수 없겠다고 빽 소리를 지르며 메시지를 남겼
다. 약간 절망적인 심정으로 다시 데이비드에게 전화를 걸었다
가 역시 음성메시지로 넘어가자 전화를 끊었다. 그리고 가방을

인도에 내동댕이쳤다.

"카르멘?"

고개를 돌리자 윈이 서 있었다. 영락없이 그였다. 그는 온통 엉망이 되어버린 카르멘의 몰골과 젖은 눈을 알아보았다. "괜찮아요?"

"우리 엄마가 당장이라도 애를 낳으려고 하는데, 남편을 찾을 수가 없어요." 카르멘이 왈칵 내뱉었다. "아기가 태어나려면 아직 한 달은 더 남았는데 양수가 터졌어요. 근데 병원에서는 감염을 막으려면 오늘밤에 낳아야 한대요."

자신이 반한 남자에게 양수 터진 엄마 얘기를 자세히 늘어놓는 상황이 믿어지지 않았다. 하지만 카르멘은 두렵기도 하고, 뭔가 적절한 일을 하고 싶은데 뭘 해야 하는지조차 몰라 혼란스러운 상태였다. 윈이 무척 걱정하는 것 같아 가슴이 미어졌다. "엄마한테 데이비드를 찾아온다고 약속했어요."

"남편요?"

"네."

"어디 있는지는 알고 있어요?" 윈이 물었다.

"일 때문에 하도 여기저기 돌아다니셔서." 저도 모르게 악의적인 말투가 나왔다. 카르멘은 점점 더 작은 원을 그리며 걷다가 결국 제자리에서 뱅뱅 돌았다. "우린 아직 준비도 안 돼 있었어요. 아직 아기가 나올 때가 아니니까. 지금 당장 데이비드를 찾아내야 해요!" 목소리에 히스테리가 더해져 점점 하이톤이 되었다.

"알았어요, 알았어요. 그 사람 혹시 휴대전화는 있어요?"

"연결조차 안 돼요! 비행기를 타든가 한 모양이죠." 아니면 배터리가 떨어졌을지도 모른다. 충전기를 빌려주기로 한 사람이 결국 빌려주지 못한 모양인데, 그 사람이 다름아닌 카르멘 자신이었다.

"회사에는 연락해봤어요?" 카르멘은 윈이 성심성의껏 도와주려 한다는 사실이 고마웠다. 그는 정말 좋은 사람이었다.

"비서는 점심식사중인가봐요. 차로 직접 가보려고요." 카르멘이 중얼거렸다. "그거 말고 내가 할 수 있는 일이 없어요."

"나도 같이 가도 돼요?" 윈은 벌써 작정한 것처럼 보였다.

"그러고 싶어요?"

"네."

카르멘은 차를 향해 달렸다. 윈 역시 뒤처지지 않고 그녀를 따라왔다.

"일하러 안 가도 돼요?"

"지금 점심시간이에요. 소아과 일은 벌써 다 끝났고, 어르신들은 하루 정도 내가 웃겨드리거나 잔돈을 챙겨드리지 않아도 상관없어요."

"정말 상관없어요?"

그는 마치 카르멘이 대서양 바닥으로 같이 떨어지자고 한 것처럼 그녀를 진지하게 바라보았다. "상관없어요, 상관없어요."

운전은 카르멘이 했다. 길가에 주차하고 차에서 뛰어내릴 때는 스타스키와 허치*가 된 기분이 들었다. 윈은 안내데스크와 엘리베이터까지 카르멘을 따라왔다.

배리 부인이 카르멘에게 따뜻한 인사를 건넸다. 카르멘은 걸음을 멈추지도 않고 방문 목적을 설명했다. 갓난아기일 때부터 엄마가 이 로펌에서 일했기에 카르멘은 이곳에 익숙했다.

카르멘과 윈은 아이린의 책상 주변을 지켰다. 다행히 그녀는 십 분 후 점심식사를 마치고 돌아왔다. "카르멘, 무슨 일이니?" 아이린이 약간 혼란스럽다는 듯 물었다. 카르멘은 머리에 두건처럼 스카프를 두르고, 발에는 플립플롭을 신고 있었다.

"데이비드를 찾아야 해요." 카르멘이 어찌나 강한 어조로 말했던지 아이린은 자리 뒤쪽으로 몸을 움츠렸다. "엄마가 금방이라도 아기를 낳을 것 같단 말이에요." 카르멘이 설명했다. "하지만 아직은 아무한테도 말하지 말아주세요."

심성 고운 아이린은 바로 이 일에 동참했다. "세상에." 그녀는 재빨리 컴퓨터에 일정표를 띄웠다. 현재 일정을 찾을 때까지 기다란 손톱이 키보드 위에서 딸깍거렸다. "가여운 크리스티나. 꼭

---

* 코미디 영화 〈스타스키와 허치〉의 주인공. 범죄자를 쫓는 형사들이다.

데이비드를 찾아내줄게."

간혹 카르멘은 모든 사람들이 엄마를 응원하는 것 같은 기분이 들었다. 아마도 엄마는 법률사무소 비서들의 로망과 같은 존재일 것이다. 의도치 않게 젊고 잘생긴 변호사의 사랑과 존경을 한몸에 받고 있으니 말이다.

"오늘 오후에 트렌턴에서 회의가 있어. 아마 거기서 차를 빌려서 필라델피아로 갈 거야. 그곳 호텔에서 묵고, 내일 아침 회의 일정을 마치면 집에 돌아올 거야. 그리고 잠깐만." 그녀는 자기가 적어놓은 메모를 좀더 자세히 들여다보았다. "필라델피아에 가는 길에 다운닝타운에 계시는 어머님을 잠깐 뵙고 싶다고 했었어."

카르멘은 생각중이었다. "트렌턴에서 회의하는 곳 전화번호를 아세요?"

"응." 아이린은 번호를 찾아보더니 바로 전화를 걸었다. 그리고 여러 사람과 수많은 통화를 한 다음에야 전화를 끊었다. "벌써 떠났다는데."

"아." 카르멘은 엄지손톱을 물어뜯었다. "렌터카 회사는요?"

"알아." 아이린은 그쪽에도 전화를 걸었다. 몇 마디 듣더니 수화기를 손으로 가린 채 말했다. "이십오 분 전에 차를 빌려서 나갔다는데."

"제기랄." 카르멘이 궁시렁댔다. 또 제자리에서 빙글빙글 돌왔다. 그러다가 윈이 자기를 조심스레 살피고 있다는 사실을 깨달았다. 하지만 남의 시선을 신경쓰거나 천사표 카르멘에서 벗어날 수 있는 최선의 방법을 강구하기에 카르멘은 이미 완전히 흥분해 있었다.

"데이비드 씨 어머님 댁 전화번호 아세요?"

아이린은 움찔했다. "없을 것 같아." 그녀는 수첩을 획획 넘기고는 컴퓨터에 입력된 연락처들을 죽 훑었다. "없어. 미안하다."

"주소는요?" 카르멘은 큰 희망 없이 물었다.

아이린이 고개를 저었다. "데이비드 씨 새아버지 이름이 어떻게 되는지 몰라. 너는 아니?"

그건 카르멘이 알고 있어야 하는 것이었다. 분명 예전에 들은 적이 있었다. 하지만 데이비드가 하는 말을 흘려들으려고 부단히 애쓴 나머지, 도움이 될 수 있는 정보마저 흘려버리고 말았다.

"만약을 위해 필라델피아의 호텔에 메시지를 남겨둬야 할 것 같아요." 윈이 말했다.

아이린은 고개를 끄덕이더니 바로 그렇게 했다. "아직 체크인은 안 했지만, 오는 대로 전화하라고 전해준대."

카르멘의 머리가 빠르게 굴러갔다. "렌터카 회사에 한 번만 더 전화해주실래요?"

아이린은 아무것도 묻지 않고 전화를 걸어줬다. 카르멘은 전화기 쪽으로 손을 뻗었다. "제가 통화해도 되죠?"

"물론이지." 아이린은 카르멘에게 수화기를 넘겼다.

카르멘은 상담원과 한참 동안 얘기했다. 마침내 전화를 끊은 카르멘이 환한 얼굴로 윈과 아이린을 쳐다보았다. "저한테 수가 있어요. 렌터카 회사에서 데이비드를 차안에 붙잡아둘 수는 없지만, 차가 어디 있는지는 말해줄 수 있대요."

"정말?" 윈은 감동한 것 같았다.

"네. 내가 항상 말하는 것처럼 우린 위성 시스템에 감사해야 한다니까요." 카르멘은 자기 자신을 향해 웃었다. "그리 자주 하는 말은 아니지만요."

윈이 카르멘을 보며 미소지었다. 실마리를 잡게 된 것에 다행스러워하는 것이 분명했다. "다우닝타운까지 얼마나 걸려요?" 그가 물었다.

아이린은 어깨를 으쓱했다. "한 시간 반 정도 걸려."

윈과 카르멘은 서로를 바라보았다. "그럼 가볼까요." 윈이 말했다.

"같이 가자고요?" 카르멘이 물었다. 갑자기 엉뚱한 사람을 이 드라마에 끌어들이게 된 것이 두려워졌다. "정말 나와 같이 가려고요?"

그는 뭘 묻느냐는 눈빛으로 카르멘을 바라보았다. "당연히 같이 가야죠."

당연하게도 그녀는 마지막으로

본 곳에서 그것을 찾아냈다.

만약 찾지 못했다면,

아직까지도 어딘가를

보고만 있었을 것이다.

_수재너 브라운

레나는 큰 기대 없이 아빠의 서재로 걸어들어갔다. 아빠가 책상에서 문진을 집어던진다 해도, 레나는 기꺼이 받아들였을 것이다.

아빠는 폴 사이먼의 음악을 들으며 책상에 쌓인 서류를 휙휙 넘기고 있었다. 폴 사이먼은 아빠가 늘상 듣는 세 장의 CD 중 하나였는데, 레나는 격에 맞지 않고 이민자스러운 아빠의 음악 취향이 늘 신경쓰였다. 활발하고 세련된 그 노래는 환한 컬러사진을 찍는 카메라 같은 느낌을 주었다. 또한 A⁺를 받은 시험지나 다 풀어놓은 수학 문제, 빈칸이 없는 문서 같기도 했다. 레나에게는 도통 음악처럼 들리지 않았다. 그녀는 더 우중충한 스타일을 좋아했다.

아빠가 독서용 안경 너머로 레나를 올려다보았다. 그리고 음악을 껐다.

"제가 아빠를 그린다고 하면 싫어하실 거예요?" 머릿속에서 이 말을 너무 많이 연습한 탓에 어색해진 것은 둘째 치고, 심지어 웃기게 들리기까지 했다.

아빠가 책상 맞은편 의자에 가서 앉으라고 손짓했다. 아빠는 이미 이 상황에 준비가 되어 있었다. 틀림없이 엄마가 미리 언질을 주면서 아빠의 기세를 누그러뜨렸을 것이다.

벌써 화판에 종이가 끼워져 있고, 축축한 손에는 목탄이 들려 있었다. 싫다는 대답을 들으려고 온 건 아니었다. 레나는 자리에 앉았다. "특별히 하실 건 없어요." 이 말도 미리 연습해둔 것이었다.

아빠는 무심히 고개를 끄덕였다. 아빠는 두 번 부탁할 필요가 없는 사람이었다. 아빠는 다시 서류에 집중했다. 하지만 레나는 아빠가 얼굴을 더 똑바로 들고 눈만 내리깐 자세를 유지하고 있다는 걸 눈치챘다. 안경알이 빛을 반사해, 레나가 앉은 자리에서는 그 너머 눈이 감겨 있는 것처럼 보였다.

레나는 작업을 시작하기 전에 오랫동안 아빠를 바라보았다. 일부러 그렇게 했다. 혹여 아빠가 불편하다 해도 신경쓰지 않았을 것이다.

한동안은 레나가 예상했던 모습들만 보였다. 레나는 아빠가 눈을 감고 있어도, 심지어 자신이 눈을 감고도 아빠의 화난 얼굴을 그릴 수 있었다. 그것이 레나가 떠올리는 아빠였고, 실제로도 그렇게 보였다. 레나가 느끼고 보는 건 아빠의 분노였다. 레나 역시 그 분노에 시달려왔다. 도대체 나는 왜 여기 있는 걸까?

레나는 자신의 감정이 어떤 것인지 알고 있었다. 하지만 눈에 보이는 것은 다르지 않을까?

레나는 의문이 들기 시작했다. 그림을 그릴 때면 항상 빛이 시신경에 전달한 것과 자신의 감정이나 감상이 서로 겨루는 느낌이 들었다. 흡사 처음으로 수채화를 그리려고 색을 섞는 것 같았다. 파란색과 초록색을 많이 쓴다고 생각하면서 그림을 그리지만, 그려놓고 보면 회색과 갈색, 흰색이 더 많거나, 심지어는 노란색이나 빨간색처럼 기대하지도 않았던 이상한 색들이 쓰이기도 한다. 다시 그리면 완전히 다른 그림이 되고 만다. 똑같은 수채화를 두 번 그릴 수는 없는 것이다.

레나는 예전에 엄마와 함께 조지타운 길모퉁이에서 그림을 그리는 화가를 구경했던 기억을 떠올렸다. 엄마는 레나가 오랫동안 볼 수 있도록 기다려주었다. 돌아가는 길에 레나는 엄마에게 저 아저씨는 왜 저렇게 갈색을 많이 쓰느냐고 물었었다.

어렸을 땐 기하학적 형태와 원색으로 세상을 바라보라는 가르침을 받았다. 그걸 통해 어린아이의 재능을 키워주기 위해서인 것 같았다("레나가 벌써부터 색깔을 다 아네!"). 그렇지만 그 어린아이는 그때 배운 것을 털어내기 위해 노력하면서 남은 평생을 보내게 된다. 이것이 레나가 말할 수 있는 인생이었다. 열 살 때까지 단순하게 받아들이던 모든 것이 결국엔 그뒤 칠십 년간 일어날 일들을 더 복잡하게 만들어버리는 것이다.

아빠에 대한 감정이 실제 아빠의 모습 위로 가면을 씌워버렸다. 레나는 이 도전이 아빠의 분노를 표출해내고 그것과 대면하는 일이 될 거라고 생각했었다. 하지만 도전 대상은 그것이 아니었다는 걸 뒤늦게 깨달았다. 그녀가 진짜로 도전해야 할 일은 그 너머를 보는 것이었다.

레나는 시야가 흐릿해질 때까지 눈 한번 깜짝하지 않고 아빠를 응시했다. 아빠를 뒤집어서 보면 좋겠다고 생각했다. 어떤 때는 평소 대상을 바라보던 방식을 버리면 그 대상을 더 진솔하게 볼 수 있다. 이미 가지고 있던 이미지가 너무 강한 나머지, 미처 깨닫기도 전에 진실을 죽여버리기 때문이다. 가끔은 진실이 뜻하게 않게 우리를 찾아올 수 있도록 가만히 두고 봐야 했다.

레나는 시선을 돌리고 눈을 감았다. 눈을 뜨고 다시 아빠의 얼굴을 보았다. 아주 잠깐이었다. 뜻하지 않은 진실이 찾아올 수도 있고, 만약 용감하다면 직접 그 진실을 찾을 수도 있다.

레나는 고개를 돌렸다가 다시 조금 더 오랫동안 아빠를 바라보았다. 이제 좀더 많은 것이 보였다. 그러나 여전히 뭔가에 매달리고 있었다. 레나는 숨을 깊이 들이마신 뒤, 지금 같은 시각을 유지하려고 노력했다. 아직 이 공간을 보기만 할 뿐 느끼지는 못하고 있었다.

마침내 목탄을 종이에 갖다댔다. 그녀는 손이 알아서 움직이도록 내버려두었다. 생각에 사로잡혀 멈추고 싶진 않았다.

아빠의 얼굴은 이제 지형을 나타내는 지도 그 이상을 의미하지 않았다. 입은 일련의 형태에 불과했다. 아래를 보는 눈은 빛과 어둠의 그림자였다. 레나는 그 상태로 꽤 오래 머물렀다. 이처럼 새로운 시각이 사라져버릴 것 같다는 두려움에 눈을 감아버리지 않도록 조심했다.

더이상 아빠가 두렵지 않았다. 두려워하는 레나는 동굴에 들어가지 못하고 입구에서 끝까지 버티고 있고, 그렇지 않은 레나는 성큼 안으로 들어가버렸다.

아빠의 입에서 뭔가 변화를 발견했다. 움찔, 또 한 번 움찔. 그리고 축 처졌다.

레나는 더이상 무섭지 않았지만, 아빠는 다를까?

그림을 그리는 행위는 감정을 완전히 배제하고 혹독하게 몰아내버린다는 점이 교묘하다. 하지만 더욱 교묘한 점은 눈으로 제대로 보고 있다는 확신이 들면 아주 정확한 타이밍에 그 감정들을 다시 불러들여 잘 다독인다는 것이다. 싸움과 화해.

레나의 감정들은 그렇게 다시 돌아오고 있었다. 하지만 이번 감정들은 전과는 다른 종류였다. 다른 수단이 아닌 눈을 통해 받아들이는 감정들이었다. 레나는 머뭇거리면서도 그 감정들을 받아들였다. 시각적 경험을 기록하면 좋은 그림이 되고, 시각적 경험에 대해 느낀 감정을 기록하면 아름다운 그림이 된다. 그러므로 감정들이 돌아오게 해야 했다.

레나는 아빠의 두려움을 보았다. 그건 너무도 놀랍고 그녀가 상상할 수도 없던 일이었다. 아빠는 뭘 두려워하는 걸까?

조금만 노력해도 알 수 있었다. 아빠는 레나가 반항하는 것을 두려워했다. 레나가 독립하는 것을 두려워했다. 레나의 성장, 그녀가 자랑스러운 딸이 아니라는 사실, 혹은 할아버지가 자랑스러워할 만한 손녀딸이 아니라는 사실을 두려워했다. 자신이 늙고 약해지는 것을 두려워했다. 레나가 자신의 약한 모습을 보게될까봐 두려워했다. 하지만 레나는 아빠가 실은 그걸 보여주고 싶었던 게 아닐까 하는 의구심을 느꼈다.

레나는 손가락으로 목탄 끝을 둥글게 뭉갰다. 선이 점점 마음대로 날뛰었다. 아빠의 얼굴에서 본 것들 때문에 슬픔과 감동이 밀려왔다. 자신을 사랑하는 아빠를 힘들게 하고 싶지 않았다. 하지만 아빠를 편하게 해주기 위해 자기 자신을 부정할 수는 없었다.

손가락이 날아다녔다. 가만히 있으려고 노력한 탓에 아빠의 목 근육이 약간 경련을 일으켰다. 아빠는 노력하고 있었다. 정말 그랬다.

그 점 역시 레나를 감동시켰다.

거의 두 시간이 흐른 뒤에야 레나는 아빠를 놓아주었다. "감사해요." 그녀는 진심을 담아 말했다.

아빠는 아무 일도 없었던 척했다.

레나는 아빠가 원한다면 완성된 그림을 볼 수 있도록 화판을 바깥쪽으로 해서 들고 나갔다. 그러나 아빠는 그림을 보지 않았다.

그날 밤 늦게, 레나는 잠자리에 들기 전 부엌으로 살금살금 걸어갔다. 부엌에는 그녀가 의자 위에 세워둔 아빠의 초상화가 있었다. 아빠는 조용한 부엌에 혼자 서 있었다. 그 뒷모습만으로도 아빠가 그 그림을 보고 있다는 걸 알 수 있었다.

원은 카르멘이 통화할 수 있도록 자기가 운전대를 잡겠다고 했다. 삼십 분을 달리고 주유소에 들렀다. 원은 콜라 두 병과 콘넛 한 봉지를 샀다. 카르멘은 오늘 처음 먹어본 콘넛이 무척 마음에 들었다. 과자 씹는 소리 때문에 말소리가 잘 안 들려서 둘은 서로 큰 소리를 지르며 대화했다. 그 사실을 깨닫자 이 상황이 엄청나게 웃기게 느껴졌다. 웃던 카르멘의 눈에서 또다시 눈물이 흐르기 시작했고, 눈물의 소금기 때문에 입술이 따끔거렸다.

카르멘은 피곤하면서도 힘이 나고, 걱정되면서도 행복했다. 지금 할 수 있는 일을 다 하며 데이비드를 찾아 달려가고 있었으니까.

카르멘의 계산에 따르면, 데이비드를 찾아 엄마에게 데려가기까지 네 시간이 남아 있었다. 이제 데이비드는 한 시간 거리에 있다. 잘될 것이다. 잘되어야만 했다. 대기시간 동안 티비가 엄마 옆을 지키고, 자신과 데이비드는 유도분만에 들어갈 때, 진짜 드라마가 시작되는 순간에 맞춰 등장하리라 자신했다.

윈은 운전을 잘했다. 자신 있고 민첩하면서도 힘을 들이지 않았다. 왠지 모르지만 운전대를 잡은 그의 손(열시와 두시 방향. 발리아 할머니가 봤으면 분명 칭찬했을 것이다)이 남자답고, 심지어 섹시해 보이기까지 했다.

게다가 옆모습까지 훌륭했다. 딱히 라이언 헤네시 같지는 않았다. 코가 조금 휘었고, 윗입술이 아랫입술보다 살짝 더 튀어나왔다. 하지만 그의 얼굴엔 그게 어울렸다. 상대가 운전을 하면 그 사람을 잘 관찰할 수 있어서 좋다. 카르멘은 운전에 집중한 그를 대놓고 쳐다보았다.

그들은 서로에 대해 잘 알지 못했지만 이미 이 프로젝트를 함께하고 있었다. 껍데기만 있고 알맹이는 없던 카르멘의 지난 연애들과는 반대되는 것이었다. 카르멘은 데이트 상대에게 할 얘깃거리를 미리 준비해가곤 했다. 그런데 윈과 있을 땐 한 번도 그런 적이 없었다.

"엄마랑 친하죠?" 그가 친절하게 질문했다.

"네." 이건 진짜 카르멘 대신 천사표 카르멘이 한 대답이었다. "그쪽은 어때요?"

"나도 부모님과 친하게 지내요. 내가 외동이라서, 가끔 너무한다 싶을 때도 있지만요." 그가 대답했다.

"저도 외동이에요." 카르멘이 맞장구를 쳤다. 그러나 문득 이제 그렇지 않다는 생각이 떠올랐다. "오늘까지만 그렇겠지만."

"기분 이상하겠어요. 그 나이에 동생이 생긴다는 게…… 지금 몇 살이죠?"

"열일곱요." 카르멘이 대답했다.

"열일곱이라." 윈이 되뇌었다.

"곧 열여덟 살이에요. 그쪽은요?" 카르멘이 물었다. 두 달 전 어색하게 만난 그날 해치워야 했던 질문이지만, 어째서인지 그들은 그러지 않았다.

"열아홉 살요."

"그렇군요. 그래요, 좀 기분이 이상해요. 말로 표현하는 것보다 더."

"잠깐이지만 나에게도 형제가 있었어요." 그는 가볍고 일상적인 대화처럼 말하려고 애썼지만, 그렇게 들리지 않았다.

"그게 무슨 뜻이에요?" 카르멘은 궁금했지만 캐묻고 싶지는 않았다. "나한테 말해도 되는 일이라면 말해줘요."

"남동생이 하나 있었어요. 내가 다섯 살 되던 해에 태어났는데, 내가 여섯 살이 되기도 전에 죽었죠."

"저런." 요새 눈물이 많아진 카르멘은 십사 년 전 잘 알지도 못하는 사람에게 일어난 비극에도 눈물이 날 것 같았다. "정말 안됐어요."

"오래전 일이에요. 하지만 동생은 내 일부예요. 무슨 말인지 이해해요?"

카르멘은 이해하지 못했지만 추측해보려고 애썼다. 그리고 고개를 끄덕였다.

"아직도 종종 동생 생각을 해요. 가끔은 꿈도 꾸고요. 어떻게 생겼었는지 기억해두려고 늘 노력하고. 그런데도 시간이 많이 지나서 그런지, 감정이 너무 강렬해서 그런지, 기억이 잘 안 나요. 가끔은 누군가에 대한 감정이 강렬할수록 헤어져 있는 그 사람의 얼굴을 떠올리는 게 더 힘들다는 생각이 들어요."

카르멘은 흐르는 눈물을 윈이 보지 못하게 하려고 애썼다. 그는 이 눈물을 천사표 카르멘과 연관지어 받아들일 터였다. 아마도 자신과 가족이 겪은 괴로움 때문에 눈물을 흘린다고 생각하겠지. 하지만 나쁜 카르멘은 윈이 죽은 동생을 그리워하며 평생을 보내왔다는 사실 때문에, 아직 태어나지도 않은 아기 탓에 올여름을 허비하고 있다는 사실 때문에 울고 있었다.

티비는 자신의 미래에 대해 뭔가 깨닫는 중이었다. 자신이 아기를 낳는 일은 없으리라는 것 말이다. 입양이라면 또 모르지만.

크리스티나의 반응은 지옥 같았다. 티비는 차마 그 모습을 지켜볼 수 없었다. 진통이 올 때마다 금방이라도 아기가 나올 것 같았고, 크리스티나는 조금씩 정신을 잃어가는 것처럼 보였다. 진통이 한 번 지나가면 그녀는 눈의 초점을 잃고 분별력과 논리를 상실해갔다. 티비는 태아감시장치에서 인쇄된 용지를 바라보았다. 선 하나는 아기의 심박을 보여주고, 다른 하나는 크리스티나 자궁의 진동을 보여주고 있었다. 꼭 지진계 같았다. 크리스티나는 리히터 규모 5에서 시작해 현재 20 정도에 달해 있었다. 크리스티나의 배가 캘리포니아였다면 지금쯤 육지가 온통 물에 잠겼을 것이다.

티비는 다시 엄마에게 전화를 걸어보았다. 그러나 엄마는 아무 응답이 없었다. 엄마라면 어떻게 도와줘야 하는지 다 알고 있을 텐데. 이어서 카르멘의 번호를 누르던 중 간호사가 눈앞에 나타났다.

"휴대전화 쓰시면 안 돼요." 간호사는 티비의 휴대전화를 가리키며 나무랐다. "장비에 지장이 생겨요. 여기서 쫓겨나실 수도 있고요."

티비는 내심 그러길 바라면서 그 가능성을 고려해보았다.

"약이든 뭐든 좀 주실 수 없나요?" 불쑥 안으로 들어오는 로런에게 티비가 물었다. 이렇게 고통이 심하다니, 티비는 무서웠다. 이 고통에 익숙해질 방법을 도저히 알아낼 수 없었다.

로런이 다가와 크리스티나의 어깨에 손을 올렸다. "잘하고 있어요. 그렇죠, 환자분?"

크리스티나는 집중하려고 노력했지만 이 질문은 그녀에게 아무 의미가 없는 것처럼 보였다. 대답은 두말할 것도 없이 아니요였다.

"크리스티나 씨는 출산계획서에 자연분만을 원한다고 명시해 놨어. 그 말은 기본적으로 약을 안 쓰겠다는 뜻이야." 로런이 티비에게 설명해주었다. "그래서 OB 대신 내가 도와주고 있는 거야. 조산사는 무리한 약물을 처방하지 않거든."

크리스티나에게 직접 말을 거는 대신 티비에게 이런 설명을 해준다는 건 좋은 징조가 아니었다. "OB라면…… 산부인과 의사를 말하는 거예요?" 티비는 이 순간 의사가 좋은 방안이 될 수는 없을지 잠시 생각해보다가 질문했다. 티비라면 무리한 약물을 원했을 것이다. 가장 강한 약물을 있는 대로 다 달라고 했을지도 모른다. 일주일 동안 깨어나지 못하게, 완전히 기절하게 해 달라고 부탁했을지도 모른다.

"그 계획은 본인이 직접 애를 낳을 때 실행해야 할 것 같은데요. 그러면 최소한 이 고통이 어떤 느낌인지 알 테니까요." 티비가 의견을 밝혔지만 로런은 귓등으로도 듣지 않았다.

그녀는 인쇄된 용지를 꽤나 흥미진진하게 분석하는 중이었다. "크리스티나, 다시 체크해볼게요. 진통이 매우 빠르게 진행되고 있어요."

크리스티나는 고개를 흔들었다. "싫어요. 싫단 말이에요." 그녀는 다리를 꽉 오므리고 있었다.

"그럼 이번 진통이 끝날 때까지 기다려보죠." 로런이 진정하라는 뜻으로 어깨를 두드렸지만 크리스티나는 진정하지 못했다. 그녀는 발버둥치며 로런을 멀리 밀어냈다. "못해요. 아직 준비가 안 됐어요." 목소리가 갈라져서 흐느낌에 가까워졌다.

로런이 티비를 바라보았다. 지금껏 맡았던 산모들 중 최악이라고 말하고 싶어하는 것 같았다. 티비는 기분이 나빠졌다. 로런 때문이 아니었다. 로런이 뭐라고 생각하든 상관없었다. 크리스티나 때문이었다. 크리스티나는 혼자였다. 남편도, 딸도, 자매도, 엄마도 없었다. 이곳엔 오직 티비뿐이었다.

티비의 본능은 침대로 올라가 크리스티나를 안아주고 싶어했지만 몸이 말을 듣지 않았다. 그녀의 몸은 베일리와 얼마 전의 캐서린을 기억하고 있었다. 병원 침대에 좋은 기억이 없는 셈이다. 하긴 누가 안 그렇겠느냐만.

크리스티나는 잔뜩 웅크리고 조용히 울고 있었다. 가슴속 깊은 곳에 자리한 고통이 목까지 치고 올라오는 통에 티비는 힘이 들었다.

"확인해야 돼요, 크리스티나. 지금 어디까지 왔는지 봐야 한다고요." 로런이 말했다.

그냥 보면 알잖아요! 티비는 이렇게 소리지르고 싶은 심정이었다. 크리스티나를 내버려둬요!

"아직 준비가 안 됐어요." 크리스티나가 흐느끼며 말했다.

로런이 크리스티나를 똑바로 눕히려고 했지만, 크리스티나는 그녀를 뿌리쳤다.

티비는 더이상 참을 수가 없었다. 침대로 올라가 크리스티나와 함께 누웠다. 크리스티나의 손을 잡고 꼭 힘을 주었다. 그 행동이 크리스티나의 관심을 끈 것 같았다.

로런이 다시 크리스티나의 다리를 잡아당겼다.

"아직 준비가 안 됐다고 하잖아요!" 티비가 소리를 질렀다.

로런은 티비가 때리기라도 한 것처럼 깜짝 놀랐다. 그런데 놀랍게도 그녀는 곧 티비의 머리 옆쪽에 얼굴을 가져다댔다. 그리고 티비의 관자놀이에 키스했다.

여기서 더 이상한 일이 일어날 수도 있다는 듯이.

로런이 속삭였다. "잘했어. 크리스티나를 위해 싸워줘. 크리스티나는 네가 필요해."

티비는 손으로 크리스티나를 일으키고 눈을 맞추었다. "크리스티나, 저 여기 있어요. 저 좀 봐요, 네? 제 손을 아프도록 세게 쥐어봐요." 티비가 주사 맞을 때 엄마가 해주던 말이었다.

진통이 점점 잦아들었다. 크리스티나는 정신이 없어 보였지만 차츰 티비에게 집중했다.

티비는 그녀 옆에 무릎을 꿇었다. "저 여기 있어요. 이젠 괜찮아요. 얼마나 아팠는지 알려주세요."

크리스티나의 얼굴에 다시 고통스러움이 드러났다. 그녀가 티비의 손을 아주 세게 잡았다. 손이 하얘지는 게 보였다. 티비는 움찔거리지 않으려고 최선을 다했다. 힘이 점점 강해져서 열 손가락이 잘려 매트리스에 널브러질지도 모르겠다 싶을 때까지.

"잘했어요!" 티비가 외쳤다. "저도 느꼈어요! 대단한데요!"

크리스티나의 눈은 이제 티비를 좇고 있었다. 어느 정도 적절한 대처였다는 생각이 들었다.

"내가 한번 봐야 해. 슬슬 시작할 것 같아." 로런이 티비에게 소곤거렸다. "나 좀 도와줘, 알겠지?"

티비는 그 시작한다는 말이 무슨 뜻인지 몰랐다. 무슨 뜻인지 알고 싶지도 않았다. 티비는 크리스티나의 다리를 벌렸다. 체중을 실어 크리스티나의 다리 사이에 들어가 앉았다. "크리스티나, 로런이 할 일이 있대요. 그러니까 크리스티나는 나만 보고 있어요. 내 눈을 봐요. 보고 있어요?"

크리스티나가 고개를 끄덕였다.

"내 손을 꽉 쥐어요. 할 수 있어요?"

크리스티나는 무척 불편해하면서도 로런이 자궁경부를 확인하게 해주었다. 티비의 손이 긴장으로 파랗게 질렸다.

"세상에." 로런이 숨넘어갈 듯 말했다. "좀 빠르네. 크리스티나, 벌써 10센티미터가 다 됐어요. 낳을 때가 됐다고요."

티비는 말문이 막혀 로런을 뚫어져라 쳐다보았다. 로런은 매일같이 이런 일을 하는 사람이 아닌가? 그런데 왜 저렇게 놀라는 거지? 분명 몇 시간은 걸릴 거라고 말했었다. 그것도 몇 번씩이나. 한두 번이 아니었다. 지금 이게 무슨 상황인지 알고 있기는 한 걸까?

티비는 아직 카르멘에게 전화를 걸지 않았다. 괜히 놀라게 하고 싶지 않았다. 몇 시간은 여유가 있다고 생각했었다. 그러니 돌아올 시간이 충분하다고. 이제 어떻게 하지? 이제 뭘 하면 되지?

크리스티나가 다시 울기 시작했다. 다리 아래쪽이 온통 피로 물들어 있었다.

두려움이 빠르게 커져갔지만, 티비는 그것을 들키고 싶지 않았다. 여기서 공황상태에 빠지면 크리스티나는 어쩐단 말인가? 다시 집중해야 했다.

또 새로운 종류의 고통이 몰려오는지, 크리스티나는 새로운 종류의 신음 소리를 내고 있었다. 티비는 두려워하지 않으려고 애썼다. 그래봤자 도움이 되지 않을 테니까.

"힘을 줘야 해요, 크리스티나." 로런이 말했다. "계속 누르는 느낌이 들죠. 그건 힘을 주라는 뜻이에요. 이제 다 됐어요!"

"싫어요!" 크리스티나가 갑자기 격노했다. "준비가 안 됐다고요! 못한다고! 데이비드가 없잖아요! 도대체 어디 있는 거야? 카르멘은 어디 있는 거지? 우린 수업도 들었다고요! 사 주 후에나

나올 예정인데!" 크리스티나는 화를 내면서 오른쪽으로 돌아누웠다. 그러고는 티비의 손까지 놓고 한쪽으로 웅크렸다.

크리스티나가 격렬한 충동과 싸우는 것이 티비의 눈에도 보였다.

"지금 힘을 줘야 해. 확실하다고." 로런이 말했다. "크리스티나, 버티지 마요. 이제 아기가 태어날 시간이에요. 아기를 내보내줘요!" 로런이 주의를 집중시키려고 애썼지만, 그런 노력은 먹혀들지 않았다.

티비가 다시 한번 안아서 일으켜보려 했지만 크리스티나는 꼼짝도 하지 않았다. "크리스티나, 나 좀 볼래요? 나 보여요? 크리스티나는 할 수 있어요! 내가 장담해요!"

그러나 크리스티나는 티비를 보지 않고 이렇게만 말했다. "난 못해."

우리는 믿기 위해 태어났다.

나무가 열매를 품듯,

인간은 믿음을 품고 있다.

_랠프 월도 에머슨

다우닝타운 남쪽을 이십 분 정도 달렸을 즈음, 카르멘은 꽤 중요한 화제를 미처 떠올리지 못했음을 깨달았다.

"내년엔 대학에 가겠네요?" 윈이 카르멘을 보지 않고 물었다. 그는 추월 차선을 느릿느릿 달리는 닛산을 향해 돌진하는 중이었다.

카르멘은 입술을 핥았다. "음. 그렇죠."

지금이 어느 대학에 가는지 말해야 할 타이밍 같았다. 문득 카르멘은 자신이 윌리엄스 대학에 간다고 말하고 싶어졌다. 윈이 자신을 똑똑한 아이로 봐주길 바랐다.

카르멘은 맨발 끝으로 계기판을 톡톡 두드렸다. 하지만 그건 사실이 아니다. 그녀는 윌리엄스가 아닌 메릴랜드에 갈 것이고,

더이상 윈에게 거짓말을 하고 싶지 않았다. 계속 거짓말을 하기에는 윈을 너무 좋아하고 있었다.

"난 메릴랜드로 가요." 카르멘은 이 말에 이어 거의 완벽에 가까운 자신의 성적과 학업 성취도를 떠벌리고 싶은 충동을 겨우 억눌렀다. 진실에 모든 것을 맡겨두기로 했다. 만약 윈이 그 진실을 마음에 들어하지 않는다면…… 그래도 적어도 알게는 되겠지.

"오."

실망한 걸까?

"그쪽은요?" 카르멘이 물었다. 아직도 이런 걸 모르고 있다는 건 이상한 일이었다. 카르멘은 모범생이었고 이런 종류의 정보를 중요하게 생각했다. 대부분의 남자들을 브랜드 따지듯 평가했고, 어느 대학에 다니느냐에 따라 가치를 높이거나 낮추거나 했다. 그런데 윈은 달랐다. 그에 대해선 내면을 먼저 알게 된 것 같았다.

"나는 보스턴에 있는 터프츠 대학교에 다녀요." 그가 살짝 웃으며 카르멘 쪽으로 고개를 기울였다. "그쪽도 근처에 있는 대학으로 오길 기대했는데."

그랬는데! 카르멘은 그에게 소리치고 싶은 심정이었다. 갈 수 있었어! 거의 갈 뻔했는데!

하지만 카르멘은 잠자코 있었다. 다행히 때마침 휴대전화가 울려서 잽싸게 받았다.

상대는 티비였다. 애써 진정하려고 노력하는 목소리였다.

"세상에! 아, 안 돼! 장난이라고 말해줘." 카르멘은 전화기에 대고 괴성을 질렀다.

그러나 티비는 장난치는 게 아니었다.

"최대한 빨리 갈게." 카르멘은 별도리 없다는 듯 대답했다.

"무슨 일이에요?" 윈이 물었다.

"진통이 심해졌대요." 카르멘이 대답했다. 울음이 터져나왔다. "생각보다 빨리 진행되고 있대요. 그래서 엄마가 나랑 데이비드를 찾는다고."

"저런." 윈이 중얼거리고는 가속페달에서 발을 뗐다. "어떻게 하면 좋겠어요? 계속 가요, 아니면 지금이라도 돌아가요?"

"돌아가요." 카르멘이 대답했다. 윈이 잽싸게 방향지시등을 켠 순간, 카르멘은 생각을 바꿨다. "아니, 계속 가요. 이 아기는 데이비드의 아기이기도 하니까. 우리가 가서 얘기해줘야죠. 아기가 태어난 사실을 알지도 못한다면, 아마 가슴이 찢어질 거예요."

윈도 그것이 정답이라고 생각하는 것 같았다. 그는 다시 고속도로의 왼쪽 차선으로 돌아가 속도를 냈다. 시속 135킬로미터로 달려도 카르멘은 불평하지 않았다.

티비가 전해준 충격적인 소식에 카르멘의 마음만은 이미 베세즈다로 돌아가 엄마와 함께하고 있었다. 엄마가 두려워한다는 걸 카르멘은 알았다. 아마 엄청난 고통에 시달리고 있을 것이다. "내가 엄마의 분만 코치였는데." 카르멘이 웅얼댔다.

카르멘은 엄마와 밀접한 사이였다. 바로 그것이 기본적이고도 중요한 사실이었다. 가장 훌륭한 대답은 아니지만, 사실이었다. 카르멘이 엄마의 고통을 얼마나 강하게 느끼고 있는지 설명하는 데 달리 무슨 방법이 있을 수 있을까?

예전에 엄마가 카르멘에게, 만약 다른 사람의 고통이나 기쁨이 자기 것처럼 와 닿는다면 그건 그 사람을 정말로 사랑한다는 뜻이라고 얘기해준 적이 있었다. 지금 이 순간 카르멘은 다름아닌 자기가 엄마의 고통을 제 것처럼 느끼고 있다는 걸 깨달았다. 그럼 기쁨은…… 글쎄, 그건 좀더 노력해야 할 부분이었다.

윈은 능숙하게 다우닝타운 쪽으로 빠졌다. 카르멘은 모든 에너지를 지도 읽기에 쏟아붓고 있었다. 그녀는 지도를 잘 읽었다. 주어진 정보는 데이비드가 지나간 교차로들과 자동차 브랜드, 차량 번호뿐이었다. 바라건대 다른 변수는 없어야 했다. 데이비드가 지하주차장 같은 곳에 차를 세워서는 절대 안 됐다.

좌표가 주택가 쪽으로 그들을 인도했다. 카르멘은 초록색 머큐리를 발견하고 비명을 질렀다. 이어서 번호판에 적힌 글자와 숫자를 읽으며 함성을 내질렀다. 윈 역시 함성을 지르며 웃음을 터뜨렸다. 둘은 최근에 지어진 목조건물의 대문을 향해 달음질쳤다. 카르멘은 초인종을 연신 눌러대고픈 마음을 참느라 움찔거렸다.

한 여자가 현관에 나타났다. 카르멘은 그 여자 너머로 데이비드를 발견하고는 냅다 손을 흔들며 소리쳤다. 이윽고 한바탕 소동이 일었다. 누가 무슨 말을 했는지 기억나진 않지만, 오 분 뒤 카르멘과 윈, 그리고 데이비드는 메릴랜드 베세즈다를 향해 남쪽으로 달려가고 있었다.

"아 참, 렌터카를 깜빡했네." 데이비드가 뒷좌석에서 창백한 얼굴로 중얼거렸다.

"괜찮을 거예요. 누가 와서 대신 가져가겠죠." 카르멘이 안심시키고는 운전석의 윈에서 데이비드 쪽으로 시선을 돌렸다. "그나저나 여긴 데이비드 브렉먼 씨고, 이쪽은 윈—"

그러고 보니 윈의 성조차 아직 모른다? 두 사람은 감정이 최고조에 달한 상태에서 여기까지 왔다. 그리고 윈은 발리아 할머니의 인대 파열부터 시작해 캐서린의 하키 헬멧, 예상치 못한 엄마의 출산까지 다 알고 있었다. 그런데 카르멘은 이런 것조차 몰랐다. "음, 성이 뭐예요?"

"소여예요."

"이쪽은 윈 소여." 카르멘이 나지막이 말했다.

"도와줘서 고마워요, 윈." 데이비드가 기계적으로 인사했다. 그는 카르멘의 휴대전화로 병원 쪽과 통화를 시도하는 중이었다. 배터리가 거의 없었다.

"그쪽 성은?" 윈이 물었다. 둘은 아직 그들만의 세상에 있었다.

"로웰."

"처음 뵙겠습니다, 카르멘 로웰."

카르멘은 윈을 향해 감사의 미소를 지었다. "나중에 얘기하죠."

볼티모어를 지날 때쯤 그들은 최대 시속 150킬로미터로 날아가고 있었다. 뒤쪽에서 사이렌 소리가 요란하게 들려와 카르멘은 광분했다. 윈이 신음소리를 냈다.

"아, 장난하나." 카르멘이 중얼거렸다.

윈이 갓길에 차를 댔다. 카르멘이 차문을 열었다.

"카르멘, 안 돼!" 윈과 데이비드가 카르멘에게 외쳤다.

"차에서 내리시면 안 됩니다!" 경찰이 급히 확성기를 통해 명령했다. 그러자 카르멘은 더욱 화가 났다. 그녀는 문을 쾅 닫고 내려서 팔짱을 끼고 말했다.

"우리 엄마가 지금 병원에서 남편도 없이 애를 낳으려고 하는데, 당신들이 우릴 막으셨단 말이에요!" 카르멘은 거의 폭주하다시피 굴었다.

경찰관과 열띤 대화를 나눈 끝에 카르멘은 다시 차에 올랐다.

윈은 약간 충격을 받은 것처럼 보였다. 윈과 데이비드는 벌금 수백 달러를 물거나, 딱지를 끊거나, 감옥행을 예상했던 사람들처럼 어리둥절해했다.

"경찰이 미안하다네요." 카르멘이 상황을 설명했다. "가요."

"뭐라고?" 윈과 데이비드는 카르멘을 향해 동시에 물었다.

"윈, 출발!" 카르멘이 말했다. 윈은 그 말을 따랐다. "에스코트 해준다는데 됐다고 했어요." 차가 다시 속력을 내기 시작하자 카르멘이 말을 이었다. "그리고 말했죠, 에스코트는 됐고, 앞쪽에 있는 다른 경찰들한테 연락해서 우릴 건드리지 말라고 전해달라고요."

윈은 애써 웃음을 참았다. 카르멘은 지금 자신이 천사표 카르멘인지 아닌지 판단할 수 없었다. 어쨌든 더이상 그 모습을 유지할 순 없었다.

데이비드가 고개를 절레절레 흔들었다. "카르멘이 통제불능인걸, 윈."

윈도 곁눈질로 카르멘을 보며 대답했다. "저도 그렇게 생각하고 있었어요."

"좀 도와줘요." 로런과 분만실 간호사 미네르바가 티비를 살짝 불러내 말했다. "내가 얘기하면 통하질 않아." 로런이 덧붙여 말했다. 마치 티비가 그 사실을 모른다는 듯이.

당신들이 전문가 아니야? 티비는 그들에게 소리치고 싶었다. 지금 상황이 어떻게 돌아가고 있는지 알아야 하는 건 당신들이잖아! 나는 겨우 열일곱 살이라고! 심지어 여기 있을 사람도 아니야!

미네르바가 목을 가다듬었다. 다부진 체격의 필리핀 여자였다.

"이건 의학적 문제가 아니에요. 감정적인 문제라고요. 무슨 말인지 알아들어요?"

"그러니까 크리스티나 아주머니가 남편이 없어서 이 난리를 치고 있단 말이에요?" 티비가 성급하게 물었다. 지치고 두려웠다.

"그래." 로런이 대답했다. "게다가 아기가 나오지 못하도록 막고 있어. 엄마가 아기를 내보내줘야 해. 이 단계를 뛰어넘어야 한다고. 크리스티나가 안심하도록 우리가 도와줘야 해."

위기를 뛰어넘는 것에 대해서라면 티비도 한두 가지 아는 게 있었다. 티비는 뒤로 돌아 크리스티나를 향해 걸음을 옮겼다. 마치 전쟁터로 돌아가는 군인 같은 기분이었다. 어젯밤부터 입고 있던 마법의 바지 위에 수술복을 껴입는 현명한 처사까지 해두었다. 바지가 크리스티나에게도 마법을 부려주길 기도했지만, 이런 환경에서 한 번도 세탁한 적 없는 바지를 드러내고 있을 만큼 정신이 나가진 않았던 것이다.

크리스티나는 싸우고 있었다. 그 모습에서 티비는 대번에 그녀의 딸 카르멘을 떠올렸다. 카르멘처럼 크리스티나도 싸움꾼이었다. 그녀 역시 자신이 완전히 소진될 때까지 싸우고 있었다.

티비는 침대 위로 올라갔다. 그리고 크리스티나의 어깨를 껴안았다. 속으로 한 가지 약속했다. 아주머니가 뛰어넘는다면, 나도 뛰어넘어볼게요. 우리 같이 하는 거예요.

티비도 싸움꾼이 될 수 있다. 최소한 시도해볼 수는 있었다.

그녀는 크리스티나를 일으켜 베개로 등을 받쳐주었다. 그리고 두 손으로 그녀의 얼굴을 감쌌다.

"크리스티나, 힘들다는 거 알아요. 이대로 낳고 싶진 않을 거예요. 나도 어떤 기분일지 알 것 같아요. 물론 저는 아기를 안 가져봤지만, 낳은 적도 없지만—" 어느새 얘기가 본론에서 멀어지고 있었다.

그런데 놀랍게도 크리스티나의 눈에 웃음이 살짝 스쳤다. 잠깐 머무르다 이내 사라졌지만. 크리스티나가 티비를 보고 웃을 수 있다면, 아마 준비가 된 걸지도 몰랐다.

"데이비드랑 카르멘이 오고 있어요. 둘 다 아기를 간절히 보고 싶어해요. 그리고 아기도 나오고 싶어하잖아요. 그러니까 이제 시도해봐야죠." 티비는 계속 말해야 한다고 생각했다. 아까와 달리 크리스티나는 티비의 말을 듣고 있었다. 머리끝에서 발끝까지 떨고 있지만, 티비의 말을 듣는 중이었다.

로런과 미네르바가 라텍스 장갑을 꼈다. 그리고 본격적으로 분만을 유도하기 위해 침대 발치에 자리잡았다. 크리스티나는 그들이 시키는 대로 누워 무릎을 구부렸다. 이제 모든 준비가 되었다.

크리스티나가 낑낑거렸다. 오만상을 찌푸리며 전력을 다했다.

"하자고요! 할 수 있어요! 난 크리스티나가 할 수 있다고 믿어요. 카르멘의 엄마잖아요, 아니에요? 뭐든 다 할 수 있어요! 그렇죠?"

"힘을 주라고 해." 로런이 속삭였다. "힘을 줘야 해. 더 늦으면 문제가 생긴다고."

"크리스티나, 힘줘요!" 티비는 너무 크게 외치는 바람에 눈이 튀어나올 것 같았다. "할 수 있어요! 아기가 나올 수 있게 해주자고요, 그럴 거죠?" 티비는 자신이 무슨 말을 하고 있는지 신경쓰지 않았다. 크리스티나가 귀를 기울이고 있었기 때문이다.

곧 크리스티나는 티비의 목을 꽉 끌어안고 매달린 채 남은 힘을 짜냈다. 그런 크리스티나를 보니 티비는 힘이 솟았다. "우리가 크리스티나를 얼마나 사랑하는지 알잖아요! 데이비드가 이 아기를 보면 얼마나 기뻐할지도 알고요! 카르멘의 얼굴을 떠올려보세요!"

티비는 크리스티나만큼이나 흥분했다. 크리스티나가 힘을 주기 시작하자 로런과 미네르바는 안도감에 환호하다시피 했다.

"티비, 나 힘주고 있어!" 크리스티나가 끙끙댔다.

"그렇죠! 대단해요! 크리스티나는 스타예요! 영웅이에요! 대박이야!" 티비가 외쳤다. 정말로 자기 자신을 넘어섰다. 자의식이 저 너머 어딘가로 멀어졌다.

"티비!" 크리스티나가 울음을 터뜨렸다. 이제 그녀도 조금씩 정신을 차리고 있었다.

티비는 뭐라고 말도 안 되는 소리를 계속 질러댔다. 심지어 자신도 무슨 소린지 모를 지경이었다.

진통이 계속됐고, 그때마다 힘을 주었다. 미네르바와 로런도 힘을 내라며 소리를 질렀다. 하지만 주위 세계는 이미 다른 때였다면 웃긴 조합이었을 두 사람, 즉 티비와 크리스티나에게로 좁혀져 있었다.

크리스티나가 자기 눈동자를 똑바로 쳐다보고 있어서 티비는 눈도 깜빡이지 못했다. 이 상태로 크리스티나를 자신과 함께하게 할 수만 있다면, 티비는 그럴 수 있었다.

"아기 머리가 보여요! 만져져요!" 로런이 소리쳤다.

"세상에, 들었어요?" 티비가 고함을 질렀다. "머리가 만져진대요!"

크리스티나가 진심에서 우러나오는 미소를 지었다.

"아기가 여기 있대요. 바로 여기!" 티비는 어쩔 줄 모르고 크리스티나의 어깨와 얼굴을 껴안았다. "해냈다고요! 알아요?"

"내가 해냈어!" 크리스티나가 울었다. 그리고 다시 힘을 내기 시작했다.

"만져져요." 로런이 말했다. "머리카락이 만져져요."

티비가 비명을 질렀다. "크리스티나, 아기한테 머리카락이 있대요! 믿어져요?"

크리스티나는 그 사실이 마음에 드는 것 같았다. 크리스티나가 나직이 말했다. "카르멘도 머리카락이 있었어. 태어날 때부터 말이야."

"아, 잘됐다. 나도 머리카락이 좋아요. 머리카락 만세!" 티비는 기뻐서 아찔할 지경이었다. 그녀는 땀 때문에 크리스티나의 목에 달라붙은 긴 머리카락을 떼어냈다.

"한 번만 더 힘주면 머리가 완전히 나오겠어요." 로런이 말했다. 그리고 티비가 자신만의 방식으로 정신 나간 통역을 하도록 내버려두었다.

"크리스티나, 한 번만 더, 세게! 세게요! 세게, 세게, 세게 힘을 줘요. 아기가 보고 싶지 않아요?"

크리스티나는 온 힘을 짜냈다. 죽어라 비명을 질렀다. 얼굴색이 검푸르게 변했다.

"자…… 이제…… 아기가…… 나왔어요!" 로런이 외쳤다.

한 번 더 엄청난 힘을 주자, 다른 부분들도 곧 딸려나왔다. 바닥에 유혈이 낭자하는 바람에 티비는 무서워서 밑을 내려다볼 수 없었다. 로런이 꼬물거리고 끈적거리는, 빨갛기도 하고 퍼렇기도 한 작은 몸뚱이를 들어올려주었다.

티비는 거의 숨도 쉴 수 없었다. 아기는 손을 흔들며 울음을 터뜨렸다. 손을 흔들고 울 줄도 아는, 아주 작지만 진짜 사람이었다.

로런이 시퍼런 아기를 가슴에 올려주자 크리스티나가 흐느꼈다. 자기 아기를 안고 울었다. 티비는 경이로운 눈길로 그 모습을 바라보다 함께 눈물을 흘렸다.

전문가들이 크리스티나의 다리 사이에서 전문적인 마무리를 했다. 탯줄을 자르고 아기의 몸무게를 잰 뒤 몇 가지 의학적 조치를 취했다. 그런 다음 이젠 시퍼렇다기보다 발개진 아기를 다시 크리스티나의 품에 돌려주었다.

크리스티나가 아기에게 젖을 물렸을 때, 티비는 모든 것이 끝났음을 깨달았다. 크리스티나는 아직 둘로 이뤄진 작은 세계 속에 머무르고 있지만 티비는 더이상 거기 속하지 않았다. 당연한 일이지만, 슬픔과 기쁨이 동시에 느껴졌다.

티비는 둘렀던 팔을 천천히 풀고 침대에서 내려왔다. 크리스티나가 기쁨을 만끽할 수 있도록 조용히 떠나고 싶었다.

하지만 그러기 전에 티비는 크리스티나의 이마에 입을 맞추었다. "정말 멋졌어요." 티비가 속삭였다. 홀마크 카드에나 적혀 있는 말이 아니라, 진심이었다.

출입문 근처에서 티비는 부산히 움직이는 로런과 맞닥뜨렸다. 로런은 잠시 일을 멈추고 말했다. "티비, 정말 특이한 코치법이었지만 너무 훌륭했어. 다음 출산 때도 도와줄 수 있겠니?" 로런은 반쯤 웃고 있었지만, 티비는 그녀 역시 울었다는 걸 알 수 있었다. 그녀도 완전히 녹초가 되어 있었다.

"말도 안 돼요." 티비는 발길을 멈췄다. 궁금한 것이 있었다. 자신의 미래가 달려 있기라도 한 것처럼 중요한 일로 느껴졌다.

"저기, 로런?"

"응?"

"이 일에 익숙하지 않은 거예요? 지금까지 이런 장면을 몇백 번은 봤을 텐데요."

로런이 머리카락을 귀 뒤로 넘겼다. 보라색 아이라이너가 번지고, 얼굴은 땀으로 범벅되어 있었다. "익숙하지." 그녀는 자기 손을 내려다보았다. "하지만 그렇지 않기도 해. 이건 기적이야. 매번 다르게 일어나는 기적."

다른 사람을 사랑한다는 것은

신의 얼굴을 보는 것이다.

_빅토르 위고

카르멘, 데이비드, 원 세 사람은 엄청난 속도와 기세로 분만실에 들이닥쳤다. 모르는 사람이 보면 각자 자기 애를 낳으러 가는 줄 알았을 정도였다.

가장 먼저 눈에 띈 것은 낯익은 티비의 얼굴이었다. 얼룩덜룩한 병원복을 입고 혼란스러운 표정으로 복도에 서 있던 티비는 카르멘을 보자마자 눈물을 터뜨렸다. "아기가 태어났어!"

"정말?"

"오, 하느님."

데이비드는 크리스티나를 찾기 위해 주변을 재빨리 두리번거렸다.

"저쪽이에요!" 티비가 데이비드의 셔츠 자락을 잡고 한 방으로 끌고 들어갔다.

물론 그 방은 병실이었다. 방안 침대에는 분홍색 가운을 입은 상기된 여자가 누워 있었다. 그리고 그 품안에는 테니스 양말 크기의 니트 모자를 쓴 작은 담요 꾸러미가 안겨 있었다.

카르멘은 함성과 환호, 기쁨과 놀라움의 감탄사에 둘러싸였다. 너무 많은 말들이 오가서 누가 무슨 말을 했는지도 알 수 없었다. 비록 그녀는 소리조차 내지 못하고 있었지만 말이다. 카르멘은 데이비드가 먼저 침대로 가도록 길을 내주었다. 그다음 순서는 카르멘이었다. 그녀는 두 팔을 활짝 벌려 엄마와 아기, 데이비드까지 한꺼번에 끌어안았다. 크리스티나는 눈물을 흘리며 웃고 있었다. 카르멘은 자신도 엄마처럼 일그러진 숨을 내쉬고 있음을 느꼈다.

데이비드는 이 상황을 새삼 이해하려는 듯 살짝 물러나서 말했다. "우리한테 아기가 생겼어! 그런 거죠?"

지금 이 순간 크리스티나는 성모 마리아와도 같았다. 그녀는 차분하고 현명했다. 크리스티나가 데이비드의 얼굴을 보고 미소 지었다. "맞아요. 우리 아기예요."

눈물이 데이비드의 뺨을 타고 흘러내렸다. 그는 크리스티나가 괜찮은지부터 확인했다. 아이 생각은 그다음이었다. "크리스티나, 미안해요. 나는 몰랐어―"

크리스티나가 데이비드의 얼굴을 손으로 지그시 눌렀다. "그런 말은 더이상 하지 않아도 돼요. 티비가 같이 있어줬잖아요. 건강하고 예쁜 아기도 태어났고." 엄마는 이어서 카르멘을 쳐다보았다. "딸, 너도 마찬가지야. 난 이제 더 바랄 게 없어."

카르멘과 데이비드는 떨리는 마음을 안고 그 조그만 아기를 들여다보았다.

"성별이 궁금하지?" 크리스티나가 물었다.

카르멘은 너무 흥분한 나머지 그 중요한 질문을 잊고 있었다. 한때는 무척 집착했던 의문인데 말이다, 안 그런가?

"아들이야." 크리스티나가 즐겁게 말했다.

"아!" 카르멘이 또 한 번 함성을 질렀다. 하지만 엄마 귀 쪽은 피하는 센스를 발휘했다. "아들이래!"

데이비드가 또 눈물을 훔쳤다.

카르멘은 어깨 너머로 병실 문 쪽을 확인했다. 이 엄청난 기쁨을 티비와 윈과 함께하고 싶었다. 하지만 두 사람은 벌써 사라지고 없었다.

그들을 찾아야겠다는 생각이 들었다. 엄마와 데이비드, 아기 셋이서 함께 있을 시간을 주고 싶은 마음도 있었다.

카르멘은 살짝 물러서서 삼각형을 이룬 세 사람의 모습을 바라보았다. 엄마의 얼굴은 안도와 기쁨으로 빛나고 있었다. 굳이 생각해보지 않더라도 자기도 똑같은 얼굴이리라는 걸 알 수 있었다. 엄마와의 관계가 더욱 굳건해지고, 이제 엄마의 얼굴이 자기 얼굴처럼 느껴지고, 엄마의 심장이 자기 심장처럼 뛰는 것 같고, 똑같은 감정이 느껴지는 것 같았다.

카르멘은 다른 누군가의 기쁨을 똑같이 느끼면 그 사람에 대한 사랑을 깨닫게 된다던 엄마의 말을 떠올렸다.

정말 대단한 천사표 카르멘에게,

오늘은 기적이 일어난 날이야. 바지를 입고 너만의 기적을 찾길.

사랑한다.

티비

병실 문 앞에 쪽지와 함께 고이 접힌 마법의 바지를 발견한 카르멘은 바로 화장실로 달려가 갈아입었다.

엘리베이터를 타고 노인병동으로 올라갔다. 윈은 자동판매기 옆에서 잔돈을 찾아 주머니를 뒤적이고 있었다. 둘 다 콘넛 말고는 몇 시간째 아무것도 못 먹은 상태였다.

윈을 끌어안고 싶은 마음이 너무 간절한 나머지, 카르멘은 생각할 여유조차 두지 않았다. 그냥 윈의 목에 팔을 감아버렸다. 그리고 큰 소리로 외쳤다. "정말 고마워요, 윈! 모두 다 고마워요."

"제시간에 도착하지 못해서 아쉬워요." 윈이 카르멘의 머리카락에 대고 말했다. 그의 팔도 이미 카르멘을 껴안고 있었다.

"괜찮아요. 이젠 모든 것이 괜찮아졌어요."

"저기, 그냥 사라질 생각은 아니었는데, 가족들한테 여러 가지로 방해될까봐 그랬어요." 윈이 설명했다.

"알아요. 그런데 난 당신을 만나야 했어요." 카르멘은 윈에게서 살짝 떨어졌다.

윈은 카르멘과 떨어지고 싶지 않은 것처럼 보였다. 다시 카르멘의 머리에 얼굴을 갖다대고, 카르멘의 귀에 뺨을 부볐다. 그리고 속삭였다. "나도 카르멘을 만나야 했어요."

윈이 카르멘을 더 바짝 끌어안았다. 카르멘은 그의 숨결을 느끼며 그 품에 편안히 안겼다. 손에 그의 척추가 만져졌다. 그의 심장이 불과 몇 센티미터 앞에서 뛰고 있었다.

"나 그쪽한테 할말이 있어요." 카르멘이 그의 어깨 위로 말했다.

윈은 고개를 들고 카르멘이 조금 물러서게 해주었다. 이미 실망할 준비를 단단히 한 표정이었다.

"내가 우려하던 일이 있는데, 이젠 그걸 바로잡아야 할 것 같아요."

윈의 표정이 점점 더 불안해졌다.

카르멘은 숨을 내쉬고 말했다. "그쪽은 날 좋은 사람으로 알고 있을 거예요. 그런데 그게 아니라는 걸 이제 알아줬으면 해요. 나는 항상 치사하고 이기적으로 사는 애예요."

윈이 혼란스럽다는 듯 고개를 갸우뚱했다.

"윈은 나한텐 너무 과분해요." 카르멘이 설명했다.

"말도 안 되는 소리예요."

"아니, 진짜예요. 윈은 좋은 사람이지만, 난 그냥 좋은 사람인 척하는 사람에 불과해요. 지금껏 내가 이타적이고 친절한 사람이라는 잘못된 인상을 심어줬어요. 사실 난 그런 사람이 아니에요."

윈이 눈썹을 치켜세웠다. "세상에, 그렇다면 다행이네요. 카르멘도 날 너무 착한 사람으로 생각하는 것 같아서, 나도 은근 쫄아 있었다고요."

"정말요?"

"그렇다니까요."

"나는 발리아 할머니를 돌보고 시급 8.5달러를 받아요." 그녀는 이왕 이렇게 된 거 다 밝혀버리기로 결심했다.

"저런, 100달러는 받아야 할 것 같은데."

카르멘이 웃었다. "웃긴 건, 정말로 발리아 할머니를 걱정하게 돼버렸다는 거예요. 물론 그건 돈을 못 받는 부분이지만."

윈은 재미있다는 눈으로 한동안 카르멘을 관찰하다가 입을 열었다. "난 엄청 뚱뚱했던 적이 있어요."

카르멘은 눈썹이 치켜올라가는 것을 느꼈다. "뭐라고요?"

"예전에 엄청 뚱뚱했다고요." 윈이 어깨를 으쓱했다. "비만아였죠. 우리가 서로 마음을 터놓게 될 때까지 나도 이 사실을 숨기려고 했어요."

카르멘은 그에게 마치 눈치채지 못한 수십 킬로그램의 살이 붙어 있는 건 아닌지 확인하려고 저도 모르게 윈의 몸을 살폈다. 그러나 물론 그런 건 없었다.

"내가 열세 살 되던 해 여름, 부모님은 나를 비만 캠프에 보냈어요. 그다음 해에 키가 15센티미터나 자랐고, 수영에 미쳐서 지냈죠. 하지만 아직도 내 안엔 뚱뚱한 남자아이가 살아요."

카르멘은 그 조각을 윈이라는 퍼즐에 끼워맞춰보려고 노력했다. 조각은 웃기게도 잘 들어맞았다.

윈이 목을 가다듬고 말했다. "지금 내가 볼 땐 나야말로 좋은 사람인 척하는 놈이에요. 그쪽이 나한테 과분한 사람이죠."

"말도 안 돼." 카르멘이 말했다.

윈이 다시 가까이 다가와 카르멘의 눈을 한참 들여다보았다. 그리고 아주 친밀하게 마법의 바지 벨트 고리를 잡아당겼다. "그쪽이 나한테 과분하고, 내가 그쪽한테 과분하다, 그건 무슨 뜻일까요?"

"잘 맞는다?"

윈이 미소를 지으며 말했다. "해도 돼요?" 그는 카르멘을 다시 껴안고 싶어했다.

"좋아요."

과자 자동판매기 앞, 복도의 환한 형광등 불빛 아래서 나이든 사람들에게서 나는 냄새를 맡으며 윈은 카르멘에게 입을 맞췄다. 처음에는 천천히 부드럽게 시작했다가 점점 깊어졌다.

그는 카르멘의 목덜미를 손으로 감쌌다. 그런 다음 머리카락을 한쪽으로 넘기고 그 안쪽에도 입을 맞췄다. 카르멘의 입에서 작은 탄성이 흘러나왔다.

"아주 오랫동안 원해왔어요." 그가 카르멘의 귀에 속삭였다.

"으으음." 카르멘이 대답했다. 윈의 입술이 다시금 카르멘의 입술을 덮었다. 카르멘은 생각해볼 것도 없이 그와 키스를 나눴다. 처음으로 이게 무슨 일인지, 뭘 의미하는지 생각하지 않은 키스였다. 그녀는 진심에서 우러나온 키스를 하고 있었다.

한 할머니가 휠체어를 타고 병실에서 나오다 둘이 키스하는 현장을 보았다. "거기 잉꼬 두 마리, 볼일은 다른 데 가서 보면 안 될까?" 할머니가 혀를 찼다.

카르멘과 윈은 웃으며 엘리베이터를 향해 달려갔다. 아래층으로 내려와 로비를 걸어나가는 내내 둘은 손을 맞잡고 있었다.

윈의 손을 꼭 붙잡고 걸어가다보니, 갑자기 천사표 카르멘이 유령이나 반짝이는 영혼 같은 형태로 바로 몇 미터 앞서가고 있는 듯한 느낌이 들었다.

오늘은 기적이 일어나는 날이었다. 카르멘은 그 영혼을 따라잡았다. 그리고 천사표 카르멘 안으로 곧장 걸어들어가 그녀를 자신의 영혼으로 흡수해버렸다. 필요하다면 나쁜 카르멘과 싸우게도 할 것이다.

마침내 병원 문이 열렸다. 그리고 일체형으로 거듭난 카르멘이 세상에 모습을 드러냈다.

신발이 벗겨져서

발이 시려.

내겐 새가 있고

그 새를 잡고 싶어.

_닥터 수스

티비에겐 아직 뛰어넘을 것이 남아 있었다.

그녀는 지는 햇살을 받으며 코네티컷 애비뉴에 널브러져 있었다. 차들이 옆을 빠르게 달려가고, 사람들은 쉴새없이 주위를 오갔다. 꼭 웜홀로 빨려들어가 엄청난 경험을 한 뒤 일상으로 내쳐진 기분이었다. 세상은 평소와 다름없지만, 티비는 더이상 예전 같지 않았다.

웜홀에서는 꽤나 지저분한 일이 벌어졌었다. 티비는 다시 병원으로 돌아가 세수를 하고, 손을 씻고, 얼룩진 가운을 벗었다. 마법의 바지를 벗고 수술복 바지만 입은 채 병원 밖으로 나왔다. 수술복 때문에 체포되는 일이 벌어지지 않기만을 빌었다. 온몸이 여전히 끈적였다. 하지만 그런 것에 신경쓰고 싶지 않았다.

브라이언을 찾아야 했다. 아직 현실에 안주해버리고 싶지 않
았다.

티비는 그가 어디 있는지 알고 있었다. 자기 집. 그 방향을 생
각하며 걸었다.

집에서 한 블록 정도 떨어진 곳에서 브라이언이 이쪽으로 걸
어오는 것이 보였다. 웬일인지 궁금하지도 않았다. 요즘 들어 늘
있는 일이었으니까.

둘은 서로에게 달려들어 안기거나 하지 않았다. 브라이언이
티비를 향해 걸어오고, 티비는 180도 돌아 브라이언과 같은 쪽
을 보며 걸어갔다. 두 사람은 얼마 동안 그렇게 걷기만 했다. 티
비가 손을 내밀자 브라이언은 그 손을 잡았다.

"내가 생각해본 게 있어." 티비가 말했다.

"응." 브라이언이 대답했다. 그는 그게 뭔지 묻지 않았다. 기
꺼이 걷기만 했다.

두 사람은 몇 블록을 걷고 또 걸어서 언덕 위에 있는 록우드
수영장에 도착했다. 그리고 흐르는 물을 뛰어서 건넜다. 긴 계단
도 올라갔다. 울타리 밑에 도착했을 즈음엔 어둠이 깔려 있었다.
둘 다 기분이 좋고 황홀했다. 뛰어넘기 위해 필요한 것은, 뛰어
넘어야 할 만큼 높은 곳이다.

"이쪽이 올라가기 더 좋아." 티비가 철조망이 잘려나간 곳을
가리키며 말했다.

브라이언도 같은 생각인 것 같았다. 티비가 먼저 나서고, 브라이언이 뒤를 따랐다. 티비는 새가슴인 편이었지만 꽤나 잘 올라갔다. 마지막엔 1.5미터쯤 되는 높이에서 뛰어내려 무사히 착지했다. 브라이언도 티비 옆으로 무난하게 내려왔다.

"준비됐어?" 티비가 물었다.

"준비됐어." 티비가 무슨 말을 하는 건지 통 알 수 없었지만 브라이언은 성실하게 대답했다.

티비가 셔츠 단추를 풀기 시작하자 브라이언의 눈이 살짝 커졌다. 티비는 옷을 전부 벗어젖혔다. 귀여운 브래지어를 입고 있었다. 훌륭했다. 티비는 따뜻한 밤공기를 받아 빛나는 자신의 속살을 바라보았다. 이어서 청록색 수술복 바지까지 내렸다. 새 수술복이었다. 티비는 수술복을 벗어 잘 개켰다. 핑크색 팬티도 그리 민망하진 않았다.

티비의 몸을 흘긋 쳐다보던 브라이언의 눈길이 다시 티비의 얼굴을 향했다. 그들은 조심스러웠고, 놀랐고, 기대에 차 있었다. 그리고 간절함도 있었다. 브라이언은 티비가 봐도 좋다고 허락해주길 기다렸고, 그녀는 눈빛으로 허락해주었다.

"이제 네 차례야." 티비가 말했다.

브라이언은 몇 초 걸리지 않아 셔츠와 청바지를 다 벗어버렸다. 옷가지들은 한데 쌓아뒀다. 브라이언의 살결이 티비가 올드네이비에서 세 장에 9달러 주고 사다준 속옷의 위아래로 빛을 발하고 있었다. 그 속옷을 이런 상황에서 다시 마주할 줄은 상상도 못했다. 티비는 날카로운 한숨을 작게 내뱉었다. 예전에도 여러 번 마음속으로 브라이언의 벗은 모습을 그려본 적이 있었다. 물론 실물이 더 나았다.

티비는 다시 브라이언의 손을 잡았다. 두 사람은 개의치 않고 눈으로 서로를 훑어내려갔다. 더이상 숨길 게 뭐 있겠는가? 티비는 아무것도 감추고 싶지 않았다.

그녀는 브라이언을 수영장 가장자리로 데려갔다. 일부러 깊은 쪽을 골랐다.

두 사람은 수영장 가장자리에 나란히 섰다. 티비가 브라이언의 눈을 똑바로 들여다보고, 브라이언도 티비의 눈을 바라보았다. 재미있을 것이다.

하나, 둘, 셋.

두 사람은 동시에 물속으로 뛰어들었다.

몸이 점점 나아가는 게 느껴졌다. 브리짓답게 극적으로 아팠다가 극적으로 낫는 중이었다.

카르멘의 남동생이 태어났다는 소식을 듣고 브리짓은 정말 기분이 좋았다. 그 소식이 마음속에 시원하고 상쾌한 물을 끼얹은 것 같았다. 그녀는 거의 일주일 치 수당을 크리스티나에게 꽃과 풍선을 사 보내는 데 썼다.

하지만 여전히 가슴이 쓰렸다. 에릭이 보고 싶었다. 그를 봐야만 했다. 그의 존재를 갈망했다. 하지만 그는 떠나고 없었다. 토요일에 흔적도 없이 사라져버렸다.

숙소에도 없었다. 식사시간에도 연달아 세 번이나 나오지 않았다. 결국 브리짓은 현실을 받아들이고 조에게 가서 무심한 척 물었다. "제 파트너가 실종된 것 같은데요."

"이젠 에릭을 좋아하나봐, 그렇지?" 조가 의기양양하게 말했다.

브리짓은 그를 한 대 치고 싶었다. "그 사람 어디 갔는지 아세요?" 차마 에릭의 이름을 입에 올릴 수 없었다.

"나도 몰라." 조가 대답했다.

브리짓은 사무실의 나무 바닥을 맨발로 톡톡 두드렸다. "그럼 언제 돌아오는지는 아세요?"

"월요일까지는 돌아오는 게 좋을걸." 조가 대답했다. "토너먼트가 시작되니까."

이 순간만은 새너제이 어스퀘이크에서 뛰었든 어쨌든 조가 미웠다. 그는 자기가 하고 싶은 말만 하고 다른 사람이 하는 말은 전혀 신경쓰지 않았다. "아무 말도 안 하고 갔어요?"

"그냥 며칠 나갔다 오겠다고만 하던데. 그게 전부야."

브리짓은 성질을 내며 성큼성큼 걸어나갔다. 그러다 큼직한 소나무 합판 조각이 엄지발가락을 깊숙이 찌르는 바람에 비명을 질렀다. 난 왜 빌어먹을 신발을 안 신고 다니는 거지? 도대체 뭐가 문제야?

에릭은 어디로 사라진 걸까? 왜? 나를 피하려는 걸까? 우리 사이에 무슨 일이 있었길래?

그날 저녁, 브리짓은 조깅을 나갔다. 하지만 기운이 나지 않았다. 아무것도 먹을 수 없었다. 스태프 휴게실에 있는 전화로 레나, 카르멘, 티비에게 전화를 걸어 메시지를 남겼다. 그러다가 순간 겁을 먹었다. 왜 아무도 없는 거지? 그녀는 처절할 정도로 외로웠다.

그레타 할머니에게 전화할까 생각도 해봤지만, 어떻게 자기 입장을 전달해야 할지 알 수 없었다. 이 상황을 어떻게 설명할 것인가? 에릭은 브리짓의 남자친구가 아니었다. 그는 아무것도 아니다. 그런데 왜 이토록 간절하게 그를 원하는 걸까?

브리짓은 호숫가 선착장에 앉아 구름이 짙어지는 모습을 바라보았다. 비가 오랫동안 세차게 내려서 이 모든 걸 말끔히 씻어가주길 바랐다. 하지만 비는 누군가가 바랄 때는 절대 내리지 않는다.

가만히 앉아 있을 수가 없어서 주변을 서성거렸다. 빈 축구장에서 공을 차기도 했다. 멀리서 번쩍이는 번개는 진짜 번개가 아니었다. 껍데기만 있는, 곧 사라져버릴 속임수였다. 천둥을 동반하지 않은 번개는 비를 내리지 않는다.

에릭과 함께한 이번 여름은 지난번 여름과 완전히 다르다고 스스로 대견해했는데, 결국에는 무서울 정도로 비슷해져가고 있었다.

지난번 여름처럼, 브리짓은 한순간의 친밀함으로 자신의 감정을 모두 드러내버렸다. 다시 주워담으려 해도 거기엔 아무도, 아무것도 남아 있지 않았다. 에릭은 의도했든 아니든 엄청나게 큰 사랑을 주었다. 하지만 브리짓은 자신의 처량함을 깨달을 때까지 그 감정을 붙들고만 있었다. 에릭은 브리짓이 스스로를 망가뜨리도록 밀어붙였다. 브리짓이 뭔가를 원하게 만들어놓고, 정작 그것을 채워주진 않았다.

그는 브리짓에게 왜 이러는 걸까? 브리짓은 왜 그가 그러도록 내버려둔 걸까? 그토록 쓰디쓴 교훈을 얻고 나서도, 어쩌면 이렇게 마음을 열고 속을 다 보여줄 수 있었던 걸까?

브리짓은 열병을 앓던 자신을 에릭이 발견하지 못했으면 했다. 걱정하고 돌봐주고 밤새 지켜주지 않았으면 했다. 황홀한 경험이었지만, 이렇게 갑작스럽고 이해 안 되는 방식으로 그 황홀경을 박탈당하는 건 참기 힘든 고통이었다. 그 일들이 실제로 일어난 걸 알면서도 그를 가지지 못하고 사느니, 차라리 그 일들이 정말로 일어난 일이었는지 의심하면서 평생을 보내는 편이 나았다.

스스로를 얼마나 불쌍하게 낭비했던지. 브리짓은 자신이 가졌던 최고의 것을 포기하려, 내던지려 하고 있었다. 무엇을 위해서? 그건 대의를 위해 스스로를 희생하는 것이나 다름없었다. 심지어 자신을 사랑하지도 않는 사람을 위해 희생하는 꼴이었다. 그건 자기희생이었다. 누구도 원하지 않고 누구에게도 득이 되지 않는 희생. 이보다 더 비극적인 일이 무엇이란 말인가?

브리짓은 스스로를 독립적이고 강한 아이라고 생각했지만, 한번 사랑의 맛을 보고 나니 누구보다 배가 고팠다. 배가 고파 죽을 것 같았다.

그동안의 작업이 모두 어려웠지만 마지막으로 가장 어려운 작업이 남아 있었다.

레나는 그 작업을 한껏 미뤘다. 에피와 함께 손발톱을 정리했다. 아침엔 새로 태어난 아기에게 도움이 되길 바라면서 카르멘 가족을 위해 쇼핑과 요리를 했다. 카르멘과 바닥에 앉아 그림 작업과 원, 그리고 바다로 떠날 여행에 대해 얘기를 나누며 행복한 저녁을 보냈다. 아기가 숨쉬는 걸 가만히 구경하기도 했다.

하지만 이제 시간이 되었다. 포트폴리오에는 내일 날짜 우편 소인이 찍혀야 했다. 이제는 더 미룰 수 없는 것이다. 집이 조용해지고 빛이 적당해지자, 레나는 마법의 바지를 입고 자기 방 거울 앞에 앉아 작업을 시작했다.

타인들의 고통을 바라보는 것과 자기 자신의 고통을 들여다보는 것은 다른 문제였다. 수많은 감정과 기대 때문에 사랑하는 사람의 얼굴을 똑바로 보기 힘들다면, 자기 자신의 얼굴을 똑바로 보기란 얼마나 더 힘들겠는가?

놀라운 사실은 레나가 거울에 비친 자신의 얼굴을 보았을 때 스스로에게도 익숙하지 않은 부분들을 발견했다는 것이다. 그렇다, 레나는 몇 년 동안 자신의 얼굴을 지겹게 봐왔다. 하지만 그것은 엄마나 아빠의 얼굴처럼 뇌리 깊숙이 박혀 있지 않았다.

레나와 그녀의 얼굴은 다소 재미있는 관계를 유지해왔다. 그녀는 자신의 얼굴이 아름답게 보이길 원하는 동시에, 그렇지 않길 원하기도 했다. 자기 얼굴을 바라보며 한 범주(아름다운 범주)에서 다른 범주(아름답지 않은 범주)로 스스로를 내몰 수 있는 결정적 단점을 찾으려고 애썼다. 그리고 또한 그 성공을 두려워하기도 했다. 물론 대개는 그 어느 쪽에서도 그럴듯한 단서를 찾아내지 못했다.

톨스토이가 『안나 카레니나』에서 행복한 가족은 모두 비슷하다고 말한 것과 같았다. 레나가 볼 때 예쁜 얼굴들은 다 비슷해 보였다. 단순하다 못해 평범했다. 사람들을 다르게 보이도록 하는 것은 추함과 슬픔이었다. 레나는 자신의 얼굴에서 그런 객관적인 추함을 발견할 수 없었다. 하지만 슬픔은 극명했다.

뺨의 윤곽선을 그리기 시작했을 때, 그녀는 자신이 무언가를 기다리고 있음을 깨달았다. 거울에 비친 건 조급해하지도, 고통스러워하지도, 짜증을 내지도 않는 얼굴이었다. 그냥 기다리는 얼굴이었다. 무엇을 기다리는 걸까?

레나의 방 한가운데 들어앉은 3톤 넘는 코끼리가 짜증 섞인 콧방귀를 뀌어댔다. 그녀가 기다리는 건 물론 코스토스였다. 레나가 의도적으로 피해도 항상 거기 있는 사람.

비록 그럴 일이 없을지라도, 레나는 코스토스가 돌아오길 기다리고 있었다. 아직까지도 일어나지 않을 뭔가에 매달렸다. 레나는 기다리는 것을 잘했다. 잘한다고 내세우기엔 슬픈 일이지만 그랬다.

날 놓아줘. 레나는 조용히 코끼리에게 애원했다.

코스토스에게서 자유로워져야 했다. 자기 삶을 살아내야 했다. 다시 사랑에 빠질 수 있어야 했다. 마음속에 점찍어둔 사람도 있었다.

이 고통과 시련이, 코스토스를 향한 그리움이 저절로 흘러가길 바라는 건 쉬운 일이었다. 적어도 쉬워 보이긴 했다. 하지만 미련이 남았다. 이 고통을 떠나보내기 위해선 다른 부분들까지 포기해야 했다. 사랑받고 있다는 느낌. 누군가 자신을 원하고 필요로 하고 있다는 느낌. 코스토스가 그녀를 바라보고 쓰다듬던 손길. 이름을 부르던 목소리. 세번째 편지부터 마지막 편지까지 마지막에 사랑해, 라는 말을 몇 번이나 덧붙였는지(모두 열일곱 번이었다. 레나가 한 살 먹을 때마다 한 번씩 말한 꼴이다)까지도. 그렇다, 레나는 아직도 그 편지들을 읽곤 했다. 솔직하게 고백하자면 그랬다.

그건 그녀가 의도하고 고수하던 고통이 아니었다. 귀중한 물건이었다. 그것이 돌이킬 수 없는 고통을 안겨주었다.

레나는 코스토스가 자신에게 오길 기다리고 있었다. 그가 자신을 놓아주길 기다리고 있었다. 그녀는 아빠와 코스토스라는 거대한 타인의 삶의 가장자리에서 조용히, 수동적인 삶을 살고 있었다. 그들이 자신을 위해 남겨둔 공간에 자리잡은 채.

더이상 코스토스만 기다릴 수는 없다. 레나는 거울에 비치고 도화지 위에 드러난 자신의 얼굴을 통해 그 사실을 배웠다. 자신을 놓아줄 수 있는 사람은 단 한 명뿐이었다. 레나는 자신의 얼굴을 똑바로 응시했다.

브리짓,

전화 좀 해줘, 그럴 거지? 바지 보낸다. 지금 바지의 능력이 극에 달했으니 잘 입길 바래(그리고 조심하길! 네가 너무 걱정돼서 이렇게 말할 수밖에 없구나, 브리짓). 난 여기 있지만, 순식간에 거기로 갈 수도 있어. 전화해.

사랑을 담아,
레나

딱 하루 너의 별이

필요할 뿐이야.

_닉 드레이크

브리짓은 월요일 늦은 아침까지 에릭을 보지 못했다. 그 짧은 시간 동안 우주가 폭발했다가 식으면서 새로운 은하계를 몇 개나 만들어내는 듯한 느낌이 들었다.

에릭은 브리짓을 보지 않았고, 브리짓 역시 에릭을 보지 않았다. 어쩌면 브리짓은 티 안 나게 그를 보고 있었는지도 모르지만, 겉으로는 그랬다. 그는 회피했다, 안 그런가? 브리짓은 회피하는 사람을 증오했다. 자기가 그런 사람이 되는 것도 싫었다. 어떻게 이렇게 짧은 시간에 한 남자가 영웅에서 파괴자로 변모할 수 있는 걸까?

캠프 내 토너먼트 경기는 월요일에 시작되었다. 토너먼트 주간이라 브리짓과 에릭은 호숫가에서 일하지 않아도 되었다. 여름

중에서도 이때가 되면 모든 사람들이 축구에 목숨을 걸었다. 에릭과 브리짓은 서로를 보고 싶어하는 마음을 그쯤에서 멈췄다.

화요일 오후, 브리짓네 팀은 이미 두 경기를 마쳤다. 평소 브리짓은 선수들을 몰아치면서도 즐겁게 해주는 코치였다. 그런데 지금은 혹독하게 몰아치기만 하고 전혀 즐겁게 해주지 못했다. 악랄하게만 굴었다.

에릭네 팀도 두 경기를 치르고 승리했다. 브리짓은 화가 나면서도 그가 최고의 코치라는 점을 인정해야 했다. 그는 침착하고 직관적인데다 1부 리그에서 삼 년이나 경험을 쌓았다. 코칭 스태프들은 브리짓을 재능이 있지만 예측하기 힘들고 경험이 부족하다고 평가했다. 게다가 실전 경험도 부족했다. 다들 에릭네 팀이 우승할 거라고 예상했다. 그래서 브리짓은 그 팀을 이기기로 결심했다.

이것은 분노를 해소하기에 가장 성숙한 방식이 아닐 수도 있다. 하지만 브리짓이 가진 위험천만한 에너지를 중장비 같은 것을 다루는 데 쓸 바에야 축구에 쓰는 편이 나았다.

브리짓네 팀과 에릭네 팀은 금요일 결승전에서 맞붙을 예정이었다. 브리짓은 그때까지 팀의 라인업을 짜고 전략을 구상하는 데 모든 시간을 할애했다. 브리짓네 팀엔 꽤 괜찮은 선수가 몇 명 있었다. 카를 룬드그렌, 에이든 크로스, 러셀 첸. 브리짓은 이 선수들을 어떻게 기용해야 할지 정확히 알고 있었다. 생각이 좀 필요한 경우는 노턴 같은 경우였다. 브리짓은 에릭의 팀을 감시했다. 그녀는 저녁식사를 마친 뒤 숲에서 플래시를 들고 만나자고 팀원들과 은밀히 약속했다. 이른 아침에 조깅을 나갈 때도 팀원들을 데려갔다. 팀의 페이스를 망치지 않기 위해 열심히 자제했다.

그렇게 삼사 일쯤 지나자 에릭은 브리짓을 보며 손을 흔들기도 하고 눈을 맞춰보려고도 했다. 그러나 브리짓은 계속 고개를 숙이고 다녔다. 이제는 아무것도 바라기 싫었다.

목요일 밤, 브리짓은 마법의 바지와 레나의 쪽지가 든 소포를 우편함에서 발견했다. 이제 만반의 준비를 갖췄다.

금요일 아침, 그녀는 다섯시에 일어났다. 너무 걱정돼서 잠을 잘 수 없었다. 파란색 유니폼을 입고 머리카락을 차분하게 빗었다. 나중에야 정신이 들어 마스카라와 파란색 아이섀도를 조금 발랐다. 아이섀도 색깔은 브리짓의 눈 색깔과 마법의 바지, 심리 상태, 그리고 유니폼에 잘 어울렸다. 팀 특성과도 잘 맞았다.

작전 노트를 보려, 경기장을 가로지르는 아침햇살을 맞으며 밖으로 나갔다. 노턴을 어떻게 할지 아직도 막막했다. 모두에게 기회를 줘야 했다. 모두 나름대로의 장점을 가지고 있으니까.

생각난 김에 브리짓은 노턴의 숙소로 가서 그를 깨웠다. 그리고 말했다. "옷 입고, 남쪽 경기장에서 만나자." 노턴은 혹시 축구 이외의 용건이 아닌지 잔뜩 기대하는 얼굴이었다. "말썽꾸러기야, 그런 거 아니야. 널 데리고 뭘 해야 할지 알아내려고 그래."

노턴은 자신이 독특한 선수라는 걸 알고 있었다. 만약 모르고 있다면 알아야 했다.

경기장으로 나온 노턴에게 브리짓은 골대 쪽으로 가라고 지시했다. 에릭 말이 맞았다. 노턴은 집중력 꽝에 최악의 골키퍼였다. 하지만 다른 한편으로는 뭔가 특별한 점이 있었다……

"준비됐어?" 브리짓은 축구공 열다섯 개를 골대 밖 14미터쯤 되는 지점에 나란히 늘어놓았다. 그리고 크게 까다롭지는 않게, 직선 방향으로 공을 찼다. 노턴은 번번이 공을 놓치고 결국 골을 허용했다. 큰 발은 전혀 도움이 안 됐으며 손은 더 심각했다. 노턴이 자랑스럽게 잘못을 인정하는 동안, 브리짓은 왜 그가 1단계에서부터 쩔쩔매는지 생각해보았다.

"다시 차봐요." 노턴이 자신을 향해 공을 던지자, 브리짓은 발로 간단하게 공을 잡았다. 직선으로 몇 차례 더 공을 찼다. 그러나 노턴은 정면으로 오는 공도 막지 못했다. 움직여야 한다는 강박 때문에 충분히 막을 수 있는 기회를 자꾸 놓치고 있었다.

브리짓은 자신의 이론을 실험해보기로 결심했다. 조금 더 뒤로 물러나 공간을 확보했다. 그리고 공을 세게 차서 골대 좌측 상단 코너로 똑바로 날아가게 했다. 다음 순간 브리짓은 노턴의 몸이 공이 오는 방향으로 움직이는 것을 감탄과 만족감 속에서 지켜보았다. 그는 높이 도약해 팔을 쭉 뻗어 공을 막아냈다. "우아, 멋진걸." 브리짓이 말했다.

속으로는 쾌재를 불렀지만, 유난을 떨고 싶지 않았다.

브리짓은 휘어지는 슛을 몇 번 더 날렸고, 그때마다 노턴은 공을 막아냈다. 노턴은 가만히 서 있을 땐 공을 보지 못했다. 생각할 시간 없이 몸과 마음이 완전히 따로 놀았다. 하지만 움직일 때는 달랐다. 공이 어느 방향으로 가는지, 무시무시할 정도로 뛰어난 감각을 발휘해 알아냈다. 공이 더 빨리, 더 멀리서 날아올수록 더욱 인상적인 능력을 선보였다.

마지막 슛을 날리면서 브리짓은 노턴을 진지하게 상대해야겠다고 생각했다. 그렇게 정성들여 찬 슛만 골인했다.

브리짓은 노턴에게 다가가 악수를 했다. 그리고 그의 등을 세게 두드렸다. "노턴, 너한테는 뭔가가 있어. 그게 뭔지는 나도 모르지만, 어쨌든 뭔가가 있어."

"정말 좋아 보여요." 티비는 부엌의 작은 테이블에 앉아 맞은편 크리스티나에게 말을 건넸다. 크리스티나는 겸손하게 고개숙여 인사했다. 그리고 자랑스러운 얼굴로 아기를 바라보았다. 스스로도 행복하다고 느끼는 듯 보였다.

"다 내가 운이 좋아서 그런 거지." 크리스티나가 팔에 안고 있던 아기를 들어올리며 말했다. "그런데 티비, 내 말 좀 들어봐."
크리스티나는 닫힌 문 쪽으로 시선을 돌렸다. "우리 둘이서만 하고 싶은 말이 있어서." 그러다 잠깐 주춤하면서 아기를 보았다. "아니, 실은 세 명이지. 아무튼 몇 분이면 돼. 부탁 좀 하려고. 좀 진지한 얘기인데, 승낙하지 않아도 괜찮고, 지금 당장 대답할 필요도 없어."

"알았어요." 티비는 약간 두려워졌다. "설마 다음번에 애 낳을 때 또 옆에 있어달라는 부탁은 아니죠?"

크리스티나는 아기가 깜짝 놀랄 정도로 소리내어 웃었다. "아니야. 그건 약속할게."

티비도 같이 웃었다.

"그렇다고 네가 필요 없었다는 뜻은 아니야." 크리스티나는 더욱 진지하게 말을 이었다. "너는 내가 필요로 했던 것을 다 해줬어." 크리스티나의 눈이 위태롭게 반짝였다. 티비는 자기 눈도 그렇게 변하고 있는 것을 느꼈다.

"이 아이의 대모가 되어줄 수 있을지 묻고 싶구나."

티비의 눈이 커졌다.

"너무 막중하게 들릴 수 있다는 건 나도 알아. 하지만 꼭 그렇게 생각할 필요는 없어. 넌 이미 이 아이의 인생에 정말로 특별한 존재인걸. 난 그 사실을 알리고 싶을 뿐이고. 네 인생의 작은 부분이나마 이 아이와 계속 나눠주었으면 해."

티비는 생각해볼 필요도 없이 대답했다. "할게요."

"진심이니?"

"물론이죠." 티비가 대답했다.

"잘됐다."

"그런데 제가 종교적인 부분에도 관여해야 할까요?" 티비가 살짝 두려움에 떨며 물었다.

크리스티나는 고개를 저었다. "아니, 아니야. 이 아이에게 영화 제작을 가르쳐줘. 아니면 자동차에 대해 알려줘도 좋고. 내가 못 보게 할 것 같은 영화들도 데려가서 보여주고 말이야."

티비는 고개를 끄덕였다. 마음에 들었다. "아차, 부모님한테 말할 때까지만 기다려주세요." 티비가 신이 나서 말했다. "내가 십대 미혼모가 됐다는 걸요."

크리스티나가 쿵쿵대며 다시 한번 웃었다. 하지만 이번엔 아기가 눈치채지 못했다.

카르멘이 문으로 들어섰다. 오렌지색 여름 원피스 차림이라 까맣게 탄 피부가 빛났다.

"그래서 쟤가 뭐래?" 카르멘이 추궁하고 나섰다.

크리스티나가 활짝 웃으며 말했다. "승낙했어."

"세 명 다 축하해." 카르멘이 말햇다.

"고마워. 그런데 어디 가는 거야, 예쁜 아가씨?" 티비가 물었다.

"윈이랑 데이트하겠지." 크리스티나는 마치 자기가 데이트하는 것처럼 행복해 보였다. "넌 아직 못 봤니?"

티비는 고개를 저으며 물었다. "보고 싶은데. 그래, 어떤 사람인데?"

카르멘은 동생의 쪼글쪼글하고 조그만 분홍색 고추를 가리키며 말했다. "글쎄, 라이언 브렉먼과는 다르지만……"

결승전은 길고도 격정적인 방어전이었다. 후반전이 끝나갈 무렵엔 양 팀 모두 지쳐 있었다. 축구판에서의 로프 어 도프 작전*이었다. 브리짓은 가장 뛰어난 선수들을 수비에 포진시켰다. 실제로 공격 쪽에는 아무도 없었다. 심지어 노턴한테까지 센터 포워드로 뛸 기회를 주었다. 골키퍼로는 마이키 로젠을 세웠다. 로젠은 균형감각이 있고 실력도 괜찮았다. 똑바로 날아오는 공도 잘 막아냈고 꽤 어려운 공에도 실수하지 않았다. 어쨌든 수비 진영이 워낙 강한데다 기합이 잔뜩 들어가 있어서, 골키퍼가 크게 중요하지 않을 거라고 판단한 것이다.

중요한 건 브리짓이 선수들에게 이기라고 코치하지 않았다는 점이었다. 아직은 아니었다. 브리짓의 전략은 보다 간단한, 0 대 0 무승부였다. 선수들은 정확히 왜 그래야 하는지 감을 못 잡았지만, 그래도 브리짓을 믿었다.

브리짓이 교체 선수들에게 외쳤다. "막아. 막으라고." 브리짓은 입을 열 때마다 모든 선수에게 이 말을 했다. "막으라니까!"

---

* 복싱에서 코너에 몰린 척하며 상대방을 속이는 기술.

공이 중앙선을 넘어가기만 해도 목에 핏대를 세우며 소리질렀다. 한 가지 생각뿐이었다. "넘어가면 안 돼." 브리짓이 중얼댔다. 가끔은 분명한 하나의 목표에 완벽하게 집중하는 것이 더 쉽다.

브리짓은 자기 쪽 사이드라인에서 서성이고 있었고, 에릭은 반대편 진영에 서 있었다. 그도 브리짓의 전략을 이해하지 못했다. 브리짓은 에릭이 혼란스러워하는 걸 즐겼다. 브리짓이 바라던 대로 그는 브리짓의 작전에 맞춰 전략을 수정해야 했고, 그 때문에 선수들마저 집중력을 잃었다.

종료 휘슬이 울렸다. 브리짓이 바라던 0 대 0 동점이었다. 이제 선수들은 연장전 동안 골든골을 막기 위해 뛰어야 했다.

어느새 캠프 사람들 모두 사이드라인에 나와 있었다. 그들은 격정적인 경기를 보고 싶어했다. 골 하나 없이 긴 경기를 지켜보기란 짜증나는 일이었다. 심지어 특별히 스릴 넘치는 골 시도조차 없었다.

브리짓은 선수들을 주위로 불러모았다. 다들 브리짓의 눈만 바라봤다. 바로 그게 그녀가 코치로서 원하던 것이었다. 선수 한 명 한 명이 완전히 하나가 된 느낌. 브리짓의 열정이 전염되고 있었다. 그녀는 크게 말할 필요가 없었다. 그저 그들의 눈을 보기만 하면 되었다. "0점." 브리짓이 속삭였다. "할 수 있지?"

선수들은 함성을 지르고 환호를 내뱉으며 경기장으로 흩어졌다.

브리짓네 팀 선수들은 관중의 놀림과 야유 속에서 연장전 끝까지 버텼다. 넘치는 투지라곤 없었지만 열심히 철벽수비를 했다. 브리짓은 그 광경을 보며 으쓱해졌다.

경기 종료를 알리는 휘슬이 울리고, 승패를 결정하는 승부차기가 시작되었다.

심판이 동전을 던졌다. 브리짓네 팀이 먼저 차기로 결정되었다. 원하던 바였다. 브리짓은 러셀 첸에게 고개를 끄덕여 보였다. 그는 룬드그렌처럼 출중한 전방위 플레이어는 아니지만 킥이 절묘했다. 게임 내내 뒤로 물러나 있었던지라 폭발할 준비가 되어 있었다.

에릭네 팀 골키퍼가 자리를 잡고 다른 선수들이 중앙에 모이자, 브리짓의 심장이 요동치기 시작했다. 심판이 자리를 잡고 러셀이 페널티 마크에 가서 섰다. 브리짓은 키커와 골키퍼 간의 두뇌싸움을 지켜보았다. 이윽고 첸이 슛을 날렸다. 공이 골대 상단으로 날아가 꽂히는 순간, 브리짓의 심장도 하늘로 치솟았다. 에릭네 골키퍼의 예측은 엇나갔다. 그는 공에 손도 대지 못했다.

브리짓네 팀과 절반쯤의 관중이 승리의 함성을 터뜨렸다. 브리짓은 아직 집중력을 잃으면 안 된다고 선수들에게 텔레파시를 보냈다. 완전히 하나가 된 선수들은 브리짓이 보낸 메시지를 받은 것처럼 보였다.

이제 에릭네 팀 차례였다.

에릭이 누구를 키커로 내보낼 것인가에는 의문의 여지가 없었다. 그 팀에는 캠프를 통틀어 최고라 할 수 있는 선수 제롬 루이스가 있었다. 그가 페널티 마크 쪽으로 걸어나왔다.

선수들이 숨을 죽이고 브리짓을 지켜보았다. 다들 그녀가 다른 속셈을 가지고 있다는 걸 알았다. 브리짓은 이윽고 노턴의 어깨를 쿡 찌르며 말했다. "가서 막아."

노턴은 무슨 말인지 모르겠다는 듯 놀란 표정을 지었다.

"나가라고!" 그녀가 소리쳤다.

노턴이 등장했다. 천천히. 골대를 향해 걸어나가는 그를 지켜보며 사람들이 수군댔다. 심지어 심판들까지도 브리짓을 바라보며 '정말 이러려는 거 맞아?'라고 묻는 것 같았다. 브리짓은 노턴이 자리잡을 때까지 기다렸다가 심판에게 고개를 끄덕여 보였다.

에릭이 다시 한번 그녀의 얼굴을 똑바로 보았다. 물론 그도 승부욕 있는 사람이었지만, 지금은 브리짓이 제정신인지를 더 걱정하는 것 같았다. 에릭네 팀 선수들은 경기장 중앙에서 서로를 바라보며 의기양양하게 웃고 있었다.

브리짓은 계속 노턴에게 시선을 고정했다. 브리짓이 그를 믿고 있다는 걸 깨달을 수 있도록.

캠프 규정에 따라 연장전 승리는 서든데스*로 정해지게 되어 있었다. 루이스가 골을 넣으면 승부차기는 다음 차례로 넘어가

---

* 어느 팀이든 먼저 1점을 획득하면 경기를 종료하는 방식.

고, 골을 넣지 못하면 게임은 끝난다.

심판이 휘슬을 불었다. 이런 경우 골키퍼 측 코치는 대개 키커가 실수하길 바라기 마련이다. 그러나 브리짓은 이상하게도 그러지 않았다. 제발 저 선수가 제대로 공을 차게 해주세요. 브리짓은 그렇게 생각했다.

루이스가 엄청난 슛을 날렸다. 캠프 사람들 모두 공이 골대를 향해 공기를 가르며 날아가는 모습을 숨죽이고 지켜보았다. 공이 루이스의 발을 떠난 순간 노턴이 뛰어올랐다. 바로 이것이 브리짓이 이런 작전을 짠 이유였다. 노턴은 순발력이 엄청났다.

공이 날아가고, 노턴이 도약했다. 그리고 공과 골키퍼가 골대 위쪽 모서리에서 하나로 합쳐졌다. 노턴이 공중에서 공을 잡아 손에 들고 착지했다. 다음 순간 노턴은 자신의 성취에 놀란 듯 휘청거리더니 잡았던 공을 뚝 떨어뜨렸다. 다행스럽게도 공은 골대 안쪽이 아닌 바깥쪽으로 굴러갔다.

어리둥절해하던 관중이 환호를 터뜨렸다. 브리짓은 선수들이 골대로 달려가 노턴을 어깨에 태우고 나오는 모습을 기쁘고 자랑스러운 마음으로 바라보았다. 선수들이 그를 브리짓 발밑으로 데려와 내려놓았다. 환호 속에서 브리짓은 노턴을 끌어안고 볼에 키스를 퍼부었다. 노턴도 기뻐하는 것 같았다.

브리짓은 자비롭게도 선수들이 아이스박스에 있던 차가운 물을 제 머리에 들이붓도록 허락해주었다. 이제 상대 팀과 악수를 나눌 시간이었다. 선수들이 브리짓 앞쪽에 일렬로 섰다. 그들은 상대 팀 선수들과 악수를 하고 손바닥을 마주쳤다.

"당연하게도 네가 이겼어." 에릭이 씩씩하게 말을 걸어왔다. 브리짓이 자신에게 푹 빠져 있던 여자가 아니라 일본인 사업가라도 되는 양 고개 숙여 인사했다.

브리짓은 한동안 그를 쳐다보지 않을 수 없었다. 그래도 내가 졌어, 그렇지?

"여보세요, 레나. 나 브리짓. 난 멀쩡해. 정말이야. 걱정은 당장 집어치워! 그래도 너랑 정말 통화하고 싶어. 이제 곧 집에 갈 거야. 너무 보고 싶다, 아! 아기 이름 들었어! 완전 좋아! 그거 카르멘 생각이야? 분명 한 시간은 웃었겠지. 전화해…… 아니야, 됐다. 여긴 전화가 안 돼. 내가 전화할게. 그리고 걱정하지 마! 알았어? 보고 싶어." 삐이이이이.

내 안에는 꺼지지 않는

열망이 있다.

_윌리엄 셰익스피어

레나는 애닉 선생님께 포트폴리오를 건넸다. 지금껏 마음을
잘 다잡아왔는데 이상하게 갑자기 초조해졌다. 하지만 그럴 일
이 아니었다. 애닉은 연필을 내려놓고 안경을 쓴 뒤 바로 그림을
넘겨보기 시작했다.

채 삼 분도 되지 않아 선생님은 포트폴리오를 덮고 레나를 올
려다보았다.

"장학금을 못 받는다 해도 상관없어." 애닉이 말했다.

레나는 혼란스러워서 고개를 뒤로 젖히고 대꾸했다. "저는 상
관있는데요."

"넌 장학금을 받게 될 거야." 애닉이 레나의 대꾸를 무시하고
말했다. "위원회 사람들이 눈이 멀거나 완전히 미치지 않았다

면 말이야." 그리고 레나를 향해 미소지었다. "장학금과 상관없다고 말한 건 네가 이걸 해냈기 때문이야. 나중에 어떤 일을 겪더라도 전부 대수롭지 않은 일이 될 거야. 대수롭지 않은 교통사고, 대수롭지 않은 병, 대수롭지 않은 시련, 뭐 그렇게 말이야. 이제 너도 예술가가 됐구나."

애닉 선생님은 자신이 누군가에게 해줄 수 있는 최고의 찬사인 것처럼 예술가라는 말을 했다. 슈퍼히어로나 불멸의 존재보다 더 기쁜 표현이었다.

"고맙습니다. 정말로요."

"이건 내가 너한테 주는 선물 같은 게 아니야. 넌 스스로 이 일을 해낸 거야."

"선생님께서 도와주셨잖아요."

"그랬다면 좋겠지만. 넌 내가 상상했던 것보다 더 많은 것을 훌륭하게 해냈어."

"해내는 중인 것 같아요. 그런 생각이 들기 시작했고요."

"그렇지. 내 눈에도 그게 보이네. 느껴져."

레나는 방안에 흐르는 온갖 감정과 시각들을 생각하며 웃음지었다. "저기, 뭐 한 가지 여쭤봐도 돼요?"

"물론이지."

"오랫동안 궁금했는데요. 아무래도 그냥 물어보는 게 나을 것 같아서요."

애닉은 레나가 뭘 물어볼지 알고 있다는 듯 흔쾌히 고개를 끄덕였다.

"왜 휠체어를 타게 됐어요?"

애닉은 영화 〈인크레더블 헐크〉처럼 레나의 등을 탁 쳤다. "세상에, 레나. 난 네가 그건 절대 안 물어볼 줄 알았어."

윈은 자동차 시동을 켜놓은 채 카르멘네 집 앞에서 기다리고 있었다. 카르멘은 학교에서 쓸 물건들을 사러 마트에 같이 가고 싶은 남자친구가 생길 거라곤 상상해본 적도 없었지만, 이번 프로젝트는 이전보다 좀더 가벼운 마음으로 할 수 있을 것 같았다.

카르멘은 현관문을 벌컥 열고 쇼핑 목록과 직불카드를 가지러 집안으로 들어갔다. 두 시간 전 아침식사를 하러 테이스티 다이너에 티비, 브라이언, 레나, 에피 그리고 윈까지 모인 자리에 깜빡하고 안 가져갔던 것이다.

카르멘은 걸음을 늦추고 거실에 멈춰 섰다. 윈과 아기의 등장 이래 집이 얼마나 다르게 느껴지는지 깨닫고 충격을 받았다. 바닥은 살짝 더 멀어진 것처럼 보이고 벽은 더 가깝게 느껴졌다. 집안이 조용했다. 지금은 에어컨도 꺼져 있었다. 가을을 알리는 아주 작은 전조가 열린 창문으로 불어들어왔다. 아마도 그래서 집안 공기가 다르게 느껴진 것 같았다.

카르멘은 서둘렀다. 그녀에겐 할 일이 있었다. 그렇더라도 이 집은 카르멘을 기다려줄 것이다. 항상 그럴 것이다.

복도 모퉁이만 돌면 엄마와 아기가 방에 있으리라는 걸 카르멘은 알고 있었다. 엄마는 거기 있다. 침대에 웅크린 아기 라이언도.

두 사람은 매일 아침을 아기 뒤치다꺼리를 하거나 늦잠을 자며 보냈다. 카르멘은 시간 날 때마다 와서 아기 손에 키스를 하거나 아기가 몸부림치기 전에 포대기로 부리토*처럼 꽁꽁 싸매주었다. 지금 엄마는 잠들어 있고, 라이언은 조금씩 꿈틀대고 있었다. 카르멘은 자그마한 동생이 애쓰는 모습에 감탄하며 등을 토닥여주었다.

카르멘은 기대했던 것과 아주 다른 감정을 라이언에게 느끼고 있었다. 라이언은 카르멘의 아들이었다. 라이언의 허약한 기질, 그리고 귀 모양을 보면 가슴이 아팠다. 하지만 카르멘은 아기가 엄연히 크리스티나와 데이비드의 아들이라는 점 역시 존중했다.

라이언이 태어나기 전, 카르멘은 이 아이가 자신이 누리던 공간과 그외 모든 것을 두고 경쟁을 벌이며 오래된 세계의 일부가 될 줄 알았다. 하지만 그렇지 않았다. 이 아이는 새로운 세계에 속해 있었다. 그리고 둘은 같은 곳에 속해 있었다.

---

* 토르티야에 콩, 고기 등을 싸서 먹는 멕시코 음식.

브리짓은 이 승리가 달콤하지 않았다. 물론 선수들은 아니었다. 그들은 경기의 주요 순간들(사실 그다지 많지도 않았다)을 몇 번이고 읊어대며, 남은 며칠 동안 슈퍼히어로라도 되는 것처럼 으스대며 돌아다녔다. 브리짓은 그들 덕분에 기분이 나아지고, 한층 애정을 느꼈다.

하루 동안 베세즈다의 집으로 돌아와서 다행스럽게도 친구들의 얼굴을 보자 인생이 다시 제대로 돌아가는 기분이 들었다. 캠프로 돌아온 뒤에는 힘을 비축하기 위해 다이애나와 함께 많은 시간을 보내며 먹고 자기를 반복했다. 상처입은 마음은 추스를 수 있겠지만, 거기엔 많은 노력이, 때로는 엄청난 믿음이 필요했다.

브리짓은 자신이 에릭과 완전히 끝내지 못했다는 걸 알고 있었다. 이대로라면 슬픔을 자신 안에 가둔 채 진짜로 무슨 일이 있었던 것인지 영원히 고민하게 될 수도 있었다. 이 년 전 여름, 그녀는 아무 말도 하지 않았다. 모든 걸 혼자 짊어진 채 그 상처가 속을 헤집고 다니며 스스로를 망쳐놓게 했다. 더는 그러고 싶지 않았다.

브리짓은 캠프가 완전히 조용해질 때까지 기다렸다가 에릭의 숙소로 찾아갔다. 침대에 있던 그를 유혹했던 경험을 떠올렸다. 그때는 그를 쫓아 안으로 들어갔었다. 그러나 이번에는 순례자처럼 고지식하게 굴며, 예의바르게 노크하고 기다렸다.

에릭이 나와서 문을 열었다. 살짝 겁먹은 것처럼 보였다. 아니면 그냥 기분 탓인가?

"나랑 산책 좀 할래?" 그녀가 물었다. 갑자기 그를 덮치거나 하지는 않을 거라고 안심시키기 위해 무슨 말이든 하려고 했다. 하지만 그런 말이 정말 필요할까? 나는 이미 좋은 의도를 보여주지 않았나? 그 의도가 아무 도움도 되지 않은 걸까? 아니면 그런 일은 절대로 만회할 수 없는 걸까? 이런 일에서 여자들은 절대로 평판을 바꿀 수 없는 걸까?

그가 고개를 끄덕였다. 그러고는 잠깐 안으로 들어가 반바지와 티셔츠를 입고 신발을 신고 나왔다.

둘은 한동안 걷기만 했다. 브리짓은 고무줄로 머리를 질끈 묶고 마법의 바지에 너덜너덜한 축구 유니폼을 걸친 상태였다. 일주일 정도 신발을 신고 다녔지만 지금은 다시 맨발로 돌아갔다. 발이 자유로워지는 대가로 종종 가시에 찔리는 건 감수하기로 했다.

그들은 정처 없이 호수까지 걸어가 느긋하게 선착장을 걸었다. 브리짓이 자리잡자 에릭도 그녀 옆에 앉았다. 세상에 둘만의 공간이 있다면, 바로 여기였다.

보름달은 두 사람의 그림자를 잔잔한 물위에 드리울 만큼 밝았다. 브리짓은 물에 비친 둘의 모습이 마음에 들었다.

"내가 말할 테니까, 잠깐만 들어줘. 알았지?" 왜 알았지라는 말을 덧붙였을까? 승낙을 받으려고 한 말이 아닌데.

그가 고개를 끄덕였다.

"네게는 반갑지 않은 이야기일지도 몰라." 브리짓이 미리 경고했다.

그가 또 한번 고개를 끄덕였다. 그제야 브리짓은 에릭이 피곤해 보인다는 걸 깨달았다. 달빛 아래서도 눈 밑 다크서클이 보였다. 한동안 면도도 안 한 것 같았다.

"나는 우리가 이번 여름에 친구가 됐다고 생각했어." 브리짓이 운을 뗐다. "이 년 전 우리가—내가—저지른 일 때문에, 그게 가능할지 확신할 수 없었어. 그런데 그렇게 되더라. 난 좋았어. 너랑 친구로 지내는 게. 나한테 다른 마음이 있었다는 건 인정해. 하지만 그런 건 너와 친구가 되는 것보다 중요하지 않았어. 어떻게든 너와 가까워질 수 있어서 행복했다는 말이야." 오늘밤 브리짓은 솔직해질 필요가 있었다. 그게 지금 여기 와 있는 이유였다.

에릭은 아래를 내려다보면서, 손목시계의 닳은 가죽줄을 만지작거렸다.

"난 네 여자친구가 되려 했던 게 아니야. 너에게 이미 여자친구가 있다는 걸 아니까. 그래서 그 사실을 받아들였어. 네가 여자친구와 행복하다면 나도 그걸로 행복했어. 그게 쉬운 일이었다는 뜻은 아니야. 그래도 난 그럴 생각이었다고…… 정말로 그럴 생각이었어. 네가 날 믿어주길 바랐어."

여전히 아래를 내려다보던 에릭이 고개를 끄덕였다.

"우리는 함께 시간을 보내고, 같이 일하고, 재미있게 지냈잖아. 최소한 나는 재밌었어. 너도 즐거워한다고 생각했고." 목소리가 조금씩 떨렸지만 브리짓은 계속 밀어붙였다. "그리고 저번에 내가 아팠을 때도 너는 날 잘 돌봐줬어. 지금까지 살면서 누가 해줬던 것보다 지극정성으로 날 간호해줬어. 시간이 지나 우리가 서로 보지 않게 되더라도, 두 번 다시 얘기할 기회가 없더라도, 난 그 일을 잊지 못할 거야." 브리짓은 울먹이지 않도록 잠시 이야기를 멈췄다. 가능하다면 눈물이 눈에만 맺혀 있길 바랐다.

"난 너를 믿었어. 너도 날 챙겨주고 있다고 생각했고. 물론 여자친구처럼 챙겨준다는 뜻은 아니야. 그런 얘기가 아니야. 그냥 친구가 됐다고 믿었던 거지. 그런데 넌 갑자기 사라졌어. 난 무슨 일인지 알지도 못하는 상태에서. 너와 친해졌다고 느끼고 있었는데 네가 그냥 사라져버린 거야. 널 믿게 만들어놓고 그 기대를 저버렸어. 넌 원래 그런 사람이야? 누군가와 가까워진 뒤에 그렇게 실망시켜버리는?" 브리짓은 눈물이 떨어지기 전에 손으로 닦아냈다.

에릭이 고개를 들었다. 그의 눈도 브리짓의 눈처럼 진지했고 눈물이 고여 반짝이고 있었다. "브리짓, 아니야. 난 그런 사람이 아니야."

브리짓의 턱이 의지와 달리 덜덜 떨렸다. "그럼 뭔데?"

에릭은 자세를 살짝 고쳐 똑바로 앉았다. 그리고 손마디를 바라보았다. 손바닥을 폈다가 다시 주먹을 쥐었다. "이젠 내가 말할 테니까 네가 들어줘. 알았지?"

"알았어."

"내가 이 년 전 여름 얘기를 꺼내고 싶지 않았던 건, 그런 일을 저지른 나 자신이 싫어서였어. 네가 역할을 다하지 않았다는 게 아니야. 너는 네 역할을 다했어. 내가 거부할 수도 있었겠지. 아마 그러는 게 맞았는지도 몰라. 하지만 나는 거부하지 않았어. 나도 너와 같은 걸 원했으니까. 그게 잘못이었지. 너는 너만 원했다고 생각하겠지만, 나도 간절히 원했어. 네가 이 사실을 알아주면 좋겠다."

브리짓은 꼼짝도 할 수 없었다. 그녀는 에릭의 얼굴을 바라보며 이야기를 들었다.

"네가 아프고 나서 내가 사라졌던 건 뉴욕에 다녀와야 했기 때문이야. 지체할 수 없는 일이 있었거든. 나는 뉴욕까지 차를 몰고 가서 카야를 만났어. 헤어지자는 말을 하려고."

브리짓은 짧은 숨을 들이쉬었다.

그는 슬퍼 보였다. "난 그녀를 사랑한다고 생각했지. 두 달 전까지도 그녀에게 사랑한다 말했고. 하지만 이런 상황을 가만히 두고 볼 수 없었어. 뭔가 잘못된 것 같았거든."

브리짓은 묻고 싶은 것이 너무 많았지만, 한편으론 필요한 만큼 가만히 들어주고 싶은 마음도 있었다. 그래서 입을 꾹 다물었다.

에릭은 손을 펼치더니 기도라도 할 것처럼 두 손을 한데 모았다. "잘못된 것 같다고 생각한 건 다른 누군가에게 훨씬 더 큰 감정을 느꼈기 때문이야. 그렇다면 카야를 정말로 사랑하는 게 아니라는 결론에 도달했고."

브리짓은 그대로 얼어버렸다. 에릭이 하는 말이 자기가 생각하는 의미가 아닐 수도 있다는 생각에, 그의 말을 되새겨보기조차 두려웠다.

"그리고 그동안 네 눈을 피했던 건 너를 보면 아무것도 제대로 생각할 수 없었기 때문이야. 또다시 바보 같은 일을 저지르기 전에 생각을 정리할 필요가 있었어."

브리짓은 에릭에게 시선을 단단히 고정했다. 밀어내려 해봐도 이미 희망이 그녀의 가슴을 가득 채우고 있었다.

"뉴욕에 있는 동안 내가 원한 건 너에게 돌아오는 것뿐이었어. 하지만 그게 무슨 뜻일까? 카야랑 헤어졌으니까 너한테 가면 된다고? 헤어진 지 다섯 시간도 안 돼서 예전에 사랑한다고 생각했던 여자를 잊어버리라고?" 에릭은 고개를 저었다. "그리고 우리 이별에 대한 책임을 너한테 돌리고 싶지도 않았어. 나도 알아, 너는 그 일에 책임이 없다는 걸. 여름 내내 카야의 존재를 존중해줄 만큼 아무런 사심도 없었다는 것도. 그런데 내가 그러지 못했어. 그것이 괴로웠어. 너를 향해 다시 돌진하는 것이 가당치도 않게 느껴졌어. 부끄러웠다고."

브리짓은 일련의 생각들을 한 번에 따라잡을 수 없었다. 이 말들이 자신을 어디로 이끌어가는지 종잡을 수조차 없었다.

"하지만 한 가지 확실한 점은 이제야 제대로 됐다고 깨달았다는 거야. 요 며칠 내내 생각한 것들이 결국 하나로 귀결됐어. 내가 너를 끌어안고 함께 밤을 보낸 그날, 나는 지금껏 다른 누구에게 느꼈던 것보다 더 큰 뭔가를, 가능하다고 상상했던 것보다 훨씬 더 큰 감정을 느꼈어. 정신을 못 차릴 정도로. 이론적으로 보더라도, 카야와 헤어질 수밖에 없다는 게 분명했지."

에릭은 다시금 고개를 저었다. 스스로에게 환멸을 느끼는 것 같았지만 그러면서도 웃으려고 애를 썼다. "나는 이성을 되찾으려고 계속 노력했어. 카야와 헤어지기로 한 것이 너한테 미치고 환장해서 내린 결정이 아니라, 지극히 합리적인 결정이었다고 스스로 납득할 수 있을 때까지 말이야."

브리짓은 숨도 쉬지 않고 물었다. "그래서…… 합리적인 결정이었던 것 같아?"

에릭이 아주 가까이 다가와 그녀의 얼굴을 마주보며 말했다. "전혀."

얘들아!

이제 일주일도 채 안 남았다! 아아아아! 야야야야야야야! 와와와와와와!

카르멘

로드아일랜드 주 프로비던스의 소인이 찍힌 편지는 여름의 끝자락, 바다 여행을 떠나기 바로 직전에 레나에게 도착했다. 봉투를 열면서 레나는 심장이 쿵쾅거렸다. 그러나 설사 부정적인 대답이 들어 있다 해도 그게 자신의 운명을 좌우하진 못할 거라는 걸 알고 있었다.

왜냐하면 애닉 선생님의 말이 옳았으니까. 레나는 예술가였다. 누가 뭐라 해도 어떻게든 길을 찾아낼 것이다. 레나의 운명은 이제 어느 누구에게도 속해 있지 않았다.

학교 측의 대답은 거절이 아니었다. 긍정의 답이었다. 레나는 눈을 감고 온몸에 스며드는 기쁨을 만끽했다. 평소엔 기쁜 감정들을 엄격하게 다스렸지만, 이번만은 마음껏 누렸다.

레나는 부엌에 들어가 말 그대로 편지를 깔고 앉은 채 한참 동안 생각해보았다. 충분히 이 학교에 갈 수 있었다. 부모님의 돈이나 허락도 필요하지 않았다. 하지만 동시에 이런 생각이 들었다. 꼭 필요하진 않지만 나는 부모님의 동의를 원하는 게 아닐까. 그것이 바로 레나가 깨달은 바였다.

레나는 단정한 남색 스커트와 귀여운 리넨 블라우스를 입었다. 머리를 빗고 귀에 진주 귀고리를 했다. 그리고 엄마 차를 빌려 아빠의 사무실로 향했다.

아빠의 비서 제퍼즈 씨는 아빠에게 알리지 않고 레나를 들여보내주었다.

레나가 온 걸 보고 아빠는 놀란 기색이었다. 실제로도 놀라며 레나를 보고 진심으로 기뻐했다. 지난 두 달간 있었던 일은 모두 잊은 것처럼, 자상했던 과거의 모습으로 자연스럽게 돌아가 있었다.

"들어오렴." 아빠가 일어서서 레나를 맞았다.

아빠와 마주보고 앉는 사이에도 레나는 손에 편지를 꼭 쥐고 있었다. "미대에서 장학금에 대해 연락이 왔어요." 레나가 말을 꺼냈다.

"장학금을 받기로 됐나보구나." 아빠가 아무렇지 않게 말했다.

"어떻게 아셨어요?" 레나가 물었다.

아빠는 차분했다. 거의 달관한 것처럼 보였다. "네 그림을 봤거든. 그때 장학금을 받을 거라고 알았지."

레나가 들어본 칭찬 중 가장 모호한 칭찬이었다. 물론 칭찬이라는 전제하에 말이지만.

"아빠, 저는 아빠를 화나게 하거나 실망시키고 싶지 않아요. 하지만 정말로 미대에 가고 싶어요. 아빠 엄마도 저와 같은 마음이면 좋겠어요."

아빠는 한숨을 쉬었다. 그리고 아이처럼 두 손으로 뺨을 감싸고 책상에 팔꿈치를 괴었다. "레나, 내가 널 화나게 하거나 실망시키고 있는 건 아닌지 걱정이구나."

레나는 서두르지 않고 고개를 끄덕였다. 싸우려 들진 않았다.

"미대에 가렴. 너는 이 그림으로 학교 측에만 재능을 증명한 게 아냐. 나에게도 증명했어."

레나는 감정을 억눌렀다. 아직 믿을 수 없었다. "그렇다면 아빠도 괜찮다는 거예요?"

그는 그 질문에 대해 잠시 고민했다. "물어보지 않아도 되는데 물어봐줬다는 게 오히려 영광이구나."

가슴이 아팠다. "물어보고 싶었어요." 레나가 대답했다. "나에게는 아빠의 대답이 중요하거든요."

"내 대답은 예스야."

"고마워요."

레나는 가보려고 일어섰다.

"레나?"

"네?"

"네 엄마의 도움으로 최근에 내가 어떤 실수를 했는지 깨달으면서 말이다." 아빠는 목소리를 가다듬었다. "내 실수에 굴하지 않은 네가 정말 자랑스러웠단다."

"아빠 때문에 쉽진 않았죠." 레나는 솔직한 심정을 털어놓았다.

Valia123 : 리나에게. 신께서 도왔는지 집으로 가게 됐어. 조
지가 이제야 뭔가 깨달은 것 같아. 일주일 내로 에
피와 함께 돌아갈 거야. 피나에게 폐가 안 된다면,
우리집 환기시키게 피나랑 약속 좀 잡아봐.

Rena Dounas : 발리아에게. 메시지를 보고 눈물이 다 났어.
네가 돌아온다는 소식에 우리도 얼마나 기쁜
지 몰라.

나는 자유로워지기 위해

나름대로 노력을 했다.

_레너드 코헨

"여보세요, 아빠."

"카르멘? 우리 궁디, 어떻게 지내?"

살짝 멋쩍긴 했지만, 카르멘은 더이상 이 문제를 미룰 수 없었다. "잘 지내."

"아기는?"

"엄청 잘 지내지. 검은띠 유단자처럼 발차기도 잘하고."

앨버트는 전처와 그녀의 새 남편 사이에서 나온 아기 얘기를 들으면서 아주 즐겁게 웃었다.

"엄마는 어때?" 아빠가 진심을 담아 안부를 물었다.

"엄마도 엄청 잘 지내지. 십팔 년 전에 일어났던 일이 똑같이 반복되는 중이래."

"아마 그럴 거야." 대답하는 목소리에 아쉬움이 묻어났다.

"저기, 아빠?"

"응?"

"내가 생각해봤는데 말이야."

카르멘은 아빠가 선수를 치길 은근 바랐지만, 아빠는 참을성 있게 기다려주었다.

"아빠 생각에는 말이야…… 음……" 카르멘은 땀이 난 목에 들러붙은 머리를 쓸어넘겼다. "윌리엄스에서 나를 다시 받아줄 것 같아?"

"다시 윌리엄스에 가고 싶어진 거니?"

섣부른 결정처럼 보이고 싶지 않아서 카르멘은 선뜻 대답하지 않았다. 대신 잠깐 틈을 두고 대답했다. "그러고 싶어."

"메릴랜드는 어쩌고?"

카르멘은 입술을 잘근잘근 씹어댔다. "아빠도 알다시피, 난 집에서 그리 멀지 않은 그 학교 기숙사에서 생활하고 싶었어. 하지만 그러고 나서야 내가 정말정말, 정말로 윌리엄스에 가고 싶어한다는 걸 깨달은 거야. 아빠는 윌리엄스에서 다시 날 받아줄 것 같아? 그쪽에서 내 자리를 남겨두었을 가능성이 얼마나 될까?" 결국엔 목소리가 갈라지고 말았다. 더이상 차분하지 못했다.

"좋은 생각이 있어." 아빠가 말을 이었다. "아빠가 전화해볼게."

카르멘은 기다리는 동안 방 정리를 했다. 사실은 발작적으로,

보이는 것만 다시 배치하는 것에 가까웠다. 널려 있던 AA건전지를 양말 칸에 집어넣어 눈앞에서 치우는 그런 식이었다. 이러면 막상 진짜로 정리하려고 할 때 더 번거로워질 테지만.

채 십 분도 되지 않아 전화벨이 울렸다. 카르멘은 벨소리가 한 번 울리기도 전에 수화기를 집어들었다. 그 순간의 적막감이라니.

"여보세요?"

"여보세요." 다시 아빠였다.

"통화한 거야?" 카르멘이 다짜고짜 물었다.

"통화했어. 윌리엄스 대학에서 와도 좋다는구나."

"받아준다고?"

"응."

"그냥 이렇게?"

"응."

"뻥치지 마."

"뻥 아니야."

"정말?" 카르멘은 이렇게 빨리 문제가 해결되는 것이 꺼림칙했다.

"이렇게 돼서 정말 다행이야, 우리 딸." 아빠가 말했다. "네 목소리에서 정말 가고 싶어한다는 게 느껴졌거든."

"정말 가고 싶었어." 카르멘이 되뇌었다.

온몸의 세포가 지글거리고 쌩쌩 소리를 내며 움직이는 느낌이 들어 카르멘은 고개를 저었다. "그게 그렇게 간단하다는 게 안 믿어져."

아빠는 아무 대답이 없었다. 대신 이렇게 말했다. "짐부터 싸는 게 좋을걸. 이번 주말엔 친구들이랑 바다에 가서 재미있게 놀고."

"응. 고마워."

사랑한다고 말하고 전화를 끊고 나자 또다른 의심이 스멀스멀 올라오기 시작했다. 이번 일 역시 엄마 아빠의 또다른 공모가 아니었을까? 부정직한 개입이 아니었을까?

아빠가 윌리엄스에 전화해서 내가 입학하지 않는다고 말하긴 한 걸까? 입학 보증금을 환불받긴 한 걸까? 이번 일에서도 부모님이 나보다 내 마음을 더 잘 간파했던 게 아닐까?

한편으론 정말 짜증나지만 사랑받고 있다는 건 좋은 일이었다.

Carmabelle: 너 그 초록색 튜브톱 가지고 갈 거야? 그러면 딴 데 정신 팔고 있을 때 내가 슬쩍할 수도 있을 텐데……

Tibberon: 물론이지. 누가 가져가든 알 게 뭐람.

Carmabelle: 신난다.

Tibberon: 나도.

사흘이라는 긴 시간 동안 브리짓은 에릭이 생각을 정리할 수 있도록 내버려두었다. 그리고 더는 못 참겠다 싶을 즈음, 에릭이 브리짓의 침대 옆에 모습을 드러냈다.

"산책 좀 할까?" 그가 나지막이 말했다.

브리짓은 침대에서 벌떡 일어났다. 그리고 티셔츠와 반바지만 입고 에릭을 따라 숙소를 나섰다. 갑자기 이번 여름이 시작될 때 카르멘이 했던 말이 떠올랐다. 브리짓은 말했다. "잠깐만 기다려 줄래?"

에릭을 밖에 남겨둔 채 다시 숙소로 들어가 더플백 아래쪽에서 졸업파티 때 입었던 흰색 홀터넥 드레스를 찾아냈다. 여기서 이 옷을 입게 될 줄은 생각도 못했다. 브리짓은 옷을 벗고 드레스에 머리를 집어넣었다. 부드러운 재질이라 다행히도 주름이 져 있진 않았다.

물론 마법의 바지가 적격이지만, 그건 이미 레나에게 보낸 뒤였다. 게다가 지나치게 욕심을 부리고 싶진 않았다. 바지에게 원했던 것은 이미 다 받았다.

"다 됐어." 브리짓은 어둠을 뚫고 다시 에릭 옆에 가서 섰다. 머리는 풀어헤쳤고, 여전히 맨발이었다.

에릭은 눈을 끔뻑이며 그녀를 더 잘 보려고 뒤로 한 발짝 물러 섰다. "세상에, 브리짓." 그가 웅얼거렸다. 브리짓은 그 말이 정확히 무슨 뜻인지 아리송했지만, 뭐라고 추궁하지는 않았다.

두 사람은 나란히 호수로 걸어내려갔다. 브리짓은 폴짝폴짝 뛰듯이 걷지 않으려고 노력했지만 어쩔 수 없었다. 너무 행복했다. 손이 에릭의 손과 살짝 부딪힐 때마다 온몸의 세포들이 노래를 불렀다. 함께하면서 생긴 일들과 각자 느꼈던 감정들이 샘솟았지만, 두 사람은 서로를 어떻게 만져야 할지도 모르고 있었다.

둘은 늘 가던 선착장에 앉았다. 브리짓은 지난번에 앉았던 오래된 널빤지에 아직도 온기가 남아 있다고 느꼈다. 맨발에 느껴지는 허공이 참 좋다고 생각하면서 두 다리를 수면 위로 흔들었다. 오늘은 수면에 두 사람의 그림자가 드리우지 않았다. 그들은 무척 침착했다.

에릭이 조금 더 가까이 다가왔다. 표정에 아쉬움이 담겨 있었다. "그거 알아?"

"뭘?"

"캠프에 오기 전 코치 명단에서 네 이름을 본 순간 예감했어. 네가 내 인생을 또 한번 뒤집어놓을 거라고." 후회하는 것처럼 들리진 않았다.

"만약 내가 그 명단을 봤다면 여기 왔을지 의문이야." 브리짓이 혼잣말처럼 말했다.

에릭은 한숨을 내쉬고 말했다. "내가 그렇게나 미웠어?"

"밉다니?" 브리짓이 살짝 웃으며 말했다. "아니지. 그건 적당한 표현이 아니야. 나는 네가 두려웠어. 그런 감정을 다시 겪고 싶진 않았거든."

"힘들었을 거야, 그렇지?" 에릭이 미안해하는 걸 브리짓도 알 수 있었다.

"내가 약간 통제불능이었지."

"넌 그사이 어른스러워진 것 같아."

"약간은. 그렇게 생각하고 싶어."

"그렇다니까. 넌 달라졌어. 물론 그렇지 않은 면도 있지만."

브리짓은 어깨를 으쓱했다. 거의 맞는 말이었다.

에릭은 슬픈 듯이 말했다. "사라졌던 거 미안해. 너한테 상처 주려던 건 아니었어. 내가 느끼는 감정을 너도 느끼고 있다고는 생각하지 못했어. 나만 그런 줄 알고 걱정했거든."

"아니야."

"이젠 나도 알아."

두 사람은 이번 일들을 생각해보았다.

브리짓이 잠시 틈을 두다가 말을 이었다. "코치 명단을 보지 않은 게 다행이야. 여기 오게 된 것도 다행이고."

"나도 그래. 결국 우린 서로를 발견할 수밖에 없었던 거야."

"정말?"

"그럼. 우린 그럴 운명이었어."

브리짓은 그 생각이 마음에 들었다. "정말 그렇게 생각해?"

"그렇게 생각해."

"머리가 그렇게 말해준 거야? 생각을 다 정리하고 나니까?"
브리짓이 물었다. 심장이 갈비뼈 밑에서 부풀어올랐다.

에릭이 미소지었다. 그러나 그는 여전히 진지했다. "그래, 그랬어. 생각이 똑바로 정리되지 않았을 수도 있고, 내가 기대했던 것이 아니었을 수도 있지. 하지만 결론은 그거더라고. 그래서 이렇게 됐고."

"어떻게 그런 생각을 하게 됐어?"

"침대에 너랑 같이 눕는 순간, 네가 겪어온 일들이 고스란히 느껴졌어. 그리고 너를 행복하게 해줄 수 있다면 나 역시 행복할 것 같다는 생각이 들었지."

브리짓은 가슴이 너무 벅차올라 아무 말도 할 수 없었다. 그녀는 에릭에게 머리를 기댔다. 에릭이 팔을 두르자 그녀도 그에게 팔을 둘렀다. 단순한 말이었지만, 평생을 보내기에 충분한 말이었다. 에릭은 브리짓을 행복하게 해줄 수 있었고, 실제로도 행복하게 해주었다.

지난번에 두 사람은 끝에서 시작했다. 하지만 이번엔 처음부터 다시 시작하고 있었다. 그 누구도 과거를 지울 순 없다. 과거를 바꿀 수도 없다. 하지만 인생은 종종 과거를 바로잡을 수 있는 기회를 준다.

아마도 두 사람은 내일이면 키스하게 될지 모른다. 다음주나 다음달엔 서로를 어루만지는 법을 깨닫고, 서로의 감정을 온갖 종류의 몸의 언어로 표현하게 될지 모른다. 브리짓의 바람대로, 언젠가는 함께 사랑을 나눌지도 모른다.

하지만 지금 브리짓이 원하는 건 이것이 전부였다.

태양이 비추는 곳을 향해,

우리는 오래된 세계를 떠나왔다.

_크리스토퍼 콜럼버스

모건 씨네 별장 바닥에는 모래가 카펫처럼 깔려 있었다. 텅 빈
냉장고에는 원더브레드에서 산 케케묵은 식빵 반 덩이가 들어
있었다. 냄비와 프라이팬들은 두 살배기 조가 마지막 설거지를
해놓은 것처럼 보일 정도였다.

　모래 언덕 아래 삐뚜름하게 지어진 별장은 믿기 어려울 정도
로 아름다웠다. 불과 75미터 정도 떨어진 곳엔 대서양이 펼쳐져
있었다.

　도착하자마자 넷은 옷을 벗어던진 뒤(안에 수영복을 입고 오
기로 미리 약속해두었다) 소리를 지르고 고함을 치면서 곧장 바
닷물로 뛰어들었다.

　높고 거친 파도가 몰아쳤다. 파도는 넷을 치고 때리고 고꾸라

뜨렸다. 티비는 만약 넷이 줄줄이 손을 잡고 있지 않았으면 급류에 휩쓸려 떠내려가지 않았을까 생각했다. 파도 때문에 꺅꺅거리고 악을 쓰고 놀려대면서도 그들은 재미있게 놀았다.

바다에서 나오자 따뜻한 모래사장에 엎드렸다. 어깨를 맞대고 엎드려 있는 동안 오후의 햇살이 등을 말려주었다. 티비의 심장은 물속에서 느꼈던 흥분으로 아직까지 쿵쾅거렸다. 수영복 안엔 조그만 돌멩이가 가득했다. 뺨 밑에 깔린 모래의 느낌이 좋았다. 행복했다.

티비는 이 행복을 인생의 지침으로 삼고 싶었다. 그러면 앞을 내다보며 두려움에 사로잡히지 않을 것 같았다. 그런 생각을 가만히 내버려두진 않을 셈이었다.

이제 피할 수 없는 이별의 순간이 다가올 것이다. 가장 중요한 일이다. 목요일이 되면 레나와 브리짓이 유홀* 트럭을 타고 프로비던스로 떠나는 모습을 지켜봐야 한다. 출발하자마자 브리짓이 얼마나 빵빵대며 달릴지 상상이 됐다. 금요일에는 카르멘과 키스한 뒤 그녀가 아빠와 함께 셀 수 없이 많은 짐가방을 가지고 매사추세츠로 떠나는 모습을 지켜볼 것이다. 그리고 토요일 아침이 되면, 기차역에서 가족들에게 작별인사를 하고 엄마와 함께 뉴욕행 고속열차를 탈 것이다. 아빠가 등을 토닥여주고,

---

* 미국의 이사 차량 렌트 업체.

캐서린은 턱을 씰룩거리고, 니키는 이리저리 돌아다니느라 키스도 해주지 않을 것이다. 조금만 생각해봐도 이런 광경을 그려볼 수 있었다. 그리고 브라이언과도 작별인사를 하겠지. 하지만 그리 오래 견디지 않아도 될 것이다. 브라이언은 학비가 거의 공짜라는 이유로 메릴랜드에 진학했는데, 티비는 그가 오직 그 이유 때문에 SAT 수학시험에서 만점을 받지는 않았을 거라 생각했다. 브라이언은 티비에게 올 방법을 찾아낼 것이다. 티비는 그렇게 믿어 의심치 않았다. 기숙사에서 독방을 쓰게 되어 다행이었다.

하지만 지금 이 순간은 9월생, 네 친구들만을 위한 순간이었다. 이번 주말은 네 명이 함께하는 마지막 주말이었다. 설령 끝이 정해져 있다 해도, 티비는 이 순간 각자가 느끼고 있을 행복 안에 머물고 싶었다. 넷이 함께라면 그럴 수 있었다.

차례로 샤워를 하고(온수는 카르멘에 이어 레나가 들어가기 전에 끊겨버렸다), 구운 치즈 샌드위치와 브라우니로 늦은 점심을 먹었다. 늘 그렇듯, 바다에 들어가면 햇빛에 시달려 피곤하고 배가 고팠다.

점심식사를 마치자마자 첫번째 전화벨이 울렸다.

"정말? 잘됐다!" 카르멘은 수화기에 대고 웃었다. 휴대전화를 입에서 살짝 떼고 티비에게 전했다. "윈이 오늘 병원 놀이방에서 캐서린을 봤대. 하키 헬멧을 벗었대!"

"들었어. 벌써 그 헬멧을 그리워하고 있어." 티비가 미소로 고

마음을 전했다. 티비는 윈이 마음에 들었다. 윈이라면 대찬성이
었지만, 지금은 네 친구 사이에 끼어들지 않으면 좋겠다고 생각
했다.

두번째 전화는 발리아 할머니의 전화였다. 레나가 그려준 그림
의 복사본을 찾지 못해서 전화한 것 같았다. 그리스로 돌아갈 때
가져가고 싶다고 난리였다. 새로운 인생을 맞이하며 뭐든 다 짐
속에 넣어가고 싶어했다. 이어서 발리아는 카르멘을 바꾸라고
해서는, 요즘 새로 시작한, 카르멘이 보던 것과 비슷한 유치한
드라마에 대해 설명해주었다.

세번째 전화는 브리짓에게 걸려왔다. 브리짓이 휴대전화 속으
로 녹아들어갈 것처럼 구는 걸 보고 티비는 에릭의 전화가 틀림
없다고 생각했다. 정말로 행복하다는 걸 보여주는 그 목소리가
못마땅하지 않았다. 브리짓이 사랑하는 사람이 누구든 기꺼이
참아줄 수 있었다.

티비는 부엌 조리대에 앉아 자신들의 삶에 스며든 목소리가
얼마나 되는지 헤아려보았다.

그때, 브라이언이 티비의 휴대전화로 전화했다. 브라이언처럼
티비도 브라이언과 얘기를 나누고 싶었다. 불과 몇 분만이라도
말이다.

티비가 전화를 끊자마자 다른 휴대전화 두 대가 동시에 울려
대기 시작했다. 티비가 힐끗 쳐다보자 레나가 말했다. "이게 무

슨 일이야? 완전 코미디인데."

티비가 고개를 끄덕였다. "웃어야 될지 말아야 될지 모르겠네."

저녁식사 준비하는 시간은 대혼란 그 자체였다. 전화기들이 계
속 울려댔고, 카르멘이 밥 짓고 있던 것을 깜빡하는 바람에 집을
거의 태워먹을 뻔했다. 평화로움은 어디서도 찾아볼 수 없었다.
이런 사건들은 한편으로는 티비가 속한 세계가 얼마나 다채롭고
재미있으며 긴밀하게 연결되어 있는지를 확인시켜주는 놀라운
경험이기도 했다. 하지만 다른 한편으로는 지금 그들이 오롯이
함께할 수 있는 건 그 세계가 이번 주말 동안만 멈춰 있기 때문
이라는 생각에 슬프기도 했다. 세계는 한 번도 그들을 위해 멈춘
적이 없었다. 무슨 일이 있어도 계속 움직여왔다.

몇 시간 후, 밤이 깊고 날이 새도록 티비는 잠을 이루지 못하
고 있었다. 모래가 서걱대는 작은 침실 바닥에 앉아 휑한 기분을
주체하지 못했다. 그날 밤이 즐겁지 않아서가 아니었다. 사실 너
무 즐거웠다. 부엌 불을 끄고 나서, 넷은 절대 가스레인지를 건
드리지 않기로 결의한 뒤 밀크셰이크와 땅콩버터 퍼지로 저녁을
때웠다. 다들 너무 먹어대서 힘들다고 낑낑대며 거실 바닥에 드
러누웠다.

할말이 너무나 많았고, 새롭게 알게 된 사람도 많았다. 그러나
너무 큰 미래가 그들을 향해 돌진해와서인지 누구도 쉽게 말을

꺼내지 못했다. 넷은 음악을 듣다가 꿀처럼 달콤한 잠에 빠져들었다. 그러다 깨서는 각자의 침실로 흩어졌다.

난생처음으로 넷의 우정이라는 조그만 범주 안에 이해하고 담아내기엔 세계가 너무 크게 느껴졌다. 앞으로 일어날 일들도 전부 이런 식일까?

그들은 성장하고 있었다. 그것은 피할 수 없는 일이었다. 이번 여름 티비는 그걸 막을 수 없다는 사실을 배웠다. 남자친구와 가족들, 거창한 계획들이 이글거리며 눈앞에 버티고 있었다.

하지만 그 모든 것을 우정과 맞바꿔야 한다면 티비는 아무것도 할 수 없었다. 만약 성장이란 것이 앞으로의 삶 한가운데 버티고 서서 지금껏 용기와 평정을 주었던 우정을 떠내려보낸다는 의미라면, 티비는 그런 거래를 할 수 없었다.

어둠이 그녀 주위로 몰려들고, 검은 파도가 해변에 부딪치는 소리만 들렸다. 갑자기 밀실공포증이 덮쳐왔다. 티비가 기억하는 한, 크고 무한한 공간보다 작고 밀폐된 공간이 더 무섭게 느껴지는 건 이번이 처음이었다. 티비는 생각해보지도 않고 까치발로 침실을 빠져나왔다. 그리고 아래층으로 내려가 밖으로 나왔다.

꿈속으로, 행복한 꿈속으로 걸어들어가는 느낌이었다. 그때 저멀리 해변에 앉아 있는 세 명의 실루엣이 보였다. 익숙한 뒤통수를 보니 웃음이 터져나왔다. 실제보다 더 많은 것을 알고 있다는 점에서, 이건 꿈같은 일이었다. 티비는 그들이 어떤 감정을 느끼는지 알 수 있었다. 그건 지금 티비의 감정과 똑같을 것이다. 그 사실을 알고 나니, 티비는 네 명을 이어주는 연결고리가 얼마나 튼튼한지 느낄 수 있었다.

꿈에서처럼 그 셋은 티비를 기다리는 듯 보였다. 티비가 올 거라고 확신할 수 있는 뚜렷한 이유도 없었지만 기다리고 있었다. 티비가 다가가자 브리짓이 손을 뻗어 그 작은 무리에 끌어들여주었다.

"안녕." 티비의 목소리는 차분했지만 분명 들떠 있었다.

"멋진 아이들이 여기 다 모였군." 브리짓이 웃으며 말했다.

레나가 어깨를 으쓱했다. "아무도 쉽게 잠들지 못할 것 같았어."

"우리 정말 할 얘기가 산더미네." 카르멘이 혼잣말처럼 말했다.

파도가 발 언저리까지 밀려왔다. 하지만 아무도 자리를 옮길 생각을 하지 않았다.

네 명은 동그랗게 둘러앉았다. 카르멘이 이번 여름 동안 잘 순회해준 마법의 바지를 한가운데 내려놓았다.

친구들의 얼굴에서 말로 형용할 수 없는 편안함을 발견하고 티비는 숨을 내쉬었다. 오늘밤이 안심할 수 있는 선물로 눈앞에서 모습을 바꾸고 있었다. 그것은 미래였다. 앞으로 그들의 삶은 아름다운 것, 혹은 불행한 일로 가득찰 것이고, 더 다양하고 빠르게 펼쳐질 것이다. 우정 때문에 그 모든 것을 독점하거나 자기

들끼리만 있기를 고집한다면 어떤 것도 이루어질 수 없다. 반대로 모든 일이 되는대로 흘러가도록 내버려둔다면 그들의 우정은 흔들리고 결국엔 깨져버릴 것이다. 하지만 융통성 있게 굴고 성장한다면, 변화를 감당한다면, 뭐든 이뤄낼 수도 있다.

티비는 바지를 박제하던 꿈을 떠올리고 마법의 바지가 지닌 아름다움을 새로운 방식으로 이해하게 되었다. 바지도 그들과 함께 갈 것이다.

브리짓이 말했다. "우리 무슨 일이 있어도 서로를 찾아내자. 영원히."

이제 처음으로 돌아가려 해.

_콜드 플레이

에필로그

 여행이 끝날 무렵, 우리는 안녕이라는 인사 대신 선물을 주고받았다. 원래 그럴 계획은 아니었다. 그날 밤 서로를 찾아 해변에 모였던 것처럼 자연스럽게 일어난 일이었다. 우리 모두 매달릴 수 있는 뭔가가 필요했다.

 태양이 뒤통수에 분홍색과 오렌지색 빛을 드리우고, 어두워진 바닷물은 거품을 일으키며 해변에 부딪쳤다. 달콤한 노을빛 때문에 모래가 더 보드랍게 느껴졌다. 따뜻하고 편안한 기운이 감돌았다.

 무슨 말을 나눴는지, 어떤 기분이 들었는지 일일이 다 얘기할 순 없을 것 같다. 그러긴 힘들다. 하지만 어떤 일이 일어났는지 말해주면 사람들이 상상할 수는 있을 것이다. 내가 말하는 것보다 그편이 훨씬 나을 것이다.

카르멘이 첫번째로 나섰다. 왜냐하면 그애가 가장 참을성이 없었으니까. 딱히 무엇을 주고받는 것에 참을성이 없는 건 아니었지만.

"다들 기숙사 벽에 걸어둬." 카르멘이 그렇게 말하며 내놓은 것은 세 장의 사진이 들어간 기다란 액자 네 개였다. 맨 위는 엄마들의 사진이었다. 젊고 신나 보이는 1980년대 후반의 모습. 다같이 청바지를 입고 어깨동무를 한 채 담 위에 앉아 있었다. 이제 모두에게 익숙한 사진이었다. 조금 얼룩이 지고, 조금은 낡은. 항상 그랬듯 마를리 아주머니를 떠올리게 만드는 조금은 가슴 아픈 사진. 가운데 사진 역시 오래된 것이었는데, 나는 그 사진을 본 적이 있는지 기억조차 나지 않았다. 갓난아기인 우리 넷이 소파 위로 고개를 삐죽 내밀고 있었다. 마치 걸 밴드 미니어처 같았다. 카르멘이 보컬처럼 보였다. 나는 작고 당황한 듯한 것이, 마치 앰프에 악기를 연결하는 중 같았다. 웃지 않을 수 없었다. 가장 밑에 있는 사진은 졸업식 때 찍은 것이었다. 가운데 사진과 같은 순서, 같은 얼굴, 같은 표정을 한 우리 넷의 사진이었다.

그즈음 모두 울기 시작한 것 같다. 눈물을 참을 수 없었다. 마치 비옷도 우산도 없이 비 내리는 밖으로 나선 것 같았다. 처음엔 비를 피해보려고 발버둥치다가 곧 항복하고는 비를 맞는 것도 나쁘지 않다고 느끼게 된다. 다른 사람들에겐 전혀 나빠 보이지 않는데, 왜 우리만 발버둥치는지 의아해할지도 모르겠다.

다음 차례는 브리짓이었다. 그녀는 조그만 보석상자를 나눠주었다. 우리는 동시에 뚜껑을 열었다.

정교한 은 목걸이에 조그맣고 특별한 장식이 달려 있었다. 바지 모양 장식이었다. 마법의 바지와 똑같은 모양의 은장식. 이제 마법의 바지는 조금 색다른 방식으로 우리 모두의 바지가 되었다.

브리짓은 그레타 할머니가 앨라배마 헌츠빌의 쇼핑몰 한가운데 있는 보석 전시장에서 그 목걸이를 찾아냈다고 설명했다. 보석상 보슬리 씨에게 똑같은 걸 세 개 더 만들어달라고 얼마나 따라다니며 괴롭혔는지도 말해줬다.

우리는 머리를 걷고 걸쇠를 풀어 서로의 목에 목걸이를 걸어주었다. 나는 작은 바지 장식을 가슴에 대고 꾹 눌렀다. 이제 그 안에 바지가 살게 되리라는 걸 알았다. 우리는 서로 힐끔거리기만 할 뿐 얼굴을 마주보지 못했다. 너무 많은 감정이 몰려와 힘들었다.

다음으로 레나가 선물을 내밀었다. 그녀는 선물 포장까지 했다. 우리는 각기 다른 방식으로 포장지를 뜯었다. 나는 나중에 다시 쓰려고 포장지를 잘 접어두었고, 브리짓은 포장지를 박박 뜯어낸 뒤 바닷가로 날아가지 않도록 깔고 앉았다.

레나는 네 개의 그림을 거의 똑같이 그려 각각 액자에 담아왔다. 그림에는 마법의 바지가 앞뒤로 그려져 있었다. 거꾸로 뒤집힌 모양이라 마치 대문자 W처럼 보였다. 레나는 그 옆에 작게 e라고 써놓았다. 그림은 우리we라고 말하고 있었다.

내가 마지막이었다. 나는 특별 포장한 비디오테이프를 내밀고 말했다. "안으로 들어가야 돼."

별장의 비디오 플레이어가 잘 작동되는지는 미리 점검해두었다. 해변에서 집안으로 들어온 뒤 영상을 틀기까지는 그리 오랜 시간이 걸리지 않았다.

짧은 영상이었다. 십 분 정도. 대부분 우리 부모님이 찍어놓은 것에서 가져온 화면이지만, 크리스티나와 애리에게서 받은 것도 있었다. 며칠 전 엄마들과 함께 우리집 서재에서 비밀리에 시사회도 가졌다. 내가 텔레비전 근처에서 눈물을 닦아내며 안 우는 척하는 동안, 엄마들 셋은 눈물을 훔쳤다. 그리고 서로를 껴안았다. 그 모습에 정말 행복했다.

첫번째 부분은 구식 슈퍼 8밀리미터 필름카메라로 찍은 것이었다. 분위기는 있지만 화면이 조금씩 흔들렸다. 우리 넷이 레나네 집 뒷마당을 기어다니는 모습이었다. 소심하게 기어다니는 레나를 셋이서 거의 밀어뜨리고 굴리다시피 했다. 나는 굉장히 지저분하고 머리카락도 없고 멍해 보였다. 브리짓의 머리카락은 하얀 깃털 같았다. 특히 빨리 기어다녀서 브리짓 엄마가 매번 수영장 옆에서 그애를 끌고 와야 했다. 브리짓의 쌍둥이 페리도 잠깐 나왔다. 페리는 많이 움직이는 편은 아니지만, 풀에서 벌레를 찾아냈다. 카르멘은 갈색 곱슬머리에 커다란 눈을 하고는 비실대는 레나를 큰 목소리로 달랬다.

우리가 두 살쯤 되었을 때, 누군가의 부모님이 자비를 털어 새 비디오카메라를 구입했다. 다음 장면은 우리 넷이 플라스틱 변기 네 개에 줄줄이 앉아 있는 모습이었다. 레나는 팔꿈치를 무릎에 대고 뺨을 가린 채 참을성 있게 기다리고 있고, 나는 몸집이 작아 변기 안으로 빠질 것처럼 보였다. 카르멘은 신고 있는 메리제인 구두를 벗어던지려 애쓰고 있었다. 브리짓이 제일 처음으로 볼일을 끝마쳤다. 벌떡 일어나더니 "나 다 쌌어!" 하고 카메라 밖의 누군가에게 외쳤다.

다음으로 합동 생일파티 때의 사진과 망친 머리를 찍은 사진, 이를 교정했을 때의 사진 같은 것들이 빠르게 지나갔다. 형제들, 부모님, 조부모님, 그리고 다른 친척들의 모습이 재미있게 녹아들어 있었다.

마지막 부분은 우리가 일곱 살쯤 되었을 때 찍어둔 긴 영상이었다. 이 부분을 골라내 영상 마지막에 갖다붙일 때만 해도 나 역시 이 장면이 갖게 될 의미를 몰랐다.

장소는 1.5킬로미터 정도 떨어진 레호보트 해변이었다. 우리 넷이 손을 잡고 거친 파도에 뛰어들면서 비명과 함성을 지르는 모습이 담겨 있었다.

지금과 똑같았다. 정확히 어제 오후와 오늘 새벽에 우리가 연출한 장면. 화면을 보는 동안 한쪽에는 브리짓의 손을, 다른 한쪽에는 레나의 손을 잡은 내 두 손이 차갑고 짠 물에 닿는 것처럼 느껴졌다. 카르멘이 신나서 깍깍대는 소리가 들렸다. 우리는 다른 시간에, 다른 순서로 서 있었다. 하지만 그건 중요하지 않았다.

　그대로 정지한 화면을 우리는 계속 지켜보았다.

　지난 일이지만, 우리 모습은 지금과 똑같았다. 물살에 맞서기 위해 서로 손을 잡아야 한다는 걸 우리는 그때 이미 알고 있었다.

  늘 그렇듯, 우선 조디 앤더슨에게 감사의 마음을 전하고 싶다. 또한 친구 같은 편집자 웬디 로지아와 베벌리 호로비츠에게도 따뜻한 마음을 담아 인사를 건네고자 한다. 랜덤하우스 아동문학팀, 특히 마시 센더스와 캐시 던, 주디스 오트와 데이지 클라인, 칩 깁슨에게 감사인사를 전한다. 처음부터 나와 함께해준 레슬리 모건스타인에게도 감사한다. 그 누구와도 비교할 수 없는, 나의 친구이자 에이전트인 제니퍼 루돌프 월시 역시 너무나 고마운 사람이다.

  부모님인 제인 이스턴 브래셔어스, 윌리엄 브래셔어스와 내 형제들 뷰, 저스틴, 벤 브래셔어스에게도 사랑과 고마움을 전하고 싶다. 그리고 마지막으로 우리 꼬맹이들 샘, 너새니얼 그리고 수재너에게 큰 사랑을 전한다.

지은이 **앤 브래셰어스**
1967년 미국 버지니아 출생. 2001년 첫 장편소설 『청바지 돌려 입기』를 발표했다. 출간 직후 선풍적인 인기를 모으며 뉴욕 타임스 베스트셀러에 오른 이 작품은 전미도서전에서 청소년 문학상을 수상하고 미국도서관협회가 뽑은 최고의 청소년 소설, 아마존 올해의 책으로 선정되었고, 19개국에 판권이 계약되었다. 그 외 작품으로 『파이어 아일랜드』 『마이 네임 이즈 메모리』 『여기 그리고 지금』 등이 있다.

옮긴이 **부선희**
고려대학교에서 정치외교학을 전공하고 전문번역가로 활동하고 있다. 옮긴 책으로 『달콤한 킬러 덱스터』 『청바지 돌려 입기 2』 등이 있다.

문학동네 세계문학
청바지 돌려 입기 3

초판인쇄 2015년 9월 16일 | 초판발행 2015년 9월 30일

지은이 앤 브래셰어스 | 옮긴이 부선희 | 펴낸이 강병선
책임편집 양수현 | 독자모니터 양은희
디자인 엄자영 이원경 | 저작권 한문숙 박혜연 김지영
마케팅 정민호 이미진 정진아 전효선 | 홍보 김희숙 김상만 한수진 이천희
제작 강신은 김동욱 임현식 | 제작처 영신사

펴낸곳 (주)문학동네
출판등록 1993년 10월 22일 제406-2003-000045호
주소 10881 경기도 파주시 회동길 210
전자우편 editor@munhak.com | 대표전화 031) 955-8888 | 팩스 031) 955-8855
문의전화 031) 955-1927(마케팅) 031) 955-2684(편집)
문학동네카페 http://cafe.naver.com/mhdn | 트위터 @munhakdongne

ISBN 978-89-546-3767-1 04840
     978-89-546-3764-0 (세트)

www.munhak.com